我真的好喜欢你啦

坡西米 著

青岛出版社
QINGDAO PUBLISHING HOUSE

图书在版编目（CIP）数据

我真的好喜欢你啦/坡西米著. —青岛:青岛出版社,2021. 10
ISBN 978-7-5552-9821-2

Ⅰ. ①我… Ⅱ. ①坡… Ⅲ. ①长篇小说－中国－当代 Ⅳ. ①I247. 5

中国版本图书馆CIP数据核字（2021）第096456号

WO ZHENDE HAO XIHUAN NI LA

书　　名　我真的好喜欢你啦
作　　者　坡西米
出版发行　青岛出版社
社　　址　青岛市崂山区海尔路182号（266061）
本社网址　http://www. qdpub. com
邮购电话　18613853563　0532-68068091
责任编辑　郭红霞
特约编辑　张玙璠
校　　对　郭金乔
装帧设计　梁　霞
照　　排　梁　霞
印　　刷　三河市良远印务有限公司
出版日期　2021年10月第1版　2021年10月第1次印刷
开　　本　32开（880mm×1230mm）
印　　张　8. 5
字　　数　232千
书　　号　ISBN 978-7-5552-9821-2
定　　价　39. 80元

编校印装质量、盗版监督服务电话 4006532017 0532-68068050

这本书献给“老韩”。

目录

目

录

第一章

排骨焖饭

在我二十岁出头的时候，很长一段时间里我处于焦虑和迷茫之中。

那时家里送我出国继续读书，为了把英语口语分数刷得高一些，我考了三遍托福。但出国不是我的梦想，是我父母的梦想，他们没做到的事情，要努力让他们的孩子做到。我不负众望实现了他们的梦想，却一片茫然。

那时我刚和初恋分手。我们的感情从大一谈到大三。因为被冷暴力对待长达半年，我忍不了了，于是向他提分手。直到分手我依然对男生的行为感到费解，不明白为何他一面说着还喜欢我，一面对我发的短信从来不回。

那时我的专业课成绩并不好，在拿到国外大学的录取通知书之前，我一直焦虑，怕没有学校要我。

我会为了鸡毛蒜皮的事整夜整夜睡不着。譬如说我想换手机，因为用“砖头”诺基亚上网太费劲，但实在不想开口问父母要钱，因为觉得家里是勒紧裤腰带送我出国的（但实际后来我发现也没到揭不开锅的地步）；譬如周围所有人都忙成一团，有的准备考研，有的在投简历找实习单位，有的已经拿到录取通知书……而我仅仅因为情绪没那么稳定而莫名紧张：譬如今天的我比昨天的我重了 0.4 千克，我就恨不得一整天待在厕所里，把吃进去的东西全吐出来。

那时的我表面镇定，是个能控制住自己情绪的成年人，但实际内在一塌糊涂，内心世界的每一片瓦片都在天上飞，随时会掉在地上摔得稀碎。

我会在学校的小卖部花 8 块钱买一份切成块用盐水腌好的菠萝，管老板要了牙签，一个人在涵泽湖畔吃菠萝。我从下午五点吃到日落，什么都不想，就一块一块扎起菠萝来吃。菠萝很甜，涵泽湖湖面波光粼粼，夕阳反射的光是橙绿色的。湖边栽了柳树，柳枝长得能拖到湖水里去。

我在想，这湖那么浅，跳湖的话肯定淹不死人，况且还没吃完菠萝。

在遇到老韩之前，我只谈过一段恋爱，就是和初恋对象。其实那段恋爱我表现得也不怎么样，也不能说他有多么差，毕竟我做得也不好。我咄咄逼人，脾气又臭，心情在一天之内能攀越珠穆朗玛峰三次。而且我和他简直太像了，都是因为家庭问题出奇骄傲又自卑的人，所以能够互相吸引，却走不长久。

我不能否认初恋对象是个很优秀的人。而凑巧的是，和老韩在一起之后，我发现他也取得过高考的数学最高分。知道后我真的心惊胆战好久，以为自己是在照着模子找下一任男友，还暗骂自己好差，对不起老韩。后来我才慢慢发现不是，他们除了数学好，再没有其他相似之处。而我潜意识里先后选择了他俩，仅仅因为我数学好烂，这不是什么了不起的巧合。

出国后我和老韩是在同一座小城上学，认识两个月后在一起。而我必须承认的一点是，在机场遇到他时就觉得他好帅。

他不是世人眼里的那种帅，大家懂嘛，是我认为他帅，这很大程度上仰仗我的审美。我怎么瞧他怎么顺眼，他因为踢球有一副翘臀，这太性感了。

可能因为同在异国他乡，我和老韩在一起后很快便睡到了同一张床上。我说出来大家可能不信，但这是真的，我们就是纯睡觉，不干啥事。他还总怕我非礼他。

那时抱着他的胳膊，我就能睡得很安稳。

后来他和我说，每次我睡着之后，他都要花一个小时的时间才能把麻了的胳膊缓缓抽出来。我对他说，你就直接抽出来啊，我睡觉很死的。他说不要，万一你醒了就糟糕了。我说那你万一抽不出来怎么办？他说那就过会儿再试试，总能抽出来的，从没有抽不出来的时候。他说的时候扬扬自得，仿佛发现了什么了不起的真理一样。

躺在他身边，抱着他的一只胳膊沉入梦乡时，我想着：算了，先睡一觉，明天再想死的事情吧。

我小时候从出生到六岁是在爷爷奶奶家住的，六岁到十二岁是在姥姥姥爷家住的。等上了初中我才回到爸妈身边。

在爷爷奶奶家住时，我和奶奶睡。在姥姥姥爷家住时，我和姥姥睡。睡觉时我还必须抱着她们的一只胳膊。那时候床靠墙，我必须睡在里侧，后背抵着墙，觉得这样才不会被鬼抓走。

这样子一睡十几年，就养成了没法一个人睡觉的习惯。后来搬去和爸妈一起住，每天晚上我都必须开着灯，直到困得睁不开眼，才昏昏沉沉地独自眯瞪过去。睡眠质量再没好过，我上课宛若梦游。上历史、政治这类课，老师在讲台上讲，我在底下闭着眼点头。

我上了大学住宿舍，是四人间，有的人说同寝室的人会闹矛盾，不喜欢住寝室。但对我来说这是天大的好消息！我又可以和别人睡一间房了！

每天我都趁没熄灯时最早爬到上铺去，听着同寝室的姐妹洗脸刷牙、护肤、闲聊，在这样的聒噪声中我能心满意足地睡着。不过有一点还是比较惋惜的，就是我没法抓着她们的胳膊睡觉。

后来出国，和老韩在一起前，我又变成一个人睡觉。我们在的城市类似大农村，这里的夜乌漆墨黑。天还没暗我就赶紧把窗帘拉上，拉得紧紧的，生怕有缝隙让我看到外面的黑色东西和树影，老觉得外面有人在偷窥我。

出国之后的前两个月我还和老韩处于暧昧期。那时候当然不能搬去和他睡，我怕吓到他，以为我这人不正经之类的。

那两个月简直难熬。后来老韩和我说，那时每天在学校碰到我，我总是一副没睡醒的样子，耷拉着脑袋有气无力地点头。可不是嘛，我就是没睡醒。晚上我睡不着，白天醒不来，不能叫睡，得叫昏迷。

我俩确定关系的第一天，我就钻进了他的被窝。男孩子的被窝竟然也挺香的。

他可完全没做好准备，无论是生理还是心理。但我当时也没打算对他做些什么。我虽然好色，但只是纸上谈兵。不可否认我馋他的身子，但我的手规规矩矩，至少前一周是规矩的。

而且那时他的床是单人床。

说到这里，我要吐槽一下国外的床型。单人床叫 twin bed，我对此十分不能理解。后来我发现是 twin，不是 twins，破案了。

说回老韩的床。他个子一米八往上，典型的西北人体形，一个人睡那单人床都嫌小，现在还要加上一个我。

搬家、换床那是后话，没搬家前我俩就把那床推到墙边抵着。我睡里面，他睡外面。我彻底舒坦了！我梦回小时候。

很久很久以后，我俩忆苦思甜。他说那时候他整晚整晚睡不着，因为他的半拉身子挂在床外，必须一只手紧紧扒着床沿才不会掉下去。而我睡得呼呼的，睡着以后还会往他怀里拱。

我问他："被你一说就好像特别不浪漫，为什么人家电视剧里男女主角睡一起就甜甜的，到咱俩这里就是我要把你挤下去？"

他想了想说："我不是埋怨，只是回忆。而且这是属于咱俩的浪漫。"

老韩其实一点儿不老，只比我大半岁，但周围认识的一圈朋友都下意识地喊他老韩。说实话也不知道是谁先喊起的，反正大家都跟着叫。刚认识他时我也跟着叫，后来就改不过来了。

我也想过换个肉麻点儿的称呼，比如宝宝和老公之类的，但每次看他那张脸，就觉得老韩这名字太贴切了。

我思及原因，大概因为他长得正。不是“正太”的正，是恩正的正（恩正还是我一个扬州朋友教我的词汇，指磊落和有义气，我学到以后发现放在老韩身上正合适）。

这种正使他看着就像老大哥。事实也的确如此，他告诉我他从小就是学校的生活委员，特别喜欢操心后勤，上学时检查卫生，放学留校扔垃圾、擦黑板、摆桌椅。

长大后大家聚会，他永远都是话最少的那个人。别人开他些无伤大雅的玩笑，他永远笑眯眯的，然后转身去张罗点菜点酒、结账打车，聚会完非要把每一个人怎么回家都安排妥当才放心。

朋友圈子里有什么事，大家第一反应就是找他谈心或者评理。

因为他这种“特殊体质”，和他在一起后，我经历过凌晨两点被拉去楼下的越南河粉店，听一个大老爷们儿一把鼻涕一把泪地向老韩哭诉自己的女朋友劈腿了；也经历过在最热的夏天，坐在租来的没有空调的破车里开车来回四百公里，看着老韩帮他的学长搬家。

大家想聚会了就联系老韩，“老韩你来攒个局呗，叫上 ××、×××、××× 他们一起吃个饭”；几个朋友一起出去玩，把所有事都甩给老韩，他去做攻略，买机票，在当地租车、订酒店，最后玩一圈回来算清楚了大家再一并打钱给他。

当然他也不全然是付出。我们年初时计划去纽约玩，还没买机票时，老韩的发小儿就说把公寓客房借给我们住，因为那个时间段他和老婆在国内看爸妈，不在家。我下意识地就觉得不好，因为不想欠别人的。老韩说都是很熟的朋友，人家这么热情咱们也不好拒绝，离开前给他们买份好一点儿的礼物放家里就行。

在我还在嘀咕时，老韩的那个朋友已经快递加急把家里的门卡寄过来了。老韩拿到快递哈哈一笑，给那朋友发微信问他：“你怎么比我们还着急？”那朋友发了个定位过来，显示人已经在国内，说：“你们这下可不能拒绝了啊！去住！”

这件事发生在以前我是无法想象的。和他在一起之前，我自私又冷漠，最擅长独善其身以及和人划清界限。这样有好处也有坏处，且好处和坏处都是一样的，那就是：我始终是孤家寡人。

我以为我会忍不了老韩这种热心肠的人，但时间长了反倒觉得不错。尤其是大家送我外号：大哥的女人。我一下子虚荣心爆炸。

老韩帮我和世界之间搭了座桥梁，然后领着我一步步过桥。他不告诉我桥那边是好是坏，而是让我自己过去看看。

他的人生哲学就是将朋友、亲人、爱人放在人生中重要的前几位来对待，各种关系的核心就是互相亏欠，你帮我，我帮你；你爱我，我更爱你……最后是笔糊涂账，谁也算不清楚，这样大家就能玩玩闹闹过一辈子。

老韩看着粗犷，不说话时甚至显得有一点儿凶，但实际心细得不行，就像个庞大又温和的食草动物。

慢慢了解他之后我还体会到了很多其他的东西。

比如说他的“待人好”是有底线的。在他的规则之内，别人就算再无理取闹他都笑眯眯地看着。一旦触碰他的底线，他就会冷漠地抽身。

相比之下，我之前所谓的“冷漠”就是纸老虎。我对人又“佛”又凶，但哪一个都没用在点子上，“佛”的时候不是彻底“佛”，总会被人气得晕过去；凶的时候也不是彻底凶，下次人家还是能在我头上拉屎。

说起来，我很少见老韩生气，为数不多的一次是很多很多年以前了。

那时我俩婚后的小日子刚刚起步，老韩刚工作不久，我还在读书。他很擅长规划和攒钱，银行卡放明面上，还贷款，交水电费、物业费，还有生活费，每个月还会单独留出一笔钱说是放到猪猪基金里。除此之外他还能攒下钱，并且我一问数额直咂舌，他太厉害了吧。

然后一个我们认识多年的朋友 A 管他借钱，借的时候很急，没打欠条也没说什么时候还。但因为是救急，所以老韩就不由分说地把钱打给 A 了，还是不小的一笔。

我是知道他借钱给 A 的，也没觉得有什么问题。A 是我们共同的朋友，在国外读书时我们还会经常一起去玩、去吃饭，也算知根知底。

后来过了一年多，老韩去问 A 什么时候还钱。他们约在一个小酒吧里，我也在场，是白天。老韩喝冰水，给我点了个柠檬茶。A 要了杯鸡尾酒，然后慢条斯理地和他说，B 欠 A 钱，让老韩直接去问 B 要。

老韩喝了口水，放下水杯，还晃了晃冰块。只这一下动作我就觉得不对劲，再抬起头时几乎从没见过他那个神情。

老韩也没有黑脸，只是似笑非笑又语气近乎平淡地对 A 说："B 欠你的钱，是你们两个人之间的事，而你欠我的钱，是我们两个人之间的事。如果你要还我钱，应该先让 B 还钱给你，再还钱给我。我是不会去直接问 B 要钱的，程序不对，不像话。"

最后我们走时还是老韩把账结了，但他全程没再笑。

回家路上等红绿灯时，我转头看他，他抿着唇严肃认真地看着交通灯。我伸手要抓他，他在方向盘上腾出一只手过来抓我的手，调整了一下情绪后有些无奈地看我："怎么了猪猪？"

我本想问他有关刚才的事，但随后转念一想，指着自己的小腿："你看我有一根腿毛好粗。"他认真地看了我指着的地方一眼，煞有介事地点了点头："是啊。"

他那次"发火"后不久 A 就把钱还了，但是没带利息，还钱时也没提别的。

老韩默默收了钱，什么话也没说，也没去要几百元的利息，再之后老韩和 A 的关系就变得很淡。老韩私下里几乎从不说人坏话，但那次之后和我说了句对 A 的评价"这人不太会做事"。

当时我还不能理解老韩为什么这么生气，于是就问他，是因为 A 不还钱生气，还是因为没带利息生气。他说都不是，而是因为债务转移是大事，朋友之间一码归一码，还是要有界限的。

他一板一眼地说话时，我的"少女心"都要爆炸了。在他说话的时候我去亲他的嘴角，说："老公你好帅啊，我要是写小说一定把你写成霸道总裁！"

他板着脸给我解释完生气的理由，转过头也亲住了我，说："你的嘴怎么这么不老实？说正经事呢。"

最后他一哂道：“别介，还霸道总裁呢，又讽刺我。你要写就照实写，写我一个工薪阶层、平头老百姓，因为这种事情失去一个朋友心里也会难过的。”

关于如何追男生我很有一套方法的。比如我如何以退为进；比如如何让他主动追我；比如如何让他觉得我和别人不一样……这都是我从上一段感情经历中总结出来的。

可惜的是我空有一身套路，后来在老韩身上一个都没舍得用。他太真诚和稚嫩了，让我有了恻隐之心。

实话说我喜欢老韩是先于他喜欢我的。

起初我的喜欢流于表面：我喜欢他的长相，馋他的身材，享受他给的安全感。我只想和他躺在一张床上睡一个安稳觉，在一起有一天算一天，根本没想未来。

但这种生活不知不觉地慢慢改变了我。他那么温暖，我最终像只豪猪一样摊开肚皮，缴械投降。

回忆我俩第一次见面，那时飞国际线，同一个航班。在机场见他第一眼我就觉得这男生是我喜欢的类型，干干净净，清爽利落，又带点儿老成。

当时他一个人在机场咖啡厅的小圆桌前坐着，摊开电脑，戴着耳机聚精会神地看着屏幕，时不时看看手机发发信息。

看他发微信的样子我猜他是给女朋友发的。

我在他附近的一张桌子边坐着，看了他几眼。当时他穿着灰蓝色休闲衬衫，底下搭配一条黑色长裤。

他站起身扔垃圾时我偷窥他的身材：他腿又长又细，上身却不单薄。

老天保佑他穿的黑裤子不是小脚裤。（我没有吐槽小脚裤的意思）

老天保佑他也没有穿豆豆鞋。（我也没有吐槽豆豆鞋的意思）

看见他穿着最正常不过的黑色直筒裤，以及最正常不过的休闲帆布鞋，头发也不是大背头，我放下大半的心，对这男生的品位有了信心。只可惜这是有女朋友的男生。

我发誓接下来做的事不是故意的。好吧，我是故意的。

我假装去要吸管，顺便瞥了一眼他在看什么：英超球赛直播。等我回到自己的桌子边时，他正好有条信息进来，我又瞥了眼："主教练脑子有问题吧，干吗换 ×××× 上场，无语。"

我简直太开心了。居然这情景并不像偶像剧，正常走向难道不是虐恋情深吗？我给自己安排的剧本是：我对他一见钟情，但他有女朋友。我只得暗恋多年，最后无疾而终……我已经开始代入女主人公的角色了。谁知道他那样聚精会神地发信息，是在吐槽主教练！

我悄悄舒了口气，可能还止不住地嘴角上扬。

我在内心盘算，如果我和他在同一座城市，那我一定追他。

谁知道最后我们不仅在同一座城市，还同一所学校、同一栋教学楼、同一间教室……最后我们睡在了同一张床上。

X 城非常小，同一级的留学生迅速熟络起来，并且经常串门吃饭。

开学没多久，我被拉着去一个同学家聚会，形式是 potluck（每个人都带一道菜）。

我拿电饭煲煮了排骨焖饭，做了满满一大锅。因为没有保温盒，我直接拎着电饭煲去的人家家里。

我敲门，是老韩围着围裙来开的门。

他当时和我不熟，只知道我叫什么，其余的方面没交集。老韩热情和腼腆地对我笑了笑："快请进。"

他看到我手里拎着的电饭煲明显愣了一下，然后很自然地接过去，问我："沉不沉？"

他手上还有水，估计刚才在洗碗，我接过电饭煲时几滴水蹭在我的手上，他低头和我说了句："抱歉啊。"

我抬头疑惑地看他，他不自然地扭过脸。我跟着他进了门，边走边开玩笑地问他："你是只会说三个字吗？"

他古怪地看我："不是呀。"我扑哧一笑，他也乐了。

当时我还不了解他，只觉得他过分客气拘谨，而且还不敢看我的眼睛。后来了解了我才知道，他之所以一直没女朋友，就是因为他不敢和女生说话，不敢看女生的脸，一跟异性相处就呼吸急促、精神紧张。

起初我并不相信，后来相信了，然后嘲笑了他好久。

我俩刚在一起时，他在床上躺得笔直，一动不敢动。我面冲着他，胳膊搭在他的腰上揽着他，一条腿包着他的腿，非常放肆。他胸腔起伏，半晌小心翼翼地闷闷地说了一句："你平时都这样睡觉的吗？"

我语气很放肆地说："是呀，我不抱着东西睡不着，而且怕你跑了。"我故意还把手又勾紧了些。

他嗅了一声，没敢提出异议，我都能感觉他在抖，仿佛我是什么变态色魔一样。

过了好半天，我都快睡着了，他窸窸窣窣地在被窝底下把手伸出来，盖住了我放在他身上的手。他轻拍着我的手，轻声地说："我不会跑，你稍微放松些，我喘不过气来了。"

这种接触就像治疗过敏症，一点一点地加大药的剂量，最后他就耐受了。

我之所以是他的例外，大抵因为脸皮足够厚。我喜欢慢慢入侵他的精神领地，就像小王子在驯服狐狸，然后每前进一寸就插个小旗子，得意扬扬地摇旗呐喊。他之所以允许我这样的行为，也是因为很喜欢我吧。

还有一件很搞笑的事，就是他真的不敢看女生的脸。同学聚会，在场的人有女生，他和人家交谈时总会下意识地用目光来找我的脸。这很诡异，他要么低头，要么看我，然后自说自话。

他说以前没和我在一起时，只会低头，或者看天花板，和我在一起后，又多了个地方可以看。

这种事发生在言情剧里应该很浪漫吧，甚至让我有些自命不凡。

但冷静下来后我觉得不行，觉得这是隐患，以后在工作中他会有麻烦的。

我很严肃地批评他，像教育小孩子一样，说："你这样很不礼貌。"我还说了一堆，就是让他努力克服这种心理障碍。

我好奇，问他在单位和女同事讲话也这样吗？

他说他们组里都是男的。

我说总有女的吧？

他说很少，有的话她们也和他没有工作交接问题，实在不行就发邮件。

我采用迂回政策，说："那你当时怎么还主动过来帮我拎电饭煲？"

他想了想，说那是因为闻着觉得好香，最喜欢吃排骨焖米饭了。

我气得够呛。这是我歪打正着了？

我开始和他较劲："那别的女的做了排骨焖饭你也会克服障碍咯？"

他十分震惊："怎么可能？我已经有老婆了。再说我现在减肥，要限制碳水摄入。"

我真是气得牙痒痒，吭哧咬上他的胳膊："你怎么这么气人？反驳起来一套一套的。"

他摸摸我的头发，笑着说："有事说事，你怎么还上嘴？"

不过当我俩再次回忆那次 potluck 聚会场景时，他别别扭扭地承认，当时他的大胆也出乎自己的意料，譬如说主动帮我提电饭煲，并不是因为他很爱吃排骨焖饭这样的蹩脚理由。

究其原因，他说也许那时候就对我有好感了。因为他在学校见到我几次，我总是一副没睡醒的样子，像在梦游，特别无害，给他很大的安全感。

我："……"

但他话锋一转，说："后来哪儿想到你是如此奔放的女子，对我动手动脚的，我这清纯处男就这样上钩了。"

后来我仔细琢磨这事，回过味来，这人哪是什么清纯，分明是个老油条啊。

男人遇到喜欢的女孩子还是可以大胆出手的嘛！比如说，他对我又是温柔地笑又是装绅士的，我竟然还同情他，真是可恶。

我呸。

第二章

木桶原理

关于那天聚会都做了什么，我基本忘了。我就记得我的排骨焖饭几乎无人问津，只有老韩一个人吃了五碗。

看到最后我都不忍心了，和他讲不用勉强自己，这次忘记放盐估计没什么味道。我当时的表情就和手机里那个捂脸无奈地笑的表情很像。我在想这男孩子怎么这么实诚?

他把碗一撂，惊异地看着碗底说："可是我觉得很好吃啊。"

我都判断不出来他是不是在说假话。

事实证明他是真的爱吃。

老韩是个口味很淡的人（怪不得他不怎么长痘！）。我俩在一起后，他做的饭菜我都要配着"老干妈"吃，不然真的清汤寡水，像在吃斋饭。

所以说那一次我又歪打正着了。

后来几个朋友在客厅玩桌游，老韩一个人在厨房洗碗、洗筷子。我们都管做东的朋友叫胖子，胖子和老韩是高中同班同学，关系很铁。胖子对老韩的贤惠习以为常，我看着老韩一个人在厨房孤孤单单地忙，还说要不要去帮他。胖子把我推去客厅，说不用管他。

但因为我对老韩有非分之想嘛，为了显示出我的善解人意和体贴，最后还是找了个理由去厨房帮他。

其实我压根儿不贤惠，都是装的。我家总共有五个杯子，只有五个杯子都脏了我才会去洗它们。我很懒的，又懒又颓丧。

当时我去厨房“帮忙”，还不是因为被爱情冲昏了头脑。

厨房里的老韩将袖子挽在手肘上，洗得十分认真。因为他个子高，所以微微弯着腰。

我看见他的手臂精壮有力，血管脉搏里有年轻男孩子那种特有的生命力和蓬勃感。

还有他的手也很好看，指节被冷水打得有些泛红，手指真的很修长。（我迷恋声音、手、腿，他把这些全占了。我当时想着的是迟早有一天我会拿下他，然后把他吃干抹净。）

我装乖，问：“要不要我帮忙啊？”

他回头飞速地看了我一下，然后又低头洗碗，笑道：“没事儿，你去玩吧，我这里很快就好了。就剩一、二、三、四……七个盘子了。”

他说得礼貌，实际在赶客。但我偏不走。他直了直腰，明显身体僵硬了。

过了半晌，他开始没话找话：“我看你吃得不多，是不合胃口吗？”说着他便走过去打开冰箱，瞅了胖子家的冰箱一圈，指了指里面的酸奶，“喝不喝？”

他说这话时像在用糖果打发小朋友。

我摆手说：“不用、不用，我减肥，其实一般不吃晚饭的。”

他又露出那种难以置信的表情：“你不胖啊？”

我很坦然地看着他：“我吃药，那个药特别容易发胖。”

老韩啊了一声，没把话往下接，估计觉得这是我的隐私。他又回到水槽前默默洗碗，洗得差不多了回头看我：“那你的病严不严重？家里人放心送你出国吗？”

我耸了耸肩：“还行吧，其实不是什么严重的病，就是焦虑症。不吃药我就心慌、恶心、头晕，吃了药就发胖，没辙。况且我爸妈不知道我有焦虑症。”

我一口气说完，老韩的视线落在我的脸上。我觉得那是长辈看小辈的神情，总之挺复杂的，有些悲悯和隐藏得很深的同情。

他说：“其实真没看出来。”说完他又叹了一声，“那你真是挺不容易的。之前我妈更年期焦虑，整晚整晚睡不着觉，说一闭眼就心跳加速，胡思乱想。”

我点头：“差不多是这样。”

焦虑症和抑郁症还不太一样，但共同点就是控制不住瞎想，还有入睡困难。

说着老韩便把最后一个盘子放在沥水架上，用厨房纸擦了擦手，然后拉开冰箱拿出一小瓶酸奶塞到我手里：“走吧，我们去客厅。谢谢你陪我，其实我都习惯了。饭后喝酸奶有助于消化。”

看我有些拒绝之意，他补充：“别怕胖，你很瘦，太瘦了。”

之后大家在客厅打“八十分”，这是南方的一种扑克玩法，对我来说有些复杂。老韩很耐心地给我讲了两遍规则，然后看我还是不解，唰唰地洗牌：“没事，你和我一家，打一把就清楚了。”

他洗牌又利落又帅，唰唰唰的。我又盯着他的手看，心里感叹这是什么神仙男孩子？

不得不说他的脑子真是好使，打“八十分”主要靠记牌，打到最后他指着一圈人的牌给我分析，这个人手里有什么，那个人手里有什么……然后他浅笑着看我：“你应该知道自己要出什么了吧？”

其他人气到拍桌：“不带这样的吧！”

胖子指指老韩对众人吐槽：“这人当年高考数学满分，你们以为呢？”

老韩爽朗地笑道：“又没说打牌不让讲话不让记牌。”然后他转头看我：“你看他们急了，咱俩配合得很好，你很厉害。”

这样胸有成竹又温柔的老韩真的太迷人了。我知道他在鼓励我，其实哪里是我厉害啊，是他把我那份都一起想了。

老韩真的记忆力超级好，不仅如此，心算能力也绝了。

我俩去超市的保留项目就是，我让他在结账时心算价格。每次他都和计算机一样给出答案，这个并不那么简单，因为在国外买东西最终结算时要加 13% 的税。而我呢，其实每次都想看他说错，但他每次都气定神闲地给出一个数字。我又崇拜又生气，会失望地说：“哎你怎么又对了？”他就过来捏我的脸：“怎么？还盼着老公出错吗？”

我把做的梦讲给他听，好几年前的梦现在我自己都忘记了，但他还记得。因为我把什么都讲给他听，他这脑子里装了许多我的屁话，我还挺内疚的，觉得往他脑子里倒了不少垃圾。

那天打牌实在太无聊了，我相当于躺赢，于是不到晚上十一点就开始打哈欠。老韩洗牌时看了我一眼，立马把牌放下，说了句：“也不早了，要不今天大家就到这里吧。”

其余人都有些恋恋不舍，本来是想玩通宵的。

最后老韩把大家都安排上出租车，转过身看着我。

他站在胖子家门口，背后就是深沉的夜色。我本来犯困，但被这晚上的凉风一吹，又清醒了，能清晰地听到我的心脏在怦怦跳。

他问我住哪里。我说我是走着来的，离得不远，就一站地。

老韩点头，说：“那走吧。”

我说：“啊？”

他迈开长腿：“我送你回去呀。”

说真的至今我都不理解他当时为何那样做。我问过他，说我以为那时他对我有意思。

他说他也不清楚，可能因为我和他分享了隐私，所以他觉得有义务亲自护送“焦虑症病人”回家。

“你那时是怕我投河还是怎么着？”我问。

老韩点头："是有点儿。你知道吗？我妈更年期时就特别反复无常，经常前一秒还哼着歌给我们做饭，下一秒就拿着菜刀坐在地上哭自己命苦，把我和我爸吓坏了。"

我很不服："我哪儿有那样子？"

他说："你是没有，但我怕啊。你记不记得？咱俩刚在一起那会儿，晚上听电台赶 due date（作业截止日），你经常听着听着就开始哭，我当时心里其实特别慌。"

我是记得这事的。那时我自己心里有个抑郁类歌单，我不敢听任何一首这个歌单里的歌，譬如说齐秦的《大约在冬季》，齐豫的《橄榄树》，还有《鲁冰花》……只要听到有些年代感的歌，我真的就不想活了。

为什么呢？因为我只要一听到这些歌，就会想起我的爷爷奶奶、姥姥姥爷。

我人生最快乐的十二年是和他们在一起的，隔辈的爱总是让人动容，而他们都在我大学期间相继去世了。这让我觉得无比孤单，世界上爱我的人少了一大半，我真可怜。

我和老韩讲过歌单这事，他就记下了。

有时我俩在饭店吃饭，饭店放歌，我只要一皱眉头，他立马拉着我往外走。他把我安顿在饭店门外，和我说："你在这里等我一下，我去打包，我们回家吃。"

有时他准备洗澡，都脱光了，听到我这边看电视，传来歌单里的歌，整个人就裸着飞奔过来帮我换台，一只手捂着下面，一只手拿起遥控器调到外国致富经，还边换台边说："保护我方猪猪！"

直到我俩在一起很久之后，有一次我无意中开始哼《大约在冬季》，他一脸惊恐地看着我。

我咧嘴大笑："哎？我刚才是在哼齐秦的歌吗？我发觉我好了！我不怕这些歌了！"

聚会结束那天小城的夜非常黑，路灯又相距甚远，在路灯和路灯之间是模糊的暗影，路两旁的灌木丛和树都黑漆漆的。

老韩走在我前面，估计没有和女孩子共行的经验，步子迈得极大。

因为那时我俩还没那么熟，我总觉得“等等我”有撒娇的意味，所以有时几乎要跑起来，也不愿意让他慢下来。

他终于察觉到了，停下来看我，见我气喘吁吁，说道：“我是不是走得太快了？”

我说：“你才知道。我以为你要去参加奥运会了。”

老韩笑了，原地不动地站着，把我让到前面去：“那你走我前面。”

于是换我走前面。

迎面而来一个遛狗的路人，那狗高大威猛，几乎要到我的腰际，毛色漂亮极了。

那狗走过来嗅嗅我的手指头。路人抱歉地说着它很友好，不会伤人，又唤它的名字 Alex。

我说没关系，在征求了主人的意见后，摸了摸狗的后背，夸赞养得真好。

路人和狗走远后，我发现老韩离我好远。他笔直地站在草丛里，看狗走远后才回到小路上。

他低头看着我，我抬头看着他。

半晌，我说了句：“你是怕狗吗？”

他动了动喉结，然后故作轻松地说了句：“不是啊。”

我盯着他的眼睛看：“那你干吗站那么远？”

“我怕它咬我。”

“人家走得好好的，为什么要咬你？”

“我哪儿知道？所以不可预知啊。”他一板一眼地解释着。

我觉得他幼稚极了。这一整晚的绅士、腼腆、胸有成竹以及温文尔雅的形象在此刻全部烟消云散。这滤镜没了，他就是个怕狗的大男孩儿，但我的心突然变得好柔软。

我笑着说："你怕狗就是因为怕它咬你吗？"

"我不怕狗。"

"……"

"我怕狗咬我，是因为狗咬了我，我就得去医院打针，很麻烦的。但我不怕狗，狗狗那么可爱，我不怕的。"老韩继续解释着，试图让我分清"怕"和"怕被咬"的区别。这话在我听来简直苍白无力。

"好了、好了，你不怕。"我包容地笑。等我再看他时，他正愣愣地瞧着我。

"看我干吗？"我问。

他移开目光，摸了摸鼻梁："没什么。"

过了好多年，有一天他做饭时烫了手指头。我正在沙发上玩游戏，扭头看见他在那里冲凉水。

我问了句："没事吧？"

他立马哭丧着一张脸。这人就是这样，不被问还好，一被问立马委屈了，演得可真了。

于是我把他拉到沙发上坐着，他举着手指头假装哭道："老婆，我手疼，是不是要被截肢了？"

我看了一圈，根本没看到哪里被烫，甚至都没有红！

为了配合他演出，我只得随便吹吹，然后说："好了、好了，那我们不做饭了好不好？点外卖吧。"

他点头，然后突然过来亲亲我的脸颊："老婆，你说'好了、好了'的时候，我就好想亲你。"

"为什么啊？"

"不知道，就觉得特别温柔，是女孩子特有的温柔。"

"那我以后天天说。"我滑开外卖软件，边点边像复读机一样说，"好了、好了、好了、好了……"

他把我的嘴捂上："不行的，就是要不经意间说这种话才有感觉，你要是刻意说就没意思了。"

他说得十分认真。然后他就说起以前那晚送我回家，说那时我说“好了、好了”的时候，表情和刚刚一模一样。

我问是哪种表情。

他说他语文不好，说不出来，就是笑笑的，很温柔，让他觉得自己被好好爱着。

我点好想吃的东西，看他还在回味，于是把手机塞他手里：“你这人真奇怪。”

老韩也有些不好意思：“可能我有时候也想当个宝宝吧。”

老虎也是大猫，只要是猫，哪儿会拒绝偶尔被挠肚皮呢？

结婚多年，我总结出了几个真理。

其一是婚姻木桶原理：双方的优点能够决定两人会不会相爱，双方的缺点决定了两人能不能长久地走下去。

我想我之所以能这么长长久久地被老韩套牢，大概就是因为连同他的弱点一并喜欢吧（虽然我总是会先被他气得半死，事后回想才会觉得他可爱）。

他哪儿是什么完美的人啊？

他过分注重细节，在生活里极度吹毛求疵，会在食品到保质期前拼命吃完然后胃疼，也会在哪怕食品过期一天时毫不留情地从我手里将食品夺过来扔掉。

有一次凌晨时分我吃辣椒肉酱拌米饭，他拿过来看保质期——过期两天，于是他不由分说地就要扔。我力气又没他大，辣椒酱被他夺走后我还被他教训了一通。

我气得直流眼泪：“我现在必须吃辣椒酱配大米饭！过期两天根本没关系的啊！！这种调料过期半年都没关系的！！”

我去翻垃圾桶，他拦腰把我抱了起来：“不许吃就是不许吃。”

我咬他的肩膀：“你好烦啊！！你可不可以不要管我？求求你了，让我吃吧。”

“我不管你还管谁？管隔壁王大妈洗不洗脚吗？”他也生气了。

我踹腿大哭，他才不管，把我扔下沉着脸出门去了。我以为他要跟我闹冷战，结果人家出门去超市买了罐新的辣椒酱放我的跟前：“吃吧。”他一脸邀功请赏的样子。

当时我那个气啊，感觉牙齿都要被自己咬碎了。他根本不能理解像我这样的人，有想吃的东西一定要立马吃到的心情，等一分一秒都不可以！

他的吹毛求疵还体现在极度谨慎上。

就比如拿他怕狗来说。我俩走在大街上，看到哪怕是柯基，他都要拉着我躲得远远的。我简直都要气笑了，他还一本正经地和我掰扯：“狗不会说话，你不知道它在想什么，说不定就要暴起咬人。”

我翻白眼：“柯基咬你干啥？以它那个高度它咬你的脚后跟很开心啊？”

他恨铁不成钢地说：“我很认真的！”然后他又补充，“你为什么瞧不起我的脚后跟？”

我不服气：“那有的人也不可预料啊，人比动物可怕多了，人会骗人，所以即使会说话也还是会咬你。”

他点头：“是啊，你说得没错。所以说真的我很不喜欢国外，这边总是有嗑药兴奋了表现不正常的人，也不可预料他们的行为。”

不仅如此，我们两个走在路上，旁边开来一辆巨大的垃圾车、油罐车、水泥车之类的，他也总是下意识地拉着我走更里面。

他严肃地说：“我怕它们突然爆炸。”

有时候他也感慨，说在他眼里这世界其实处处有风险，小到鸽子飞过在你头顶拉屎，大到油罐车突然爆炸。

他超级怕死，也超级怕我死。所以他从不剧烈地亲我，也拒绝学习使用网上的技巧在我身上留下吻痕。因为他看报纸上写过一个男子给一个女子“种草莓”，结果亲出血栓，女子暴毙。

我对此很无所谓，根本不怕死，觉得人的命由天注定。他就会很伤心，说："你是不怕死，但我怕。我特别怕我俩中有一个死了，另外一个还活着。"

他还说："如果你死在我前面，我那么理智，肯定还会正常工作和生活，毕竟要照顾四位老人，但晚上回家就默默崩溃，都不爱游戏和足球了；如果我死在你前面，我就会想，我的猪猪这也不会那也不会，出门买菜还会迷路，走大街上被人欺负，没了我她可怎么办啊？"

我动动唇，忍住没说我不认路是装出来的，也没说我的柔弱也是装出来的。

我只得说："那要死的话也没法控制啊，就算咱们都平平安安地活到七老八十，也总会一个人先死，一个人后死的。"

他惆怅地叹道："的确是的。"

我又道："那不如等咱俩很老很老了，一起去坐世界上最高的过山车，等俯冲下来时手拉手一起发心脏病。"

他听了很震惊。

想了半天，老韩幽幽地说："虽然不想反驳，但是乘坐过山车是有年龄限制的，公园不会让太老的人上去玩的。"

"退一万步说，"他继续思考，"就算人家让我们上去了，我们如果一起犯心脏病死去，同车的人会有心理阴影的。我们都这么老了，就不要再给人家添麻烦了吧。"

聚会结束那天我回到家先洗了个澡，非常细致地抹了一遍身体乳，心情不错，但称完体重后变得闷闷不乐。

我不相信这体重，觉得一定是因为我头发还是湿的，所以比以前沉。于是我把头发吹干，又上秤称，还是同样的数字。

一顿晚饭吃下来长了 0.6 千克，我心如死灰。

那时我对自己的体重过分偏执。我个子不高，不到 161 厘米，却对外声称 163 厘米。

我给自己定的目标是体重 38 千克。我想要瘦得跟干儿一样，想要小鸟腿和明显的肋骨。

我知道这个要求近乎病态了。但我就是觉得如果能降到理想的体重，人生就会好转。我会变得比现在漂亮，比现在自信，能出门随便吃，然后假装自己吃不胖。

大三那年前任对象开始对我冷暴力，一个暑假从不主动联系我，我给他打电话，他说“你不要来烦我，我在打游戏”。

那个暑假我从 48 千克瘦到 43 千克。开学回来我去他楼下找他，他本来很不耐烦，但下楼看到我，我感觉他明显目光柔和很多（也有可能是我的错觉）。

几个月以来，他难得温柔地问我怎么瘦这么多，我就哭了。他反而抱抱我，小声和我讲：“我觉得你比以前好看了。”

可能就是从那时候开始的吧，我觉得自己一定要更瘦一点儿才可以。

随后我就陷入了吃减肥药—暴食—吃减肥药—暴食的恶性循环，偶尔还会催吐。

这真的伤身又会摧毁人的意志力，所以哪怕后来我俩分手了，我依然对体重偏执。

和老韩在一起后，我开始试图去认识自己。

我在想，木桶原理对于我，哪个是短的那根板子？

在想这个问题之前我率先想通了另一件事，那就是人都是复杂的，必须接受复杂这个属性，才能去分析自身。

我平时看言情小说，里面总讲人设。

但现实生活中哪怕是五六岁的小孩子，都没办法用贴标签的方法分几种性格去定义。

我经常举的一个例子是，电视剧里大家演普通路人，都行色匆匆，但真正的普通人是这样的吗？我是个普通人，在排队买奶茶时，总会想慢慢劈叉，或是在进地铁站时高声歌唱。但我只是在脑海里想想而已。

我和老韩会在四下无人的情况下手拉手跳跃、跑步，像两个疯子，这样的我们不是普通人吗？我们是的呀。

但谁能解释我们的这种行为呢？

这就是复杂。

复杂和矛盾是普遍存在的，不是偶然的。

所以我的短板是焦虑症本身吗？是我厌食、暴食、过度减肥吗？是我彻夜失眠然后疯狂拖延吗？

我觉得都不是，这些都是表象。

深层问题在于我迫切想要和世界割裂，同时又迫切地想得到外界的认可。

我在和人比较中得到优越感的同时又收获深深的自卑感。

我渴求美好的感情又觉得这样的自己不值得。

我对自己的认同建立在虚荣和傲慢上。

我孤芳自赏，但别人夸我时又会大喊着“我很烂的！我很差的”，尖叫着跑走。

我想要改变现状，又没有破釜沉舟的勇气。

我假装爱自己，又深深厌弃自己的懒惰和懦弱。

我对一切感到迷惑、矛盾又愤怒，一腔怒火，却勉力维持优雅、虚伪的微笑。我不懂这个世界的法则，正如不懂自己。

我没办法真正放弃自己，又觉得自己的人生不过如此。也许曾经有过辉煌，但现在的我拒绝继续努力，偶尔依靠小聪明自负，但又陷入深深的悔恨中。

在二十岁出头的年纪就是这样的状态。

而这一切的契机又让我一言难尽，也许是因为失败的恋爱，也许是因为父母的强势和控制，也许是因为祖辈的相继离世……

我至今记得那时申请加国签证要例行体检，因为没多少可以选择预约的时间，不得不在还上课时买机票从上海飞回北京做体检。

那天下午我做完体检时间还早，因为我的返程航班是晚上八点，所以我妈说：“你去看看姥姥吧，姥姥其实上周心脏病复发住院了。”

我去东直门中医院看姥姥，姥姥特别惊喜，一个劲儿地问体检怎么样，签证怎么样，仿佛我的事比她的身体还重要。

我几乎哽咽了，说：“你住院怎么不告诉我呀？”

姥姥塞给我一块费列罗巧克力，说：“不碍事的，喏，这个你带上飞机吃。”

那天下午四点多，姥姥穿着病号服送我到医院楼下，阳光很好。她就站在树荫里，一直朝我招手，直到看不到我。

我一直记得那个场景。

回到上海后过了三天，我妈给我打电话说姥姥走了。

那时我在宿舍背单词，挂了电话，剥开了费列罗。我一直不爱吃巧克力，所以姥姥给我时我就随手放在兜里，经过飞机上两小时的飞行巧克力都被焐化了。此刻我把它剥开，刚吃第一口眼泪就掉下来了，然后就没再忍了。室友来抱我，我说我没有姥姥了。

长大好烦啊，爱我的人在离开，我也在变糟糕，生活仿佛不会再好了。

所以那时我想死。死不是我想去做的一件事，我只是觉得如果死了的话，所有不好的事情都会戛然而止。

和老韩那种淡定沉稳的性子不同，我是个急性子的人，要在第一时间知道所有事情的结果。

就像我在那个晚上必须吃到辣椒酱拌白米饭，那时的我迫切地想要知道我人生考卷的所有答案。

我会幸福吗？我会成功吗？最终会有一个温柔又帅气的好男孩来爱我吗？我会和爸妈和解吗？我会成为一个强大又温柔的人吗？

我不知道。人生这个考卷哪儿有答案啊？我就像放暑假的小孩子一样，将试卷往后翻到最末页找答案，结果发现一片空白。人生试卷的每道题都只有一个答案：“略。”这让我很焦虑。

直到很久很久以后，好像就在一个午后，我和老韩抱着睡了一个长长的午觉，安稳又惬意。我俩醒来后面对面地笑，也不知道在笑什么。我把脚塞进他的腿缝里，他夹着我的脚，比谁力气大，我们就玩着这种蠢游戏。

他看见我眼中的他，我看见他眼中的我。

他看着看着便过来亲我。

我说："咱们俩好腻哦。"

他说："那是因为我喜欢你呀。"

我说："你喜欢我什么啊？我一点儿都不好。"

他说他讨厌不可预料的事，但我是个例外。

他说："世界不可预料，所以我离世界远去；你不可预料，所以我向你奔来。我真的特别特别喜欢你。"

我听了就好感动啊，然后想：二十多岁的我其实错了，要做的并不是客观地去认清自己，而是要主观地去爱自己。因为我就是个值得被喜欢的人，哪怕没有理由。

我值得在一个静谧的午后和温柔的男孩子面对面地躺着，任由他对我说情话，亲我的额头。

嗯，我之于世界可是很宝贵的。

第 三 章

名字外号

聚会结束那天晚上因为吃了晚饭而长了 0.6 千克，所以我喝了减肥茶。其实我一直想戒掉对减肥茶的依赖，因为一喝那茶心跳就会加快，大晚上喝可真不好受。

我喝了茶没两个小时就开始腹泻。凌晨两点多我又冲了澡，称了体重，终于心满意足地躺回床上时，一条微信进来了，名字备注是韩玉。

我愣了一下，才反应过来韩玉就是老韩。韩玉是他的本名。

自从开学加了他以后我们就没有私下联系过。这个时间点他发信息过来，我的心开始怦怦跳。

我满怀期待地点开信息。

韩玉："胖子说你把饭锅忘他家了。明天他没课不去学校，你要是用的话我明天下午五点给你送过去。"

我几乎是秒回："没事，不用麻烦。电饭锅在我家就是摆设，哪天他有空带给我就行，不用特意跑一趟。谢谢你。"

可能他没想到这个时间我还没睡，我看着微信的抬头显示"对方还在输入”，但就是没有信息过来。

我盯着手机看了好半天，想老韩这个人打字也太慢了吧，还是说他删了打，打了删？他到底想说什么啊？

然后他给我发：“现在打电话方便吗？”

我又愣住了，然后给他回了一个“乖巧点头”的表情，下一秒他打了微信语音电话过来。

电话那边他的声音比往常要低沉很多，感觉就像我玩的乙女游戏里角色的声音，在这暗夜中显得特别不真实。

“你怎么还没睡？是没关静音被吵醒了吗？”他问。

我回答：“没有啊，我一般都凌晨4点才睡。我还好奇你怎么这么晚没睡给我发信息呢。”

那边没回音，我又说：“打电话有什么事啊？”

我听老韩那边传来窸窸窣窣的声音，感觉他从屋子走到了阳台上，因为传来了风声和树叶抖动的声音。

“是这样的，因为打字太慢，我不太习惯发微信，但想和你说很多话，所以打电话过来。”他的语气透着严肃。

明明家里不冷，我感觉我举着手机的手臂都在随着全身晃动。我猜不透他想说什么，好奇又紧张，还隐隐期待着他要表白（当然不是！）。

我的嗓子几乎是哑的：“这样啊，那你说。”

他说：“我也睡不着。大概因为反复在想你和我讲的话。首先谢谢你告诉我你的秘密，谢谢你的信任，我不会把你的事和别人讲的。其次……这样说可能唐突了，你也许觉得我很奇怪，但我真的有些担心你，想为你做点儿什么。”

“啊……”我突然有些尴尬，浪漫的幻想被戳破了，只得硬着头皮说，“其实不算秘密的，你不用往心里去。”

老韩没怎么理会，接着往下说：“我今天回来问了我妈，问她当时的情况。她和我说她当时……”

然后我就举着手机听老韩讲了二十几分钟他妈妈的治疗过程，包括调节心理和服药，还有调整作息什么的。我从没想过他那样的男孩子会变得这么啰唆，他的滤镜又没了大半。

最后我竟然打了个哈欠，看了看表，2 点 37 分。可喜可贺，要知道平时不到 4 点我根本不会困的！我真是谢谢他了！

他说得非常细致，如教导主任开会时那般细致，说到中间我就开始走神。最后他说："大概就是这样了。"

我顿了两三秒，心里欢呼撒花，然后虚伪地说了一句："谢谢你啊。"

他又关切地问："那么我刚刚说的，你觉得呢？"

我想：老天，他刚才说了什么？他怎么还带课后提问的呢？

我心虚地说："嗯，我觉得你说得很对。"其实我压根儿不知道他刚才说了什么。

老韩惊讶："我还怕你不同意呢。那成吧，我们今天就说到这里，早点儿睡。明早 7 点我去你家门口，我们一起去健身房跑步，克服焦虑的第一步先从改变作息开始，增强锻炼。没事，我们慢慢来。"

我小小的脑袋里充满了大大的疑惑。好像从我头顶上冒出了很多问号，都快把家里的天花板顶破了。啥？

挂了电话，我给他回了个晚安，但他那边没再回。我还在想他是不是知道晚安是什么意思所以不给我回（后来我问他，他说不知道晚安有暧昧的意思，他那天没回是因为心里的大石头落了地，撂下电话就安心睡着了），心里觉得很烦。

第二天一早，因为之前我定了十八个闹铃，终于在 6 点 48 分时从床上爬起来了。我像旋风一般刷牙洗脸，都没来得及梳头发，随便拿了个皮筋一扎，揪起书包就下了楼。

我到了楼下，老韩站在我家楼下行车道一旁，长身玉立，感觉已经到了好久。他也没低头看手机，反而在看树上的红肚皮小鸟。

国外这边已经是入秋时节，他穿着连帽外衫，里面露出白色 T 恤的领子，很清爽。我走过去戳了下他单肩挎着的健身包，问："这里面都是什么啊？怎么这么多东西？"

他转头咧嘴笑道："早啊。是换洗衣服，跑步完会出汗。"

（后来我问他："你不是害怕女生吗？怎么就这么主动开朗了？"他说那时他给自己的定位是锻炼搭子，身份的转变让他不再害怕我。好吧……）

然后他惊诧地看着只背了正常的书包的我："你就带这么点儿东西吗？"

我耸肩："我不出汗的，所以就带了双鞋。"

我俩走在路上闲聊，他说："你知道刚才那种红肚皮小鸟叫什么吗？"

我说："就叫红肚皮小鸟。"

老韩笑了，随后科普："Robin（知更鸟，一种北美常见的鸟类）。"

我哎了一声，一直觉得这种鸟贼兮兮的，没想到有这么英气的名字，那可是蝙蝠侠的搭档呢。

他点了点头："我也觉得这名字好听。"

然后我俩就聊到了名字，他问我名字的来历。

老韩的名字特别秀气，韩玉，像个女孩子的名字。他说父母希望他君子如玉，做个正直善良的人。

我说："你就是美玉本玉啊，你父母很会起名，哪儿像我爸妈瞎起。"

我祖籍浙江宁波，于是爸妈偷懒就给我起名叫宁波，让我不要忘根……我好讨厌这个名字，像个男孩子的名字。而且"波"哪里好了？一波三折，风波再起，都不是什么好词。

老韩说我的名字很特别，他们那边有说法是，女孩子起中性一点儿的名字命会好。

他又说，他的小名让他很困扰。

我问："是什么呀？"

他蹙起眉头说："小玉。"

我哈哈大笑，笑声惊起一树枝的 Robin。

我说如果哪天我写小说，一定把这个名字写进去！

（后来真的写进去了，我写《一醉江湖》时，女主人公骑的黑驴叫小玉。我说我没有食言，把他写进去了！他兴冲冲地去找自己的名字，结果看到自己是头驴子，沉默了一晚上，后来和我说，我开心就好。但我看他不怎么开心的样子。）

我说相比之下我的小名就难听多了。

他说："叫什么呀？告诉我。"

我说："波波……是不是很蠢？"

他突然用机械音说出："波波，飞行系神奇宝贝（确切发音应该是，bebe，飞星西深七包背。因为是机械音嘛，所以所有音调都是一声）。"

我乐了，说："这是什么呀？"

他笑着说："哎，你小时候没用 gameboy（90 后常见的游戏机）玩过《神奇宝贝》吗？"

我说："我玩过呀，但是不记得了。"

他说："用精灵球抓到波波鸟时，游戏机就是这么发声的。"

后来我去找音源来听，发现果然如此，他学得好像！他有天赋！

再之后我就爱上我的小名了，在一起后每天早起都要他用机械音叫我起床，他会一边掀我的被子一边说："Bebe，飞星西深七包背，揪失妮勒，快颠七疮八！"（波波，飞行系神奇宝贝，就是你了，快点儿起床吧！）

外国人痴迷健身。我们系有个肌肉哥叫 Josh，将近两米高的一个金发男，每天五点半起床去学校健身房举铁。每次我见到这哥们儿，他不是在去健身房的路上，就是刚从健身房回来，然后还经常在课上摇蛋白粉，感觉都魔怔了。

我不清楚老韩是不是这样的"健身咖"，挺担忧的。因为我听说狂热健身男那方面都不行。虽然那时我还没有此种经历，但深知这对婚姻生活的重要性。你们看我想得多远。

走在路上我就试探着问他："你很喜欢健身吗？"

他摇了摇头："你指哪种？平时锻炼的话打篮球比较多，要么就是踢足球。我其实不喜欢在健身房泡着，总觉得闷。"

我疑惑了，问："那你为什么约我健身？"

他也疑惑地看看我的脑瓜顶，正好赶上我抬头，我俩就这样瞪着眼睛看了看彼此。我发现他眼角有一颗很小的棕色的痣，平时没注意是因为在学校他总是戴一副细边黑色框架眼镜。但我猜他近视度数不深，不学习时就会把眼镜摘下来。

"你到底有没有认真听我昨天说的啊？"他看着我的脑门儿，抬了下手，什么都没做又把手放回去。我强烈怀疑他本来是想弹我的脑门儿的。

"听了。"我赶忙遮掩过去，想了个话头，"我只是觉得吧，咱俩也不熟，我想不通你为什么要带着我训练。"

他半天没说话，随后笑了下。他笑的时候脸上有酒窝，晨曦正好落在他的睫毛上，我几乎看呆了。

高大的男孩子轻声叹息："好伤心啊，我以为我们是朋友，你竟然说我们不熟。"

我没想到他会这样回答，然后觉得有些抱歉，因为我对朋友的定义还蛮狭窄的。按照我的定义，我大概只有五个朋友，其中三个都是大学时的室友，除了这五个人其余的只能称作"知道名字的同学"。

我问："你对朋友都是这么好的吗？"

韩玉想了想说："也分人。"

我的心重重地跳了下。因为我听到他继续说："对女同学这样还是头一次，真的。"

为什么我是特例呢？我是有什么特别的吗？我很想问，但又不敢问，心里雀跃又有些涩涩的感觉。我怕他是出于同情，又怕他是在骗人，也许他就是对谁都好，一视同仁。

结果他就像看透我的心思一样立马解释道："你不要误会啊，我不是同情。”

“那是什么呢？”我追问。

“嗯……”他陷入思考，随后抬头苦笑道，“总之不是同情。”

我看到他的耳朵红了，以为是被风吹的。

关于他什么时候喜欢上我这件事，我一直耿耿于怀。

女生是不是都很爱问两个问题：你什么时候喜欢我的呀？你喜欢我什么呢？

但很少有男生能给出确切答案。

我俩在一起后，我几乎时常抛出这两个问题来折磨老韩。

有时他说喜欢我总是犯困的样子，觉得又呆又有趣。

有时候他说我笑起来特别让他心动。

有一次他给我讲了个故事：刚开学时我们有一门相同的课，那个课是个白人长胡子老学究讲的，特别特别枯燥，几乎就是照着教科书在黑板上抄。全班所有学生都在讲话，刷 facebook（脸书，社交平台），班里乱糟糟的，老教授也不管，自顾自地讲课。老韩看到只有我一个人认真记笔记，有时候还给教授一些回应。

我说那是因为我数学专业真的学得非常烂，那门课又非常难，所以必须和教授搞好关系。

老韩了然地摇摇头说：“你看你又来了，夸你就不好意思，非要扯出这样的理由。”

我说：“是真的啊！”

他笑而不语。我揪着他的衣领问：“你想说什么？说呀！”

老韩很认真地把我抱到腿上去，说：“那时咱俩还没在一起，有一次上课我坐在你后面，无意中看到你在电脑上给朋友发信息。你发的是‘这门课班里乱糟糟的，真的很过分，我不能允许这帮食死徒这么欺负邓布利多’！”

我想起来了，于是哈哈大笑。这种事被他讲出来还挺不好意思的，我也太幼稚了！

不过那个老爷爷的确长得特别像《哈利·波特》里的邓布利多校长，所以我轻易就原谅了他讲课烂这个事实。我给本科时的室友发微信吐槽课堂纪律，义愤填膺地代入了狮院学生，恨不得给每一个嘴里不停说话的同学来一个阿瓦达索命。

唉。

究其原因可能是我和老一辈的关系太好了，所以真的看不得老爷爷、老奶奶被欺负。但这并不能说明我就是一个善良的人。也许有些人会认为，男朋友觉得你单纯、善良，难道不是一件好事吗？你也太矫情了吧？

可我真的超怕的。不仅是老韩，身边任何一个人说："你真好！"我都吓得抱头鼠窜。

拜托了，你们千万不要觉得我好，这样我会活得好累啊。我就想当个反派，绝情冷漠不会受伤，永远为达目的不择手段，永远独善其身。正派一腔热血、蚍蜉撼大树就值得称赞吗？

所以当老韩搬出这样一个故事来印证他是什么时候开始对我有好感时，我还挺心虚的。

但他坚持自己对我的看法。他说共情能力强的人不会坏到哪里去，我就嘴硬好了。

怎么说呢？我听到他这样说，可能在内心很深很深的地方还是有点儿喜悦的。

"但是你承不承认那个教授真的很像邓布利多？！我起的这个外号是不是很贴切？"我赶紧岔开话题。

老韩点头："给猪院加十分！"

说到外号又有个小故事。跟了老韩将近六年的眼镜腿儿断了，他去订了副新眼镜。新眼镜框比之前那副略宽，他戴上后问我："怎么样？"

我左瞧瞧右瞧瞧，拉住他说："老公，真神了啊，你戴上以后特别特别像 TVB 里的反派！"

他蹙眉，欲摘下眼镜来："这是什么形容？不好看是吗？"

我阻止他摘，使劲拍他的手背："不是不好看，是超级好看！就是'斯文败类'型，你懂吗？啊啊啊——我不行了！"

后来我强迫他戴着那副眼镜回家，一路上啧啧称奇，一副眼镜能将一个人的气质改变那么多。

回到家后，我开始玩——

摘下：老韩。戴上：TVB反派。摘下：老韩。戴上：TVB反派……

起初他还耐着性子随我戏弄，几次三番后，戴着眼镜把我扛到床上，开始解衣服，然后学着电视里的语气说："让你看看TVB反派怎么疼老婆的！"

我蹬着腿都快笑岔气了，说："你这语气学得还真像，能再说几句给我听听吗？"

第四章

玩蠢游戏

我是真的不喜欢跑步！

初、高中时跑 800 米，每次跑前我都紧张得拉肚子，然后跑的时候腿软了。这帮同学平时说“我好怕跑 800 米”，结果一个个都跑到我前面去。我那个绝望啊，边跑边想哭，边跑边生气。尤其大冬天的时候我跑起来还要喝一肚子冷风……我跑完从喉咙到肺都火辣辣的。

如果让我列一个讨厌做的事情排行榜的话，跑步肯定排在前三。

如今我和老韩去健身房，他就在我边上举铁，时不时往我这边看看，相当于监工。

其实我还挺不好意思的，因为跑步可丑了！

我不会摆臂，有一段时间有人说我跑步像《火影忍者》里的忍者跑，就是双臂背在后面那种跑起来的样子。但问题是我是女生啊！女生怎么能忍者跑？！我也是有尊严的！

再后来我把手臂固定在前面，又有人说我像《侏罗纪》里的霸王龙，就是小短手缩在前面那种样子，把我气的啊。

之后我就上大学了，大学也有体测。我终于学会了自然摆臂，结果室友说我跑起来像《进击的巨人》里的奇行种！意思就是人家摆臂是随着跑步节奏摆动，我摆臂就是瞎摆。

如今我深呼吸，先把跑步机调了个 6km/h（千米每小时）。哇，好快啊。还是调慢点儿吧，我调成了 5.5km/h。这速度不错，介于跑步和快走之间，我能偷懒。

老韩还在监视我。不得不说他穿一身运动装真的挺帅的，我很难将视线从他的胳膊线条上移开，不是一疙瘩一疙瘩那种肌肉，是打篮球的肌肉，线条很流畅，若隐若现的（话说这男人是不是故意的，故意展示给我看）。我太馋了，想摸摸。

我只得假装不在意，但又没有戴耳机，只好抬头看前面的电视。

电视里在播早间新闻，说多伦多哪里又发生枪击案了。

后来工作人员过来换了个台，换成冰球重播。

我看也看不懂。冰球那么小，每次我都觉得是一帮大老爷们儿在热火朝天地打空气，而且经常打着打着球就开始打架，无聊得很。

我开始犯困，因为昨晚睡了不足四个小时。不过一会儿就开始上眼皮找下眼皮，我就想：要不闭着眼睛跑步吧……

于是我把手放在跑步机的界面上，开始扶着跑步机闭着眼跑。

这一闭眼我的思绪就开始飘，各种奇奇怪怪的想法一起涌进来，前一秒我在想老韩到底是不是喜欢我、想追我，后一秒在用意念摸他的胳膊。

我像个游魂一样，腿和脑之间的联结开始分离，然后莫名地就脚下越跑越快，腿都捯不过来了，像个风火轮一样在胯下狂舞。

半分钟后，我被跑步机甩了出去，夹在衣服上的跑步机纽扣也飞了，飞速转动的跑步机戛然而止。

原来我闭着眼睛按到了加速键，而我的这台机器触碰感应特别灵敏……可恶。

我默默希望我在空中飞出去的时候至少是优雅的。

（但我发现自从认识了老韩，我连勉力维持优雅都做不到了，总是会发生一些奇怪的事情被他看到，以至于他一直以为我蛮傻的……我明明是忧郁的仙女！但这也是后话了。）

我摔了个大屁蹲儿，把在我后面一排跑步的小姐姐也吓一大跳。人家跑着跑着就看到我从跑步机上先加速再向后起飞，这能不被吓着吗？

健身房一圈人围过来问我："Are you ok（你还好吗）？"

我脑子都是蒙的，回答他们的话是中文，脑子里的语言切换模式好像死机了。

老韩从一圈人中挤进来，一脸严肃地把手伸过来给我，拉我起来。我捂着屁股站起来，趔趄几下还撞在他腰间的肌肉上，硬邦邦的。

丢人事小，我觉得我撞到尾椎骨了。要是有事的话我下半辈子非得讹上他，让他伺候我吃喝拉撒。

我俩坐在健身房门口的咖啡厅里。老韩去给我买了杯莓果奶昔和一个甜甜圈放在我面前，自己要了杯 decaf（不含咖啡因的咖啡）。他几乎从不喝带咖啡因的饮料。

他关切地问："怎么样？"他问的是我的尾椎骨。

我感受了一下，嗯，已经没事了。我还觉得有些可惜，不能碰瓷了。

我吃了一口甜甜圈，然后喝了一口莓果奶昔，差点儿酸掉牙。

我龇牙咧嘴，表情狰狞："没事了。"

他双手抱胸，慵懒地靠在椅背上定定地看着我，看着看着乐了，说了句："看你的表情不像没事。"

酸劲儿还没过，我继续龇牙咧嘴，表情狰狞地说道："是……酸……的。"

过了一会儿我那个酸劲儿好不容易下去，看见他在我对面露出浅笑。我努力去找这个笑容里的嘲讽之意，但没找到，只找到宠溺的意思。他觉得我可爱吗？唉，真奇怪。

他继续说："你真行啊，跑步都能睡着，我还是头一回见。"

他说他在那边刚加了个重量，躺下卧推前看我还是正常的，等他做完一组运动起来后，只听砰的一声巨响，然后我周围就围了一圈人。他都惊呆了，以为跑步机炸了。

我不得不承认："我真的不喜欢跑步。太无聊了，跑着跑着就容易走神。"

气氛沉默了一会儿，他蹙起眉头想了想："那你有什么喜欢的运动吗？"

我不假思索地回答道："说实话，没有。"

我无论是上小学、中学还是大学，都是最不爱运动的。如果没有其他事情的话，我能在床上躺一天。我可以不喝水，不吃饭，不上厕所（我尽量憋着），不和别人讲话，就一个人，要么发呆，要么上网。我甚至可以不逛街，因为爸妈一直骗我家里穷得揭不开锅。

我说完就有些后悔。老韩也没欠我什么，这么努力地想帮我，我却打退堂鼓，真的不合适。于是我绞尽脑汁地想出一个运动："游泳的话还可以。我们可以约游泳。"

但他没搭茬儿，甚至有些诡异地脸红了。不知道小伙子在想什么乱七八糟的事，反正我是光明正大地想看看他的腹肌。

他沉吟了一会儿，喝了口咖啡，没头没脑地冒出一句："你知道从你家到学校一共有多少个消防栓吗？"

我有些猜不透他的意思。从我家到学校坐公交车的话三站地，走路要半个多小时，但我从没走过，自然也不知道有多少个消防栓。我说："不知道，难不成你知道？"

他点头："知道。"

随后他说："如果从 Huron St.（休伦街道）那条路走的话，一共能看到 14 个，如果从 Wellington Rd.（惠灵顿路）走，能看到十六个，如果……"

他一共列举出五条可以从我家走到学校的线路，并且给出了从不同的路走的话能看到的消防栓个数。

说完这一通，他淡定地补充，其中 5th（第五）路口、Bird（伯德）路口的两个消防栓的颜色是蓝色的，和其他的消防栓颜色不一样。

“不信的话你可以去看看。”他说。

我不懂他这操作，太爱炫耀了。我甚至觉得他是有些变态的，于是摇摇头：“你瞎编的吧？”

谁不会瞎编啊，只要气势足，总有人相信，但我不会上当。

他玩儿牌时那个胸有成竹的表情又从我的脑海中浮现出来，淡定中还是掩盖不了张扬、狡黠。他说：“不信的话，今天回家时我们数一数。”

我不敢讲话。他说“我们”……他这是约我一起回家吗？他坚持要改造我这摊烂泥吗？

说到这里，我要给个补充。老韩租的公寓和我的公寓距离三个街区，所以他上学时走的路线基本和我一样，只是离学校比我稍远。

他又催促：“你说呢？”

我用吸管搅了搅奶昔，心里想着的是：帅哥主动邀约一起回家固然是好事，但我真的不想走三十多分钟。我坐公交车用学生卡是免费的，免费不好吗？

但是出于想要揭穿他瞎编数字的谎言的好胜心，我还是点了点头。激将法真是好用。

我说：“可是我今天晚上五点半有课，下课要七点了。”

他说：“没关系，我们晚上七点在你的教室门口见。”

七点下课后，我还跑去厕所洗了把脸，怕一天下来额头上全是油光。

今天在学校我一直心神不宁。这有三个原因，一是因为周三我按惯例要和导师见面，但还没有开始做他布置的论文，也没有分析数据；二是因为我喝了奶昔，于是一整天都没敢吃饭，现在饿得心慌；三是因为……老韩。

其实今天上午我们在健身房告别后，下午一点左右他还来了我所在的教室一趟，不过不是来找我。

他们楼层的打印机坏了，他来我们这里打印文献。当时教室里除了我还有三四个人，老韩进来时和我们都打了招呼。

也不知我当时做贼心虚个啥，立马装作很忙的样子，埋头看手头的资料。

老韩打印完资料也没急着走，站在我的桌子前和另外两个男生闲聊。

桌子前都有高高的隔板，他只是轻轻靠在我桌子前面的板子上，一只手搭在上面，表情轻松自然，全程目不斜视，没有看我。

我不知道他是不是故意的，教室那么大，他为什么非要靠在我的桌子上？我都要疯了。

但他并没有和我讲更多的话，这又让我有些失落。

我失落什么呢？其实我很矛盾。我既不想让大家知道我们今早一起去健身房了，又期盼着他在别人也在场时对我能表现出一点点不同。

我隐秘地希望他是为了看我才找借口来我们教室的。但实际上他真的只是来打印资料的，和那两个男生聊也是因为他被叫住，所以聊了昨晚的比赛。

我开始生气，气自己没出息。我是喜欢老韩的吗？我顶多是有好感。我会追他吗？我暂时不会。我希望他追我吗？我希望。

我好气啊。我怎么这么卑鄙？我享受被干净帅气又口碑好的男生爱慕的感觉，也喜欢暧昧的感觉，但目前看来只是我自作多情了。人家对我压根儿没什么感觉，可能真像他说的“帮帮朋友”，仅此而已。

这种别扭的情绪开始支配我，于是我继续埋头读论文，任他靠着我的桌子隔板也不抬头，不然显得我多上赶着一样。他不和我讲话，我凭什么和他讲话？

说真的，我开始觉得老韩没有我想象中那样老实木讷了。不然他为什么早上还很关心我，约我早起去健身房，现在当着众人的面又表现得和我只是普通的关系？他是不是在“套路”我？他是不是在“养鱼”？

虽然我直觉上觉得老韩并不是那样的人，但实在想不通他此时此刻和我这么疏离的理由，并且这样“把人往坏处想”能让我心里多多少少好受些。

我低头低得脖子都要僵硬了，而后感觉到老韩离开了隔板。我下意识地急着抬头，结果对上了他的目光。

他不知什么时候开始专注地望着我这边，望着我的后脑勺。

他眼神深沉，就像在思考，又像在走神，看着我走神。当他看见我抬头时，就赶忙把视线从我身上移到我面前的文献上。

我瞬间脸红了，但此时要高冷。所以我只是对他腼腆又官方地笑了一下。然而他率先开口问我：“吃没吃饭？”

他是问午饭还是早饭？早饭我不是吃了个甜甜圈吗？我的大脑卡住了，甚至心也开始抽抽。刚刚我误会他了？他其实是来喊我吃饭的？

但没等我继续自作多情，另外两个男生往门外走着，喊他：“快点儿，不然一会儿要排队。”

老韩状似无意地用手指敲了敲我的桌子隔板：嗒、嗒嗒。他说：“没吃的话一起来，今天广场上有热狗餐车，据说味道还不错。”

哦……

我摇头：“我不饿，一会儿还有课。”也不知在别扭什么，但我才不去，哼。

他也没再坚持，只是看了我放在桌子上的莓果奶昔一眼。那个我只喝了一小半。

因为减肥，我经常浪费食物（我知道这样很不好，现在已经不这样了），吃几口东西就不吃了，要么就是喝一口买的奶茶装装样子……但是我没扔早上老韩给我买的奶昔，也许是觉得那个塑料杯子很好看，带回去可以洗干净盛花。（当然也有可能是因为，我莫名地不想浪费老韩的钱。唉，我干吗这么贤惠？真奇怪。）

莓果奶昔已经不冰了，因为是鲜榨的，所以杯壁上挂了不少沫沫，看着并不那么好喝了。老韩用一根手指摸了下杯壁试探温度，说：“这个不好喝就不要喝了吧，我帮你扔了？”

“哎，不用！”我赶忙制止他，把他手下的奶昔抢过来。结果他就笑，没再说什么，只是同那两个人转身出了门。

然后再见他就是晚上七点了，我心里雀跃又别扭，因为下午他那种模糊的态度伤我自尊。

我也不知道我的诉求是什么。其实，如果他真要是变得特别热情，我反而不会喜欢那样的人。可他哪怕表现出一点点对我的特殊对待呢？但他没有。他表现得很礼貌，仿佛那个在电话里滔滔不绝地讲二十几分钟如何克服焦虑症的人不是他。我好烦哦。

我总是爱生闷气。和老韩还没怎么样呢，我就控制不住自己开始生闷气。我也知道这样不好。我有什么立场生老韩的气呢？他又不喜欢我！我们只是朋友！

也不知为什么我想到了前男友。前男友老说我做作，说我脾气又怪又臭，还死黏人，让他喘不过气。我不否认，我的确是个需要源源不断地索取情绪回应的人。我在亲密关系中是弱势的那一方，因为总是感受不到安全感，所以总是闹腾。我要不断地试探和进攻，以确认我得到了足够分量的爱。

但我只是对心理上亲近信任的人做作啊。我对周围不熟的人都很礼貌的，还有人夸我温柔、幽默、积极向上呢。

我开始隐隐约约地担心。我挺怕重蹈覆辙的，怕老韩靠近我后发觉我的内在可悲又无趣，就像所有一开始对我感兴趣的男生一样，最后失望又冷漠地离开。我不相信老韩是那样的人，可好害怕。

我就想啊，若是以后真和老韩发生点儿什么故事，可不能像以前那样黏人了。我要当那个陷得不深的人。我要洒脱！这样他就会觉得我永远神秘可爱。

（可是后来他说：“啊？你有过神秘的时候吗？可我一直觉得你很呆啊，就像猪猪，哼哧哼哧的，一会儿生气了，一会儿又开心了。但我能猜透你所有生气和开心的理由，哄你开心并不是什么难事，你很好哄的。”可真是气死我了。）

（再后来我意识到，你就算是个大粪球，都有喜欢你、想把你滚回家的屎壳郎。嫌弃你、冷落你、没有给足你安全感的人，要么不是你命中注定的屎壳郎，要么就是他们滚你的方式不对！）

于是当时抱着这种想法的我，端着个劲儿去教室门口。上楼前，我还专门把喝空的奶昔杯子塞进书包里（没错，我竟然喝完了，喝完后随手把杯子放在书包外层网兜里），因为怕老韩看到我还留着那个杯子，以为我暗恋他。我可不能给他这样的错觉。

老韩插着兜在门口等，因为我们教室锁着门，他没钥匙。

他看到我来，单肩背起书包往我这边走。我还没有想好一句帅气的开场白，手里就被他塞了一个热热乎乎的油纸包装。

“中午给你买的热狗，味道肯定没有刚做出来的好，刚才我用微波炉加热了，你凑合吃。”

刚培养起的气势瞬间土崩瓦解，我讷讷地说：“为什么给我买这个？”

“因为我猜这一整天你肯定没吃饭，不然不可能一脸不开心。你知道吗？人不吃主食就容易心情不畅，胡思乱想。”

“我哪儿有不开心？”我默默撕开包装纸，咬了一口。里面的 ranch（牧场）沙拉酱流出来，就着酱菜丁和烤鸡胸肉肠，烟熏的味道很浓，还有烤到恰到好处的面饼，好吃极了。

我下意识地咧嘴傻笑：“好吃的。”

老韩也笑了，递过来一张餐巾纸：“你看我说什么来着？”

我们走出校区后，夜色便笼了过来。我们一路往南走，路上的人越来越少。

小城的夜很安静。我们走在小路上，路的一面是独栋居民区的矮围墙，一面是一排排栽好的山茱萸，偶尔有车经过。

我和老韩几乎是并排走的，行路不宽，我走里侧，他微微把我让在前面。我们一路走着，他卫衣宽大的衣袖偶尔还会蹭到我的衣袖。他似乎没察觉，但每当我俩衣袖相拂时，我都能闻到他身上若隐若现的味道，很清新，中和掉了这早秋时节的萧索。

我深深吸了一口气，这个小城的气候和北京差不多，早秋的空气的味道也几乎和北京秋天的味道是一样的，这是我喜欢这里不多的原因之一。

好大一个热狗，我吃了一半吃累了，便把包装纸重新折好攥在手里。他看我不吃了，于是说道："用我帮你放书包里吗？"

我站定："好啊，谢谢你。"

他拿过热狗，拉开我的书包拉链，因为扯的力气大了，我还往后退了半步。他在我的头顶说了句："抱歉啊，劲儿太大。"我有些无语，估计他平时真的不怎么和女孩子打交道。

这时我突然想起什么，立马找借口大声说："我还是拿在手里吧！我怕一会儿书包里有味道！"

但还是晚了，他看到了我藏在书包里的空奶昔杯子。

他没作声，把热狗放好便轻轻把拉链重新拉上，然后还像拍小朋友一样拍了拍我的书包："放好了。"他什么也没提，也没问我为什么要把一个破烂塑料杯子藏在书包里。

我尴尬死了，要是此时来一辆车，我恨不得撞上去！

完蛋了、完蛋了，他肯定觉得我对他有意思，真是糟糕，打草惊蛇了。

正当我内心咆哮时，他岔开话题说："我发觉你吃得好少。"他边说边比画我的饭量，"我和胖子上高中时出去吃必胜客，能吃五百多的饭钱。"

我还陷在尴尬的情绪里没出来，于是没说话，只是暗暗盘算了下，五百多的饭钱，那确实不少。

他继续比画："不知道你记不记得必胜客有沙拉台，一个盘子随便装，不管装多少都只算一个盘子的钱。那时我俩还都是浑小子，研究怎么薅羊毛……后来我俩托着将近半米高的沙拉回到位置上，服务员一个劲儿用白眼看我们。”

那个啰里啰唆的老韩又回来了，接下来给我讲他们的独门秘诀：先铺一层圣女果，然后见缝插针地铺黄瓜片，再然后是……他讲得非常细致，把每层怎么铺的过程都解释得清清楚楚。

天哪，我对怎么往高了铺沙拉真的一点儿兴趣也没有。但他成功地转移了我的注意力。

老韩这个人哪里都好，就是认真叙述事情时总让人想睡觉。他可能真的语文不太好吧，自己描述得兴致勃勃，其实内容干巴得要死，像做文献综述。我努力去听，却频频走神。

后来我俩在一起，他对我坦白，说和我在一起根本没法忍住不说屁话。他在外人面前踏实、沉默，像山岳一般，到了我这里能叨叨一整天：不是把我的小名“波波”编唱进所有他能想到的歌，就是给我念叨这家超市大米贵，那家餐厅鸡翅咸，邻居家狗狗令他没有安全感……对话里百分之九十的内容是毫无营养的碎碎念。

我之后睡眠变好，也是因为他睡前喜欢给我讲自己初、高中的故事，我一般听第一句就睡着了。有一次他给我唱《胖丁之歌》——神奇宝贝里胖丁的技能，只要胖丁一唱歌，周围人全睡着：

波，波拉拉布，波哩波，波哩布……（胖丁的语言）

他唱了三遍，一边轻轻拍着我一边沉沉地唱，我反而很精神，一点儿睡意也没有。

（胖丁之歌好好听的，你们可以找来听听！）

再后来他升职了，有一次在家办公，我在旁边听他给组员开会。会议结束，我感慨：“好佩服你们的组员！听你讲了三十分钟居然没一个睡着的！”

之前那个晚上我俩就这样走啊走，他讲到第十三层要记得铺夯实的鸡蛋沙拉时，突然指着一个消防栓说：“一个！”我顺着他指的方向看，黄色的消防栓矮墩墩的，中间的圆形把手就像个大眼睛。消防栓真的很像矮胖子大眼仔。

我想起看过的小黄人大电影，里面的独眼小黄人 Stuart 和消防栓搭讪，说的是：

Bello! Papaguena！ (Hello! Pretty Girl！ 你好啊！ 美丽的姑娘！)

小黄人用的语言是英语、法语、意大利语还有西班牙语等的混合体，那个语调要多气人有多气人，特别搞笑。当时我看了好几遍就记住了。

我想起早上老韩考我那个红肚子小鸟叫什么，我没答上来，于是故意考他："你知道消防栓叫什么吗？"

我猜他肯定一板一眼地说 fire hydrant（消防栓），结果没想到老韩不假思索地说："Papaguena！"

我惊了。

他说："你是要问这个的吧？我看了小黄人那个片段好几遍，后面一句是 Tu le bella comme le papaya（电影原声，并无实际意义，是小黄人特有的语言），不过不清楚这句是什么意思，还去搜了西班牙语，但都是比较随机的词拼在一起的。我猜是小黄人夸消防栓姑娘，然后约出去吃晚饭之类的。"

我好挫败啊，为什么他一下子就猜到我的梗了？我还想卖弄一下自己渊博的学识的。

老韩真的超级喜欢小黄人。我俩还会一个扮演 Bob，一个扮演 Kevin 或是 Stuart，你一句我一句地说小黄人的台词。*Minions 2*（《小黄人 2》）刚出预告时，我俩看预告看了几十遍，每晚都会看一遍，然后被可爱到在被窝里踢腿，数着日子等正片上映。

再之后我给老韩买了件夏威夷风的香蕉图案大衬衫，他穿着去环球影城玩儿，被小黄人们追着亲了一条街。最后我给他在小黄人的团团簇拥下拍了张照，平时稳重得什么似的男人心花怒放，心满意足，晚上回宾馆还在和我感慨说：“我真的好喜欢小黄人啊！它们太可爱了！我要把这件衬衫回家裱起来！”

我俩就这样一路走，一路数消防栓。我也不傻，知道他想用这种方式让我多走走，锻炼锻炼。我想说这个方法真的还不错，给我一种老夫老妻饭后遛弯儿的感觉。

数着数着，我俩就开始比赛了。

隔着老远我立马指着一个消防栓说道：“Papaguena！”然后算我一分。谁先指到算谁一分。

而且我们可有仪式感了，必须大声叫出“Papaguena”才可以。有时我俩同时看见消防栓，那就比谁抢答得快，真是又蠢又刺激的积分游戏。

老韩玩游戏有天赋，不论是玩牌这种考脑力的，还是指消防栓这种考反应的，都游刃有余。

后来我就开始耍赖，走着走着开始小跑，率先跑到可以看到下一个消防栓的位置大吼一声：“Papaguena！”然后我站在原地得意扬扬地回头看他，等他笑眯眯地走上来。

我们走了一多半路，他六分，我五分，比赛进行得十分胶着。

回家的路是个大上坡，我开始气喘吁吁，但丝毫不想输，斗志昂扬。

韩玉云淡风轻的，没我这么张牙舞爪，但每次都稳稳地比我多一分。

两个二十多岁的人了，因为指消防栓玩得不亦乐乎，也是奇迹。

经过一个拐角，我风驰电掣地冲过去指着消防栓大喝一声：“Papaguena！”结果拐弯处颤巍巍地走出来一个老奶奶，我差点儿把老奶奶吓一跟头。

我连忙道歉，还给她解释说这是可爱女士的意思。老奶奶开开心心地走了。她是真没想到一把年纪还有人真情实感地喊她 pretty girl……我倒是没说我指的是消防栓……

老韩一点儿都不觉得游戏幼稚，反而很投入地在玩儿。有时候我悔恨得直跺脚，死命和他掰扯刚才那一分明明应该算我的，他就优雅地摇摇一根手指头："不是哦，是我先指的。"这人用最有风度的行为做着最没风度的事，也不知道让让我。

他还故意正色道："要尊重规则，认真比赛。波波同学，我这是尊重对手。"

我翻白眼："拜托了，不要尊重我，放放水吧！救救孩子吧。"

我是真的很想赢，一生要强如我，就因为太要强都把自己整焦虑了。这人怎么能这样？！他是来帮我的还是来气我的？

后来我们发现这个比赛的乐趣一大半来源于斗嘴。

我说："刚才那个我先得分。"

他说："是我先得分。"

我说："虽然我说慢了'Pa'字，但是是我先说完'guena'的。以谁先说完为准。"

他说："那是因为你说的是'Paguena'，少说了中间那个'pa'。"

我说："北京人说话喜欢吃字，你没听说过吗？"

他面无表情地说："北京人说外语也吃字吗？反正我先得分。"然后趁我不注意他又指了一个消防栓。

…………

就这样我们一路走到我楼下。我以一分之差惜败于他，很不甘心。他能赢完全是因为他本身就知道哪里会有消防栓，而在今晚之前我根本没注意过这些大眼仔。

本来我还在惋惜自己输了，和他纠缠这游戏一点儿也不公平，说着说着，他便不说话了。

韩玉默不作声地看着我。我突然意识到漫长的归家路到此为止了，现在即将和他告别，有些失落。

这是我迄今为止在这座城市度过的最美好的夜晚。我好舍不得和他说再见。我想同他一起回家，和他待在一块儿。

韩玉站在公寓楼前的榆树下，他高高大大的，树影盖在他的脸上，我看不清他的脸，只看到他轻扯嘴角："今天走了三十多分钟，也算是锻炼了。明天想赢我的话需要再接再厉呀。"

不知为何我有些想哭。我在想，要是能被他抱一抱多好啊。

我点点头，声音有些涩涩的："明早你要和我一起去学校吗？"

他说："那是肯定的，这种事情重在坚持。明早还是七点钟楼下见，所以你今晚要早睡。"他说着便转身要走，我脑子一抽喊住了他。

我匆匆忙忙地从兜里抽出 20 美元纸币："这是奶昔、甜甜圈，还有热狗的钱。"

他没接，刚才的微笑也不见了，哂笑一声："我没兜。"

他这个谎撒得不太高明。他身上有卫衣兜、裤子兜，光我看见的兜就有三个。

我指指他卫衣的那个兜说："这不就是吗？再说一张纸能占多少地方？"

他躲开我的手往后退："这点儿钱可不够。"

我脸一红，原来是钱不够，估摸着又拿出 10 美元来，这下总该够了吧？

韩玉看了看我，终于不再严肃。

他说："傻不傻，盼望你好起来的心情怎么也值几千万吧，就想用 30 美元打发我？你还是自己收着这点儿钱吧。"随后他迈开长腿，跑了几步到了大门外，生怕我追上去给他塞钱似的，冲我挥手，"明天见啊，我的手下败将。"

第五章

是个笨蛋

和韩玉告别后，我噔噔噔地跑上楼。我家就在三楼，等电梯没有我自己跑得快。

我回家第一件事就是奔到最角落的窗户那边，看看还能不能看到韩玉的身影。

小时候我经常这样做，就是趴在厨房窗台上极目往院门口看。姥姥、姥爷出门买菜会把我锁在家里，我会在窗户那里看呀看，直到看到他们的身影出现在大院门口，然后拉开窗户喊他们。

“姥姥——姥爷——”

“哎——”他们会笑眯眯地回应我。

我就这样像人猿泰山一样一直喊到他们进单元门洞。

我在家上厕所也是这样，姥姥在客厅看电视，我就喊：“姥姥！”

“什么事？”姥姥回答。

“没什么，就叫叫你。”如此往复，直到我上完厕所。

此时此刻，我在窗前找韩玉的踪迹。虽然我心里清楚，他走那么快，肯定看不到了，可我还是抻着脖子瞧啊瞧。一扇窗户看不到我就换另一扇窗户，换另一个角度去看他。

外面街灯昏暗，看了半天，除了一个遛狗的人路过，我什么也没找到。

我正怅惘间，这时手机信息响了。我低头看，是韩玉发来的信息。

韩玉说：“原来你家在三楼啊。”

我回了个问号过去。

韩玉：“刚才这里有个遛狗的人，狗狗在路中央趴下不走了，我和它对峙了一会儿。”

我：“哈哈哈，你站在哪里啊？我怎么看不到？”

韩玉：“我躲在你们 community gate（小区大门）左边第三棵树下。”

我仔细看，果然看见他从树影中走出来举着手机冲我挥手，还把手机的手电筒打开了，生怕我找不到。

我本来想喊他的名字，但想到这里可不是以前的居民楼，于是给他发信息：“狗都走了，你怎么还不走啊？”

他估计不耐烦打字，直接一个电话打过来，第一句话便问道：“我刚刚都走了，那你在窗户前看什么啊？”他学着我的句式说道。

这句话问得直白，他的语气也是明知故问那种，有一点点侵略性。

我下意识地就慌了，心跳到了嗓子眼儿，没精力想假话，直接说了实话：“我看你走没走。”

“为什么看我走没走？”他又问。

我僵住了。这怎么回答？难道我要说“我不想你走”吗？这人真是过分。

那边的人也沉默半晌，语气却带着满满的笑意：“那么这下我是真回家了啊。”

我几不可闻地叹气，额头重重地靠在冰凉的窗户上：“你路上小心点儿。”

他又笑：“就三个街区，我一个大男人怕什么。”

我没讲话，因为可能要哭了。我怎么这么脆弱矫情，又不是生离死别？

韩玉没听到我说话，试探着说："你快别看了，把窗帘拉上，明早见。"

我的声音此时非常奇怪，是强忍着涩意挤出了一个"好"字。我没听他的话，一直站在窗户边。而他也是三步一回头，冲我招手，直到走远。

窗外只剩一排排榆树随风摆动，树影憧憧。月亮超级大，超级亮。我在窗户旁愣怔地站了半天，才想起要把窗帘拉上，拉得严严实实的。

以前我读了本恐怖小说，叫《瘦长鬼影》，于是超怕黑色树影，觉得那里会走出一个戴着高帽的瘦长男人。如今为了追着看韩玉的一个背影，我竟然没察觉自己看着窗外那么久。

这么说可能有些奇怪，韩玉给我的感觉就像我祖父母，有种长辈的包容和宽宥。无论我做了多蠢、多幼稚的事都不怕他们嫌弃，并且知道我的所有呼喊都会得到回应。

他知道我喜欢他吗？刚才我的所作所为可不像普通朋友了吧，但愿他没有怀疑。

他和我说，那天晚上我站在窗前眼巴巴地看着他，就像只没人要的小狗（对，这里他没再用"猪"这个字），看得他心都要碎了。他人生中第一次从心底生出这样柔软缠绵的情愫。女孩子的绵绵爱意也能化作软刀子磨人，让他欲罢不能。

我说这是我来这座小城以后过得最开心的一个晚上，真的没有说谎。

我刚来这边时，因为没加新生 QQ 群，所以所有前期准备工作都是我自己摸索着做的，譬如说在网上找房、研究怎么电汇学费，然后在论坛上预订好二手家具……我做这些事的时候都战战兢兢，因为拿着爸妈的钱，他们赚钱不容易，所以我特别怕浪费，老怕被骗。

隔着大洋找国外这边的房子，就算再谨慎我也只能看看图片，通过邮件和房东交流，判断一下对方是不是可靠。

一开始我是租住在当地人家的一间卧室。房租押二付一，我一个月给 550 美元。那边发过来的图片显得房屋干净整洁，房东还再三保证说，同住一个房子里的只有另外两个女学生，很安静的。

当我拎着三个大箱子到那边时，发现全然不是那回事。房东是个中年白人女性，文化程度不高，我进门前她就在自家台阶上抽水烟。我有些惊讶，因为邮件里房东说自己也是学生。我问那女人她是不是邮件里的 Judy，她说不是，Judy 是她女儿。原来一直和我邮件联络的是她在外上学的女儿。

我走到我的房间，地毯上全是不明污渍，还有饼干渣。房间里的家具只有一张破床垫和摇椅，书桌是之后她从地下室给我搬上来的，桌腿高度不一，一写字就晃悠。家里还有一条脏兮兮的狗，几乎没人管，到处乱窜。我做饭时扔给它鸡胸肉，它便从楼上跟着我到楼下。

我住了不到一周，几乎每天都有不同的男人来家留宿。说好的除了我只有两个女学生，但实际她们的男朋友也和她们同住。而我的房间还没有锁，只有一根铁链条可以松松地挂住。我想和房东说明这些情况，但她白天睡觉，晚上喝酒，几乎没有清醒的时候。

我本来就睡觉困难，那段时间几乎从没合过眼，几近崩溃，睡不着就悄悄抹眼泪，特别想回家。这边退租要提前三个月告知房东，如果我要搬走就要再熬三个月，但真的一天也忍不下去了。我想立马走，又心疼两个月的押金。和我爸妈视频通话时，他们说屋子里怎么那么吵，我都没敢告诉他们实情。他们问我在这边好不好，我说很好的，不用担心。

我真正决定立马搬走的契机，现在想起来还有阴影。

那时候我每晚都是昏昏沉沉的。幸亏是半睡半醒，有天晚上我听到响动，一睁眼正好看见一个男人推开链条往屋里窥探，而我和他恰巧对上眼神。

一片漆黑中我只看到了他那滴溜溜的眼珠……他试图推门，嘴里叽里呱啦地嘀咕着骂人的话，根本没意识到门上还挂着链条，门被他推得砰砰响。

我和那双疯狂的眼睛相隔不过两米。我几乎是跳起来贴着墙壁，尽可能地远离他。我浑身抖得像筛糠，然后崩溃地大哭，呜哇呜哇那种哭喊，把整栋房子的人都吵起来了。

后来房东向我道歉，说她男朋友半夜喝多找不到家里的卫生间了，所以乱闯。我哭着说我要搬走，自以为说得十分硬气，细数她的种种“违约”和“欺骗”行为。最终她妥协，说那这样的话少扣一个月的押金吧。

之后我飞速地签了这边一个公寓房间，决定自己一个人住。当时搬出来时很折腾的，因为开学了课业很忙，我周六搬，周日收拾一天组装家具，周一浑身酸疼地去上课。搬家公司来时，我还假装我是和男朋友同住（我哪儿有男朋友啊），就是怕他们认门，知道我一个小姑娘独住。

当时我没觉得怎么样，就是特别特别心疼钱。每刷出去一笔钱我都心惊肉跳的，默默把钱乘以汇率换算成人民币，然后再默默换算成爸妈几个月的工资……

房东那边扣了我一个月押金，找新房的房租比之前贵了一倍（因为是独住），还有搬家的钱、搬家后买新家具的钱（公寓不提供家具）……里里外外算下来我额外多花了好几千美元。这在当时的我眼里就是一笔巨款，视频通话时我和爸妈讲着讲着就哭了。我其实没敢告诉他们详细原因，就说住得不开心。他们也有些不知所措，说下次还是要长记性。听他们这么一说我就更难受了。

我这人心思特别重，其实现在想想爸妈也没说不给我钱，也几乎没说过让我省着花。但我就是不敢花钱，一花钱心里就难受，觉得对不起爸妈。

其实我的心思重也不仅体现在花爸妈的钱上。别人的一个表情、一句话，可能没别的意思，但我都会过度解读，然后打退堂鼓：他们是不是讨厌我了？是不是我刚才哪句话说错了？是不是……这样的心理缺陷总是让我无形中吃了不少亏。

现在再想我就很气，明明两个月的押金全能要回来的，明明是她违约在先。可当时一屋子外国人围着我，我哭得上气不接下气地用蹩脚的英语据理力争。房东才退了一小步，我立马就妥协了。因为那时我已经花光了我的全部勇气。

我给韩玉讲过关于这次的租房风波。我说："你知道吗，那个房子里的租客真的都很危险，除了那个房东和她的男朋友，其他两个女学生还在屋里抽大麻。而当时的我脑子里只有'完蛋了，搬出去的话又要多花好多钱'。"

我讲着讲着，韩玉便过来抱我，抱得死死的。他把头放在我的肩窝里，反复说着："你真是个笨蛋。"

之前我说过老韩特别喜欢给我起外号。他说他上学时是老师最不待见的那种学生，比方说上课发怪声、接下茬儿、给哥们儿起绰号、逃课去网吧，玩游戏时学发大招儿的声音：嘟嘟嘟嘟……还说他妈妈曾经开家长会回来打他打断一根晾衣架。

我说："我真看不出来，看你现在人模人样的，上学时这么皮的吗？"

他说："看不出来就对了，人总要长大的，不可能二十几还跟十几岁似的。再说了，不稳重点儿怎么讨媳妇儿？"

但我后来发现，他皮的那部分性格并没有真正消失，只是暂时被封印住了。在我这里封印被解除，那个讨人嫌的中学男生的面目彻底显露。我俩还没好那会儿，他挺能装的，装腼腆、装绅士、装温柔、装少言寡语。我们实际在一起后，他成天在我耳边叨叨，烦死个人。洗澡时他放声高唱猪猪之歌（我爱你猪猪，亲爱的胖达猪，我为你流泪，也为你自豪……），气得我冲进去拿毛巾抽他让他闭嘴。那么大一个老爷们儿，光溜着屁股在花洒下面嬉皮笑脸，唱得更起劲儿了。

他嘴里给我起的外号可多了，好多我都说不出口。这里我介绍几个勉强能听的，比如：

胖达（我俩看一个视频，日本老爷爷嘴硬，非要把企鹅说成熊猫。日本人发音 panda 就是胖达，老爷爷这样说：胖达嘚丝！然后韩玉就学会了，在家对着我说了一天胖达嘚丝。）

猪猪（这没什么可说的，就是字面意思。但是他说就跟我写小说一样，要有丰满的人设，于是他给我这个猪猪外号编了一长串的背景故事。我本来所在的猪猪星球要毁灭了，我就乘坐宇宙飞船来到地球，先是被卖进农场当肉猪，后来被他救出来拐回家当观赏猪，还要办世界巡回展览展出猪猪星球最后一个居民……）

小蜱（北美这边一到夏天蜱虫就爆发，人被咬了以后会得莱姆病。然后韩玉不是老气我嘛，我就老是咬他，他就说："你是小蜱，不会传播莱姆病的小蜱。"）

…………

还有好多外号，我就不一一介绍了。总之这人嘴特欠，起这么多外号，没一个正常点儿的爱称。

但在所有外号里，"笨蛋"这个称呼打败了其他候选名字最终成了老韩给我的微信备注，长达三年。

情人眼里不仅出西施，还出笨蛋，他觉得我是个不折不扣的笨蛋。

我平时不会翻他的手机。有一天我刷微博，里面都在晒男朋友给自己的微信备注，比如"小仙女""乖乖""老婆"什么的。于是我便拿他的手机过来看，看看他给我的备注是什么。

我兴致勃勃地打开一看，第一个置顶人：笨蛋。

本来我是嘴角上扬的，看到后脸立马拉下来。我举着他的手机去厨房找他算账，彼时他正在切黄瓜，中午要做黄瓜炒蛋。

我从他的胳膊弯里探进头去说："我才不是笨蛋，聪明着呢。你快改了，给我改成'大聪明'。"

他吓了一大跳，胳肢窝里突然冒出颗头，赶紧用另一只手把我的脑门从臂弯中轻轻推出去，嘴里说着："这儿有刀！也不看着点儿，笨蛋！”

我脸拉得更厉害了，不喜欢笨蛋人设。我都不看笨蛋女主的小说。

他看我不开心，谆谆教诲道：“笨蛋不是说你真的笨，这是爱称，就像猪猪一样，也不是说你真的胖。”

然后他也好奇他在我这里的备注叫什么，结果发现我给他的备注就是一个干巴巴的韩玉。

他啧啧地说着：“你不爱我，承认吧。”

我认真地给他解释说我之前看了一篇报道，手机丢失后，骗子会根据通讯录里的联络人称呼发信息过去实行诈骗。所以你尽量不要给亲人备注他们的简称，比如爸爸、妈妈、老公之类的简称，要备注正常的姓名，这样不会被骗子利用。

老韩不干，举着菜刀板着脸道：“这都是借口，你就是不够爱我。”

我说：“我怕你被骗钱，这是更成熟的爱！不像你似的，小学男生的爱。”

他一时反驳不出口，继续切菜，案板被他切得咚咚响。过了好久，他转过头说：“我又不傻，换了骗子的语气我能分辨不出来？”

后来我在他的监督下，把备注改成老公，他满意了。等一会儿他去炒菜时，我又把备注给改回了韩玉。谁也不能坑他的钱。

如果我是笨蛋的话，那老韩也是个笨蛋，只不过他不承认罢了。

我俩因为谁是家里最大的笨蛋进行了旷日持久的争辩，都“引经据典”，细数对方的种种笨蛋行为。

我说：“之前咱俩还没在一起时，有一次你莫名其妙地吃飞醋。你是笨蛋。”

那时我俩每天早上一起走路去学校，到了学校各自分开，等晚上回家时再相约一起走。我们边走边玩指认消防栓的蠢游戏，乐此不疲。

晚上睡前我们还会发一会儿信息，他兴致高昂地给我介绍阿森纳球队里的每一个球员、教练，球队历史和战术……我则会抱着手机无聊到睡着。

我当时拿不准他是不是喜欢我，因为他给我发信息真的是教学性质的聊天，没有一丝一毫的暧昧因素。他孜孜不倦地向我“安利”阿森纳，每一句都是他打字打出来的，不是查百度百科粘贴出来的。这让我疑惑他到底是喜欢我，还是想把我发展成下线。

他说当时他也拿不准我是不是喜欢他，因为我总是聊着聊着就不回信息了（睡着了），然后还表现出对他说的话缺乏兴致的样子。所以他不敢轻举妄动，但又实在按捺不住，只好用这种方式和我聊天。

这样的状态大概维持了两周。

加拿大的感恩节在十月的第二个周一，周一连上周末就是三天小长假。

小长假回来上课的第一天，有门课我们一起上的。上课时我俩不坐一起，他跟胖子坐后排，我坐第一排。

上课前韩玉溜达着到我边上，说胖子想叫上几个人一起租车去多伦多玩儿，问我去不去。他说话时懒懒散散地站在我的桌子旁，一只手还撑在我的笔袋边上。他心情格外好，也不知在开心什么，整个人都放松很多。

我正相反，低头看了他手臂上的青筋一眼，说：“好啊，什么时候？”

他说这周末。这周五胖子过生日，周五晚上大家在胖子家聚餐，周六一早出发去多伦多。他边说边看我，我则把目光移开，假装低头翻笔记。

我说行啊。我说完，韩玉站在我跟前没走。我抬头询问地看着他，结果他轻抿嘴角，笑笑地看着我说：“你不问问都有谁去呀？万一把你卖了呢？”

我一愣，真没想过这个问题。因为我潜意识里觉得只要韩玉去，那我就去，只要他去，我就没什么可怕的。于是我象征性地问了句：“那你去吗？”

韩玉点头："我当然去啊。"

我哦了一声，面上不自觉显露出"那不就得了"的神情，但又找补着问了句："那谁开车？"

他认真地说："我和胖子轮流开。"

我冷淡地说："好。"

说话间我的心跳很奇怪，一会儿快一会儿慢的。只要韩玉一开口，我的心就怦怦地加速跳动；只要我自己一开口，心跳节奏就放缓。

我为什么这么别扭呢？事情是这样的，过去的三天感恩节小长假，我基本没有和韩玉讲过话。放假三天我在家赶作业，而韩玉也没特地联系我，我是有点儿……生气的。不知道他在干吗，虽然他也没有义务告诉我，但我就是不得劲。所以回来上课的第一天，我一直端着，他问什么我答什么，不想让他觉得我惦记他。

但他反而出奇地热情，站在我的桌前不走了，还拿起我的圆珠笔一下一下地在我的眼皮子底下按着，挑战我的耐心。要说起来，他今天也挺奇怪的。

第一排基本没人，这时来了个文质彬彬的中国小哥坐我边上。他看了我俩一眼，然后看我桌上有摊开的笔记，就敲敲桌子："同学，能给我笔记拍一下照吗？"

我把笔记给那小哥，小哥说谢谢，我笑着说不用谢。

等我转头看向韩玉，韩玉正若有所思地看那小哥。随后他回过神，对我点了点头，神情秒变冷淡："那这事说定了。"我说好。估计是我旁边有人在，韩玉也没多留，回到最后一排座位坐下。

上完一节课，那个小哥留住我，继续拍之前的笔记。

我当时急着要走，说"要不留个微信吧，我回家拍好原图发给你"，小哥说也成。我和小哥在走廊讲话时，韩玉就背着包远远地站着等我。我这边加完微信聊完时，刚看向他，他便转身快步往楼外走去，我赶紧追上去。

结果那天回家时韩玉全程别别扭扭的。我没反应过来哪里惹到他了。我还委屈呢。

我一路指消防栓，他一点儿动静都没有，根本不和我玩儿这个蠢游戏，一路沉默地走着。

最后比分 15：0，他一分没得，我自讨没趣。

我实在是疑惑，拉了拉他的袖子："你怎么啦？"那是我第一次主动去碰他。

他板着脸，前额的头发耷拉下几绺，神色让人捉摸不透。他什么也没说，只是摆摆手和我道别："我回家了。"语气硬邦邦的，他也没说明天见。我看他离去的背影都懒懒的，外加上他个子高，就更显落拓。

当晚他破天荒地发了条原创朋友圈（之前他都是转发足球资讯），那条朋友圈写着："困。"配图是张不知所云的黑漆漆的灌木丛。

胖子给他评论："困就睡，瞎矫情什么？犯病了？"

过一会儿我再看，韩玉把那条朋友圈删了。

他就真的怪幼稚的，还令我一头雾水。我很肯定他那条朋友圈就是针对我发的，但真不知道我哪里做错了。大哥哎，是你隔了三天没来找我，你怎么还别扭上了？

平时有课的晚上，都是他主动找我说阿森纳，今天该介绍队里的奥巴梅扬了，结果我等了半天没见他的消息。所以我干脆主动去找他。

我说："你在干吗？我刚刚给助教发了笔记过去。几十页的笔记，拍起来好累。"

过了半天他才回："什么助教？"

我说："就是今天上课坐我边上的那个人啊。他管我要笔记，因为批作业时要看教授是怎么讲的。"

我攥着手机等他回信，结果他打过来了电话。我接起来时那边窸窸窣窣的，还有风声，不知道他在干吗。

他有些急促地说："那人是咱们这课的助教？"

我问了句："是啊，你以为呢？你在干吗呀？"

他喘着粗气："我出来夜跑，沿着河跑。"

我说："你大晚上的十一点跑什么步？"

他嘿嘿笑了两声，傻里傻气地说："没什么，刚才有点儿闷，就出来跑跑。"

我哦了一声，不知道说什么。我想问他前三天放假去做什么了，但问不出口。我又不是他的女朋友，有什么资格查岗啊？

他换了副语气，精神抖擞地说："我现在回家洗个澡，你等我一下，我们今天要讲奥巴梅扬。"

我说："好的。"然后我又补充了一句，"不闷了吗？"

他自嘲地嘿了一声，没再说话，匆匆忙忙地挂了电话。

现在我和老韩又说起这件事。我说："总结陈词，上了快半学期的课，你不仅不知道助教的长相，还吃醋吃到助教身上去了，真是个笨蛋。"

老韩说："你不提这事还好，一提起来我又开始胸闷。那三天我一个人跑去多伦多买礼物，还偷偷准备表白的事情，忙活了一通，开学回来被打岔，能不憋屈吗？再说了，我和你讲了那么多句话，你都板着脸。但人家小哥一来，你立马微笑，我当时又不知道他是助教，把我气的啊，你不知道那天晚上我有多心塞。我沿着河一路跑，跑着跑着还碰到浣熊一家过马路……"

我说："丢不丢人？"

老韩说："那要说到吃醋，你不也吃过那谁的醋吗？"

我知道他要说什么，冲过去捂他的嘴，还掐他的胳膊："不许说！不许说！"

老韩疼得眉头拧在一起，手疾眼快地攥住我的两只手腕，牢牢抱住我："我就说。"

老韩看我不好意思，于是把主动权交给我："不如你自己给大家讲好了，不许添油加醋。"

我连忙说好，保证陈述事实，不夹带私货。

我那次吃醋其实是个很曲折的故事，一共牵扯到了四个人。从胖子生日那天，到几个人租车去多伦多玩儿，事情一路脱缰，最终竟促成两对情侣。

X 城一般会在十月底或是十一月初下第一场雪，然后就跳过短暂的秋天迅速进入漫长的冬天。

这年的空气中弥漫着“第一场雪会来得很早”的味道。我对这种氛围十分熟悉，吸了一口气进胸腔，知道这里的秋天已经快结束了。

周四早上我和韩玉去学校时，竟然不约而同地都穿了白色的厚卫衣，也都穿了黑色的直筒裤。我下楼见到他时都愣了，韩玉则是上下看了我一番，随后笑着说了声早上好。

当然卫衣的牌子不一样，我的就是 Gap（一个美国的服装品牌）里买的 30 美元一件的连帽卫衣。他的卫衣上面有暗纹印的小 logo（标志），不仔细看看不出来，几乎就是纯白的，很简单的款式。他穿在身上是很好看的，利落得体。我最喜欢的是他的卫衣里面还露出白色的衬衫领子，有一种说不出来的气质，文质彬彬又朝气蓬勃。

既然说到穿着，我就不得不说留学生圈子里藏龙卧虎，出来这几个月已经见识到了。有钱的人非常有钱，没钱的人一样没钱，比不了，也没法比，山外有山。

我猜韩玉家境应该不错，至少小康水平。我没问过（这种事我也没法问），感觉出来的。

他家不是那种很有钱的，不是做生意那类有钱的。从他的只言片语间我能听出来，他的父母都是高知，工作体面，家教很严。

我的判断依据是那几个耳熟能详的奢侈品牌，他都不穿（除非他穿的是我压根儿不认识的牌子，不过不太可能）。从他的谈吐、言行我可以看出来，他不追求这个。

据我了解，老韩的生活真的很简单，除了学习就是足球、篮球、游戏，他对物质上的欲望很低。

但胖子家就不一样了，我应该没说过吧，胖子家就属于留学圈子里也排得上名次的有钱人。胖子本名叫任家豪，家里有矿。

韩玉不怎么讲胖子的家境，但有时候寥寥几句提到别的关于胖子的事，我也能听话听音。

其实不用韩玉透露，我都能看出来胖子的家境极好。我第一次见胖子时，感觉看到一辆浑身印满LV的坦克行驶在校园的草坪上，背的书包上全是黑色的铆钉，像是刺猬。

他很出名，来这儿第一个月就联系房产经纪询问买房的事情。

不熟悉胖子的人把他当土豪混子，实际胖子人不赖。韩玉的好朋友嘛，人品差不到哪里去。胖子身上没有我对“富二代”的那些刻板印象（并且他后来穿得也没那么夸张了）。胖子不说话有点儿憨憨的，一说话特别幽默，但凡瘦二十斤都会非常受女孩子欢迎。

胖子的生日在周五。我当然不可能空手去人家家里，买礼物的话也犯愁，因为他什么都不缺啊。我买不起他看得上的东西，他应该也看不上我买得起的。

于是我忧心忡忡地问韩玉：“你说我给胖子买什么礼物啊？”

韩玉啊了一声，特别不走心。

于是我复述了一遍问题。

他今天有点儿心不在焉。自周二那次闹别扭，我俩“和好”后，他就一直表现很奇怪，上下学的路上说话老走神，晚上竟然破天荒地开始给我手机发“晚安”，真是惊到我。

他发的晚安不带任何标点，就是“晚安”两个字。

我看着这两个字却起一身鸡皮疙瘩。因为我能想象他说出这两个字的声音，也许是耳语，也许是低喃，总之会要我的老命。

我总感觉他有心事的样子。我猜可能跟他那三天放假发生的事有关，但没问。我为什么不问呢？因为我隐隐有预感，问了的话可能会加速一些事情的发酵。到这种情况下，我还觉得他对我没意思那我就是真的傻了。

可是不从他本人那里亲口说出来这种事情，我还是不确定。我有点儿害怕自己自作多情，潜意识里又相信自己的直觉。总之情怯，我明明知道我俩的关系正朝着“转正”驶去，但就是希望这车轮转得慢一点儿，再慢一点儿。

可如果一个男生真喜欢谁，是憋不久的，我看韩玉就有憋不住的迹象。暧昧之于我是享受，之于他是折磨，于是他开始蠢蠢欲动。

待我又问了一遍，他才沉吟出声：“这你不用操心，咱俩送一份就行。”

听到他这话我的心重重地跳了一下，吓得声音都变哑了，我想啊一声，没想到发出一声乌鸦叫：“嘎——”

我赶紧捏紧喉咙。我怎么就这么不争气？我在脑海里揣摩着他这话：咱俩送一份就行？他这人怎么能这么讲话？！

我清了清喉咙，有些尴尬，小声说：“这……不太好吧？”

韩玉看我那㞞样，随手拉了我的卫衣帽子一下，把帽子从书包和后背的缝隙里拽出来，还铺平。这个温和动作令我浑身僵直，有些惊慌我像被拎着耳朵的兔子一样一动不敢动。

他看我僵住了，也意识到自己的动作未免太过亲近，于是把手插回兜里，状似随意地说道：“这有什么的？女生嘛，你送不熟的男生生日礼物才奇怪，有什么好送的？”

我反驳道：“我和胖子虽然没有你俩那么熟，但也算是这边认识的朋友了吧，不算不熟。”韩玉这话的意思就好像我只要送男生礼物就是奇怪。

韩玉皱眉道：“真不用，你如果真的觉得过意不去，明天下课去商场买个 cinnabon（这边一个专门卖肉桂蛋糕卷的牌子）带去他家就行。”

被分配了任务，我有些如释重负，于是点头：“好吧。明天都几个人去啊？我买 12 个够不够？”

韩玉想了想：“那绝对够了，明天应该就六七个人。”

我又问：“那去多伦多玩儿的也是这些人吗？”

他摇了摇头："周六就约到四个人，你、我、胖子和小慧。"

我反应了一下，他说的小慧是 Helena，也是这边新入学的研究生新生。我个人更习惯叫她 Helena，因为我俩就是在这边认识的。但胖子和韩玉都管她叫小慧，因为她和他俩是高中同学，小慧和胖子做过两年同桌。

小慧家应该条件也不错，她在国内高中读到高二，便一家人移民过来了。她也是在这边上的大学，学的 accounting（会计专业）。因为她来这边多年，看打扮、听口音就是活脱脱的加拿大华裔。她特别爱穿黑色机车皮夹克，底下配 Leggings（可外穿的打底裤，也可作瑜伽裤）。她是一个身材高的女孩，特别酷，前凸后翘，身材曼妙，追她的人不少。

我在校园里见过她几次，一开始觉得她高冷，实际认识后对她的印象很好。她特别大气自信，待人也真诚，是我想成为却没法成为的样子。她说英语特别好听，没有刻意发出那种本土圆润夸张的音，很中性的那种，说的英语我每字每句都听得清清楚楚。

我正想着小慧，韩玉问："周末有没有什么想去的地方？"

我摇了摇头："我不熟，跟着你们就行。"

他说好，然后看我，眼神很微妙。这种直男的缠绵眼神看得我毛骨悚然，我问了句："怎么了？"

韩玉别开脸："没事……周末你还穿这件白色衣服吗？挺好看的。"

他从不评论我的着装，今天是第一次评论。我开始自我怀疑，上下打量了自己一下，穿得应该还算得体吧。我不清楚为什么他突然提到这件平平无奇的卫衣。好看？他不会是在讽刺我吧？我上课都这样穿，以舒服为主。

我有些不自然地扯了扯袖子，顾左右而言他："看天气吧，如果周末气温高，穿这件的话就太厚了。"

他有些无奈："你就穿这件吧，周末不会太暖和，我查过天气预报了。"

我哦了一声，并不是很想答应下来。直男对女孩子的心思真的是一无所知，出去玩的话我想穿秋冬长裙配靴子，不想穿得太学生气。尤其还是和小慧一起的时候，我希望自己的气场能强一些，至少走一下知性温柔的路线。

于是我岔开话题："哎，那你给胖子买的什么礼物？"我没问价钱，但知道肯定不便宜。

韩玉没说太具体，就说是什么什么的签名球衣。我也不认识那一串英文名字，对篮球、足球不感兴趣。

我很好奇："你什么时候买的呀？"

韩玉没回答，手扶着后脖颈扭了扭脖子，发出咔咔几声，随后笑着感慨说："和你讲话老得低着头。"

他这话说得莫名其妙，我瞪了他一眼，他则笑得像只猫，解释道："我没说不好，只是陈述事实。"

我很不开心，大步往前走去，把他甩开。我个子真不矮，只是不高……我身高好歹有一米六呢。

他大步迈着追上来，还轻轻拉住我的帽子："哎。"

哎什么哎，我打他的手，让他松开我的帽子，结果他一跨步站在我面前，挡住我的去路。

我往左走，他往左挡，我往右走，他往右挡。随后我站定看着他。

他双手飞快地给我的帽子的两条抽绳系了个很紧的蝴蝶结。我愣住了。他则说道："别生气了。你看，当当当——蝴蝶结。"

他好幼稚啊。

现在的老韩："你等等，我当时真这样的吗？这么不要脸的吗？"

我："天哪，你都不记得了？你给我系完蝴蝶结还双手摆出托盘状，就像呈现什么精美绝伦的艺术品似的，我都无语了，不知道该说什么。"

老韩："我想哄你来着，但我绝对没说当当当。"

我说："还有，你明明就是给胖子买生日礼物去了，后来说得就好像特地给我买礼物似的，呵，男人啊。"

老韩：“这个就冤枉人了。给你是特地买的，给他是捎带买的，想起来就买了。好了，不必纠结这些细节，你往下说，不许再添油加醋了。”

到了周五，我拎着一盒12个的cinnabon去胖子家。

我五点下课，下课后直接搭公交车冲去商场，从商场出来又转了两趟车去胖子家。来不及回家换衣服，我就穿着最简单的卫衣、牛仔裤。今天刮大风，下了公交车我走路，吃了一肚子邪风，书包还挺沉的，因为里面有电脑。

我没有穿那件白色的卫衣，那件被我挂起来了。周四时韩玉说让我周末穿，我想到今晚要吃火锅，怕那件卫衣染上火锅味，晚上还要洗，嫌麻烦。

白色卫衣此时被展平了挂在家里，我还仔仔细细地在袖口和帽子下喷了香水。喷香水时我的心情很复杂，心里想：这样的话等到了周末衣服会是很自然的香气。

最近我总是这样，对生活开始有一些小心思。我在窗台上用空奶昔杯子水培了牛油果，还把头像换成这个胖胖的、土不溜秋的牛油果核。

韩玉问我头像是什么？我说是我自己培养的牛油果，如果顺利的话一个月后会发芽，半年后会抽枝，然后就可以转到土里去了。他当时那个笑哟，眼睛里有温暖的光，我记了好久好久。

以前我曾无数次地想以一个有仪式感、盛大华丽的方式重新开始生活。

我去看社交平台上的自律博主，看她们在镜头前给大家展示井井有条的高效生活，看她们将一天24小时过成48小时，运动、健身、学习、工作全不误，自信又健康。

我特羡慕，拿了个小本本学习她们。我把家里里外外收拾了，把衣服分门别类地搭配好了，坐在桌前摊开电脑立下一天看一篇论文的誓言……我想突然改头换面，自此活得精致又励志，迈一大步从焦虑的深渊跃上自律的巅峰……

那时我总觉得好的生活需要完美重启，需要把自己拾掇得利利落落、容光焕发，才有资格重新站回起跑线上。

但哪儿有一天是完美的呀？打鸡血之后呢？我无数次锣鼓喧天、礼花齐放地宣告重生，但又无数次在体重上升时突然崩溃，无数次一觉醒来已是中午，无数次暴食催吐后心跳加速……于是无数次严肃地开始后，因为一些小的不如意轻易决定放弃，然后我更加焦虑，如此恶性循环。

我才发现所谓的仪式感是场骗局，它把你架得很高，然后你就会摔得很惨。如果一个人想重新开始的话，不一定要有仪式感，场面不一定要盛大，不一定要世人皆知，在某个时间节点打一吨的鸡血也治不了焦虑症。

所以我不一定要焕然一新才可以走到起跑线前面，可以穿着背心、裤衩、大拖鞋，不洗头，可以走走停停、边走边哭，可以很颓丧地哈着腰垂着手一点点往前挪步子。问题不在于你怎么走，而是你走没走。只要你走了就行，坚持下去，甚至可以不用跑的。

我需要一个契机，可以是件很细微的事情。它的发生能给我一点点的鼓励，把我轻轻地往前推一把。因为它很小，所以我很容易坚持下来，然后发现其他一切也都在走向正轨。

回想和韩玉一起上学的第一天，那天我既喝了奶昔又吃了一半热狗，心情本来十分沉重，只想冲回家催吐。可也许是因为运动了，回家我上秤发现，体重并没有如预料般爆炸上升，在我可以接受的范围内。于是我忍住没喝减肥茶。

那天晚上我踩着凳子把减肥茶塞到橱柜的最高层，怕自己还是忍不住去喝，于是又早早上床躺着。第二天早上起来，我舍不得把韩玉买的热狗扔掉，所以用微波炉加热了剩下一半的热狗，吃得干干净净。那是两年以来我第一次没喝减肥茶，也是第一次早起吃了正常的早饭……

我和韩玉真正熟起来不过三周多的时间，即使嘴上不认可他说的话，但实际都好好地放在心里。

比如他说“你周末继续穿白色这件吧”……我虽然不觉得这件卫衣好看，但最终还是决定穿；他说“你不要减肥了”，我就真的已经坚持三周没有再喝减肥茶，并且每天早上都好好吃早饭；他说“我希望你能好起来”，我便把帕罗西汀换成褪黑素，睡不着时就吃褪黑素调整生物钟，想逐步摆脱对药物的生理和精神的依赖。一切似乎都像在好起来，慢慢悠悠，又稳步向前。

对别人来说也许是稀松平常的事，我却很佩服我自己能做到这些。我本就又颓丧又固执，是以往糟糕生活惯性的囚徒，拖得越久身上的锁链越厚重。而韩玉的出现就像在我这头颓丧的驴子前面挂上一根鲜美的胡萝卜，只要我往前跑，它就在我面前晃啊晃，我总有一天能吃到。这谁挡得住诱惑啊？

此时我站在胖子家门口等开门，想到了上次老韩闷头吃了五碗排骨焖饭的事，不自觉地就开始笑。

开门的人是胖子。他今天的纪梵希大 logo 有点儿闪到我。

胖子看到是我，指着双拖鞋：“Bo 来啦，进，你穿这双就行。”Bo 这个称呼是胖子给我起的，他说我这个名字适合去当地下 rapper（说唱歌手），不仅厉害，还像是 battle MC（比赛类说唱歌手）出身。

他随手指给我的是双超级大的男式拖鞋。我拎着肉桂卷不知道放哪里，一边换鞋一边叫了胖子一声：“哎，生日快乐！这个你放好。”

胖子心不在焉地接过肉桂卷，说了句：“这怎么还是热的？”

我怔了一下，没听出他是觉得热的好还是不好。

热的不好吗？这是刚出炉的肉桂卷，为了等这新的一批我还在店里坐了 20 分钟。

我穿着大拖鞋在胖子家转了转，客厅坐着三个男生在玩电动，画面怪吓人，呜哩哇啦的。饭桌上摆好了肥牛卷和鱼丸。

最后我在厨房看到了韩玉的身影。

韩玉在厨房的水池子前洗菜和水果，而小慧就站在离他不远的地方，一颗颗地吃着盆子里洗好的圣女果。他俩一个默默地洗，一个默默地吃，偶尔还交谈几句。小慧负责问话，韩玉就是绷着脸说嗯或是摇头。不知道他俩在聊什么，感觉是正事。

小慧个子好高，大概有一米七五。她今天穿着很修身的成熟风短袖，保守估计胸有 D（罩杯尺寸），底下（可外穿的打底裤）显出修长的腿。韩玉今天一身黑衣，挽起衣袖显得手臂特别白。他俩站一起莫名很搭，身高搭，氛围搭，尤其是老韩和小慧讲话时，他不用低头。

我突然就不想打破这种和谐的画面，正犹豫要不要进厨房，小慧看见我了。她立马停住不说话了，端着盆子出来问我吃不吃。我拿了一颗圣女果放手里，她便转身出去了。

水哗啦啦地响，韩玉刚才没听见我进门。等小慧叫我时，他才转头看到我。他本来是板着脸的，看见我还没说话，先咧嘴笑。我看到他那个笑，心里不由得一颤，酸酸涩涩的。明明就几个小时没见，我好想他啊。

“怎么这么晚？我记得今天你应该是五点下课吧？”他神色轻松地说。

我嗯了一声，等公交车、坐公交车、转公交车、等肉桂卷出炉都要花时间的，还背着老沉的书包顶着风走了一公里路。但我没讲这些，说出来就像埋怨撒娇。我什么时候这么娇气了？

老韩今天下了课就过来帮忙，所以一直没给我发信息，这我是知道的。我不觉得怎么样，但刚刚看见他洗水果时小慧在旁边自然而然地吃，就突然心里很不是滋味。你忙着给人家大美女洗水果的时候，我正在冷风里一个人走路。你个“大猪蹄子”！

他看我不说话，用手指头弹了一滴水到我的脸上：“怎么了？”我皱着鼻子躲开那滴水，他假装拿油壶出来：“谁惹你了？鼻子上都能挂油壶了。”

“你去客厅坐，一会儿咱们就开饭了，别在这里站着。”老韩从犄角旮旯里拿出一小碗樱桃塞给我，“怕他们都给吃了，专门给你留的。去吧，拿着这个小碗。”

晚上吃火锅，饭桌上气氛怪怪的，我说也说不出来哪里不对劲。可能有小慧在旁边，大家都端着。

非要说的话，我感觉胖子今天是特别端着的那位，劲儿劲儿的，和平时不太一样。他还把开学那会儿的着装穿出来了，就是一身大 logo，腕上的手表特别显眼（但我不知道是什么牌子的）。

分座位时，老韩自然而然地拉开我身边的椅子要坐下，结果胖子大声张罗道："这桌子是椭圆形的，你胳膊那么长，坐边上去，那边离菜比较远，也就你能够到。"

我面无表情地喝了口饮料，看着老韩无奈地坐到小慧身边。是啊，他们都个子高、胳膊长，够得到菜，嘁。

后来我旁边坐着胖子和另一个不熟的男生。

大家吃饭前先切蛋糕。蛋糕是小慧带来的，掀开盖子，上面竟然是辆兰博基尼的模型。

蛋糕特别精美，我以为蛋糕顶上的车子是玩具，结果小慧说那车子也能吃的，要原封不动地挪下来给寿星佬。胖子说了句："我最近减肥，这个糖太多，要不切了大家分吧。"小慧白了他一眼："毛病！"

胖子许愿，许完愿说："我希望大家都心想事成。"

小慧说他："傻不傻？说出来就不灵了。"胖子一哂："那有什么的？我这人很大度。"这话很奇怪。

我分到了个车轱辘，不是很好吃，确实甜。

我这人就是窝里横，在不熟的人面前可劲儿装乖。火锅的水都沸了好几轮，我前后只夹了不超过十筷子的菜。

饭桌上似乎就我一个人察觉到了不对劲，我看其他人吃得欢实着呢。

有人带了白葡萄酒来，男生都喝酒，我和小慧喝的苹果汁。

那个酒按说度数不高，可是桌上的几个男生都有点儿上头，开始胡侃。韩玉不怎么讲话，就时不时看看我，我能感觉到。

大美女总是会吸引话题和注意力。几个男生问小慧本科在哪儿读的，家在这边哪座城市，什么时候来这边的。

我心里慨叹，小慧这样的姑娘我即使再羡慕也嫉妒不起来。她回答问题时大大方方，按说来这边七八年了，应该说英语比母语说得还流利，但话里一点儿也不中英夹杂，接地气又真实。

胖子看不下去，直接来了句："你们这是人口普查呢？"

有男生回："问问又没少块肉，人家还没说什么呢，你心疼了？"

胖子嘿嘿笑："这我哪儿能？但提前和你们说好，以前小慧在我们高中是班花，半个班的男生暗恋她。现在我在班群里吼一声，估计都得有十几个人跨洋过来揍你们。"

我在想：半个班？也包括老韩吗？

我偷偷瞥了一眼韩玉，韩玉估计已经有点儿醉了。胖子讲话时，韩玉眼神直勾勾地盯着桌布，根本没在听。等韩玉抬眼看向我时，我赶忙换上一桌人看热闹的同款神情假装在听八卦消息。

男生问："半个班的男生？我记得老韩和你一个班的吧？那你俩呢？"

胖子摆手："我就一个死胖子，高中时就知道吃喝傻玩。老韩嘛，我不清楚。"

"嘿。"胖子在桌底下踹了韩玉一脚："老韩，你当初是不是也暗恋过小慧？说实话。"

韩玉反应慢半拍，拿手指顶了一下额角："什么？"他没听见。

胖子不管不顾地直接一拍桌道："你们看，承认了。"大家齐声笑着起哄。

韩玉皱眉，思索半晌才回过神，说道："没影的事，干吗扯上我？你有毛病吧？"

大家不管，继续起哄。我不知道该怎么做，不想跟着起哄，只得默默喝饮料，然后脸上堆满假笑。

胖子一脸认真地说："没有啊，我高中时就觉得你俩特别配，真的。大家说是吧？咱们老韩人多好，如果是一般人我还不愿意介绍给你呢。"

我放下筷子，不吃了，准备起身去卫生间。

还不等我站起来，小慧率先拉下脸道："你行了啊，开这种玩笑我不生气人家老韩要生气的。介绍来介绍去的，我们是猪啊，用你介绍？！"

小慧这火暴脾气，她直接踹了桌子腿一下：“今天过生日不跟你计较，还来劲，没完没了，再说泼你。”

一桌人赶忙扶住自己的饮料杯，怕被小慧拿走泼人。然后气氛一时沉默下来，随后胖子没皮没脸地站起来说：“我错了姐，我喝一杯成吗？我给您赔礼道歉。”胖子身下的椅子吱吱地被屁股撞开，他起身闷了一杯酒。

小慧哼了一声：“两杯，你不用给老韩道歉啊？”

胖子又闷一杯：“得。”

大家又开始讲话。

我实在憋不住了，等气氛恢复后便起身往厕所走。

我想着胖子的话，关于谁配得上老韩的那句。我大概就是他嘴里的一般人吧，不对，比一般人还要次一点儿。

胖子这公寓挺大的，但南北不通透，让人觉得气闷。等我走过长长的走廊来到卫生间，伸手开了灯，刚要关门，一个带着酒气的黑色身影闪进来把门关上了。

我一看，是韩玉。紧接着啪嗒一声，灯还被他关上了。

灯的开关被韩玉藏在身后，他背着手按掉开关，然后还顺便把门反锁了。一时间我也不清楚他是故意为之，还是不小心碰到开关的。但都不重要了，现在的他很显然打算顺其自然，黑暗和醉意给了他勇气。

我非常慌乱，能感到喉咙那里的脉搏的跳动，紧张得下意识竟有些想吐。

一片黑暗中我能轻易地看清他的面部轮廓。他的眉骨分明，鼻梁高挺，下颌线优越得惊人。之前我说他长相很正，但在这昏暗的光线里，配上他那带着醉意的直勾勾的眼神，我竟看出一丝妖异感来。

他跟着我进来完全出乎我的意料，我甚至都没听到他的脚步声。他就像团庞大无声的黑影，此时静默地站在我面前。

我往后退，后面是冰凉的洗手台。他直接就欺身上来，双手在我身体两边支在石台上。我被他困在一方小小的天地里，无处可逃。

他的脸靠近我的脸颊，转向我，鼻尖几乎抵在我的耳垂处。我屏住呼吸，不知道他离这么近要干什么。我整个人都在抖，大脑罢工了。

结果下一瞬间他抬手把我身后的水龙头拨开了，哗啦啦的水流声一下子充斥整个卫生间。

韩玉借着这水声的掩盖，用只有我和他才能听到的声音在我耳边说："遇到你之前我没有喜欢过别人。"

他说得几乎一字一顿，还带着怒气，也不知道在气什么。

我的心怦怦跳，眼前天旋地转。

他的气息喷在我的耳郭上，我整个人都软了，牙齿不受控制地开始打战。他的肩膀近在咫尺，我想都没想就把下巴搭上去休息，但整个人还是支撑不住地往下滑。

他以为我是要亲近他，先是身体一僵，随后大手在我的后背上拍了拍，然后往下托住腰际。下一瞬间我整个人被他单手抱着坐到了洗手台上。

我被抱上去后他依旧没松手，反而另一只手也环上来，像巨大的犬类一样把我紧紧按在他怀里。

身后是水声，身前是酒气，还有他的卫衣的香气，我要疯了。

抱了好久，他疑惑地问我："你抖什么？你是觉得冷吗？"

韩玉说话时稍稍放开了我，细细打量着我的表情。他的眼神说不出的专注，但又有涣散的醉意。他就像个醉汉一样痴痴傻傻、缠缠绵绵地从我的嘴看到我的鼻子，从我的鼻子看到我的眼睛，随后定在那里了。

他惊讶地问："你怎么哭了？"

啊？我哭了？

我都没感觉。

我抹了一把脸，确实全是水，流到嘴角咸咸涩涩的。唉，我真的哭了啊。

我也不知道我为什么就哭了，就莫名地觉得委屈，又觉得没劲，特别没劲。

一种灭顶的荒芜感几乎要击垮我，我没法解释。

我应该高兴的，因为他说：“遇见你之前我没有喜欢过别人。”那就说明他没有暗恋过小慧。

但我就是高兴不起来。我的心灰蒙蒙的，就像被人突然抽走了所有感受幸福的能力。

我耷拉着脑袋，他用手去捏我的下巴，轻轻把我的头抬起来，然后我又把脑袋耷拉下去。我不想看他。几次三番，他就放弃了，任由我垂着脑袋。

韩玉开始惊慌失措，用拇指指腹帮我抹去眼泪，结果越抹越多。

之前我还是无声地哭，现在开始抽泣。

我太难过了。

我钻进了牛角尖，脑海里反复回荡着胖子的话：“一般人配不上他。”

这个在别人眼里很优秀的男孩子，此时和我挤在狭小的卫生间里，低声哄我，和我解释刚才的一切。

我该觉得开心吗？

我不觉得开心。我觉得特别可笑，又觉得特别悲哀，为我自己感到悲哀。

于是我抬起头看着他说：“你知道我前男友是怎么对我表白的吗？”

我的眼神特别冷酷。

韩玉没懂我的意思。

我继续冷漠地说：“新年晚会时他表演吉他，表演完把我叫上舞台，是举着鲜花当着全校学生的面对我表白的。”

我将重音放在了鲜花、全校和舞台上。

我没骗人，只是一直没说。我曾经喜欢过的那个男生，高大、帅气、优秀，也是很多人的男神。他当时站在舞台中央，神采奕奕地举着麦克风说：“××系3班的宁波同学，请你上台来，我有个恋爱想和你谈谈。”

我不知道为什么要说这话刺韩玉。可能我憋屈吧。我早就不喜欢前任男友了，但就是要把这话甩出来，来证明我也不是没人要的废物。

我承认我十分浑蛋。

但我的自尊心太强了，我极度自卑，又极度自负。

我就算再一般，也曾经是别人眼里的宝贝，也曾经被人花心思认真追过，也有过轰轰烈烈的青春和初恋。

我就算再一般，也不屑和别人比较。竞争上岗？真可笑。

韩玉在卫生间里把我囚住，急着对我表白，急着向我证明一些事情，这算什么呢？

难道此时韩玉说喜欢我，我就要感恩戴德吗？我就要热泪盈眶地说“我愿意”吗？

我不要这样赶鸭子上架的表白，觉得不该是这样的。

我恨胖子的那番话，恨今晚这场聚餐。

我知道这一切都不是韩玉的错，但就是不能接受，于是把我的痛苦原封不动地转嫁给了韩玉。

我此时的样子一定很冷酷，我都恨自己，恨不得抽自己一巴掌。我太恶毒了，太拧巴了。但我就是不甘心，觉得此时要是开心就是认输，所以要把这一切搞砸。

韩玉有些难以置信地看着我，我想他一定重新认识了我。

没错啊，我才不是什么“小白花”，不需要谁来拯救。

就让我在泥沼里发臭吧，那我也不要丝毫的同情和施舍。

韩玉理解了我刚才的话，酒醒了大半。

他张了张嘴，然后说：“对不起，我不是这个意思。”

随后他捏了捏眉心：“这确实不是一个好的场合说这些话。”

我还在流眼泪，但是表情勉力维持成似笑非笑，状似嘲讽。

他叹了口气，缓缓离开我，懊悔着复述道：“对不起……对不起。”

我从没见过他这个样子，心其实好疼好疼，胃也一抽一抽的，就跟被刀子扎进去还转了几圈一样。

但我选择在此时此刻服从我傲慢的情绪，似乎拉着他一起痛苦，才能稍微好受点儿。

韩玉看着我，我也毫不示弱地看着他。

我要从台子上跳下来，韩玉还是过来扶了我一把。他神色紧绷，也是动气了。刚才我那番话成功地惹怒了他，但我不在乎，这也许就是我想要的效果。

我沉默地去把门打开，抬头对他说："你出去吧，不要再说了。"

他临走时扶住门，声音硬邦邦地说道："你知道，胖子他……总之他不是针对你。他这样说是有原因的……但我目前没法给你解释。"

我含混不清地哦了一声，然后把门关上了。

现在卫生间里就剩我了。我觉得胃里翻江倒海，头重脚轻。

我弯腰干呕了几声，什么都没吐出来，依旧难受。

然后我把心一横，干脆用中指去抠喉咙，哇的一声，所有东西都被吐了出来，全世界都安静了。

我跪在地上吐了半天，最后只剩酸水。

用水漱口时我抬眼看着镜子，竟发现嘴边和脸颊上都是血点。是刚才我吐得太狠了，毛细血管爆裂，很吓人，斑斑点点的。

我没去管，慢条斯理地擦了擦嘴，出去了。

我出门后，正好撞见小慧。她也来上卫生间，似乎在门外等了一会儿。

她看见我脸上的血点，我看见她红红的眼眶，我俩都愣住了，然后稀里糊涂地交换了一下眼神，很有默契地没去问彼此怎么了。

回到餐桌后，我把那几个男生都吓了一大跳。

韩玉更是一直盯着我看，眼神看着心疼又不安。

我已经回归正常，神色正常地和他们解释说我好像过敏了，所以要先告辞了。

韩玉默默地拿了我的书包跟着我走到门口。

因为周围围着人，我也不好说什么，任由他提出送我回家。

出了胖子家，我自顾自地快步走在前面。他想追上我易如反掌，但没有追，落后我半步。

他什么都没说，但我回过头和他说：“可以让我静静吗？”

韩玉面沉如水，说了句：“你是笨蛋你知道吗？”

我面无表情地回答：“我不知道。”

然后我们一路无话。

到了我家楼下，他把书包递给我，随后双手插兜，故作轻松地说：“今晚早点儿休息。”

我看着他。他不生气了吗？我突然有些恨他这种无时无刻不体面和大度的表现。

他看我疑惑，也不多说什么，只是摆了摆手，走进了夜色中。

上楼时我和一位老奶奶同坐一部电梯。她看了我的脸一眼，随后礼貌地移开目光。

到了三楼，我要出去时，老奶奶在我背后温柔地说了一句：“Have a great night。”（祝你拥有一个美好的夜晚。）

这句话几乎要杀了我，但我忍住了情绪波动。

我微笑着说：Thanks, you too。（谢谢，希望你也是。）

回到家，我开了灯。

我为了省钱租的是最小 studio（客厅卧室连一起的开间）房型，客厅和卧室是连在一起的，进门左边是卫生间，右边是开放性厨房，经过一个小走廊便是我一览无余的床和书桌。空间很小，我没有摆沙发和餐桌，吃饭的话就在书桌上吃。

这个房间朝东，我爸妈还说过我小孩子不会选朝向，应该选朝南的房间，选朝东的，屋里会特别暗。可我喜欢这个朝向，因为每天第一缕阳光会准时照进来。我希望我能像牛油果核一样，每天晒晒太阳，喝喝水，就能重新发芽。

我看着窗台上那盆牛油果，深深地叹了口气，随后眼泪便下来了。

我知道自己在钻牛角尖，但控制不住。

当时但凡我讲点儿道理，都会意识到韩玉并不是怠慢我，也不是同情我，更不是拿我和谁做比较。

但凡我没那么敏感，都会发觉胖子和小慧之间的不对劲。

可是我没有。大概是胖子那句话真的戳到了我的痛处，我像被踩着了尾巴。

我有多骄傲，就有多自卑；我有多冷酷，就有多敏感；我有多要强，就有多懦弱。

我胆子超级小，怕输，怕自作多情，怕深情错付，怕物是人非。我现在只想重新缩回自己破烂不堪的壳子里，就算变回那个烂人也无所谓。

我和韩玉说了前男友，当时姿态多高呀，那句话像刀子直直地捅向了他。可我那样说，只是为了让自己不要太狼狈而已。实际上呢，我有多恨胖子那句话，就有多认同。

韩玉喜欢我什么呢？他的喜欢里有多少是同情，有多少是善意？他的耐心和喜欢能坚持多久呢？尤其在他清楚地知道我的内心有多阴暗以后。

我知道自己是什么德行。即使是这样，我依然渺茫地希冀他能喜欢我本身，是男人喜欢女人那样冲动和着迷，连同我的缺点一并喜欢，而不是出于责任心或是其他的什么。

我知道自己不够好，可以说是很不好，从身体到心理都不好。我十分在意别人的看法，最难以接受的并不是韩玉觉得我配不上他，而是别人觉得我配不上他。这样潜在的闲言碎语会将我碎尸万段，我的尊严不允许出现所有可能的嘲讽和瞧不起。

说到底我就是个胆小鬼。我怕死了，只想逃避。我不相信韩玉。

这场崩溃来势汹汹，就像一个人二次过敏，总比第一次要凶猛得多。

一整个晚上我都在无意识地流眼泪，脑海里充斥着各种可怕的想法，包括死亡。

“没劲”的思想占据了主导地位，我觉得一切都没意思。

爱情没意思，猜测没意思，期待没意思，未来没意思。

这一晚的聚会其实是导火索，点燃了我内心长久以来的焦虑和恐慌。

我要的不是“你比别人都好，所以我喜欢你”，而是“因为是你，所以我喜欢你”。

我想要别人由衷地祝福“波波和韩玉注定是一对，他们多配呀”。

我还误解了韩玉那句话的意思，以为他拿我和别人比较了。而我最痛恨被比较，所以也拿他和前男友比较。

我不喜欢竞争。只要是竞争，我就会立刻投降：让别人赢吧，我躺平退出。

当晚我是哭着睡着的。

梦里我走到了安大略湖边。湖面升起几十米悬在半空，像一面深蓝色的水幕，困住了几头巨大的蓝鲸。

沙滩上的人群都在好奇地看着蓝鲸。天空是独属于梦里的颜色，深紫色和奇异的暗橘色，光影交错，像黄昏，也像日出之时。

我一个人站在人群的这一边，韩玉离我好远好远。他看到我了，就像那天从树下走出来一样挥着开了手电筒的手机冲我招手。

我也看到他了，但默默往后退去。他拨开人群着急地冲我奔来，我却拨开人群躲开他的追逐。

凌晨三点我因肚子疼被疼醒，去卫生间一看，来月经了。

我吃了止痛药，但之后就再也没睡着。

我看手机，大概十二点半时韩玉给我发过一条晚安的信息。我也没再哭了，抱着手机，屏幕只要一暗掉我就按亮，就这样枯坐到了天明。

第二天一早，他们约好八点来接我，说快到了会告诉我。

七点五十左右韩玉给我打了一个电话，那时我正在锁门准备下去等他们。

我接起电话不等他说话，抢先问：“你们到了？”

他犹疑地嗯了一声，说了句：“不着急。”

我噔噔噔地跑下楼，声音很酷地说：“我也好了。”

车停在楼下，他们三人坐在车里。

韩玉看我出来，便打开车门从驾驶位上下来。

他大步走向我，上下打量了一下，嘴唇抿成一条线，眼神几乎要吃人。他手上略微带了力把我拉到一边去，低声吼道：“你疯了？怎么穿这么少？”

我今天的穿着不要说韩玉了，就是我妈见到都要骂我。

我查了天气预报，今天最高气温十摄氏度。我呢，穿着夏天的米色丝质吊带长裙，外面只披了一件栗子色的长款针织罩衫，露着锁骨，低扎着马尾，被冻得起了一身鸡皮疙瘩。我不管，今天就是要打扮得外表清纯脱俗。

早上我穿衣服的时候犹豫了一下，没去碰那件散发着淡淡清香的白色厚卫衣。

我心情憋闷又找不到发泄口时就喜欢和自己作对。比如之前，饿着不吃饭；比如现在，我硬咬着牙还是在打哆嗦。仿佛只要身体上难受了，我心里才会好受一点儿。

我看了他攥在我胳膊上的手一眼，说疼，他赶紧松开了。随后我面无表情地绕过他，把行李扔进后备厢。

“我不冷。”我哆哆嗦嗦地说。

“不行，上去换厚衣服。你知道这周末几摄氏度吗？”韩玉压低声音道。

“我不冷。”我又说了一遍，拉开车门坐进后面一排座位。

后面坐着小慧，她一改平时性感的穿衣风格，今天穿得特别像学生妹，或者说是有点儿土气。

巧了，我俩今天恰好相反。

小慧戴着一副巨大的黑色墨镜，冲我点点头，嗓音喑哑地说道：“早上好。”

我也萎靡不振地冲她点点头："早。"

韩玉沉着脸上了车，把空调温度调高。胖子在副驾驶位上喊热，被小慧在后排踹了椅背一脚。

昨晚我大概只睡了两个小时，车开出不久，还没上高速，便睡着了。

我睡得很沉，直到离多伦多还有半小时车程时才醒，醒来后发现换成胖子开车了。

而我睡在韩玉的怀里。

他像个被子一样裹着我，我的头靠在他的肩窝里，卡得严严实实的。我动了下，他意识到我醒了，很自然地松开我，然后拧开一瓶水递过来："渴不渴？"

我哑着嗓子很客气地说了声谢谢，看他的神色有些不善。

那种愠怒在他的脸上转瞬即逝，随后他拿出一个甜甜圈："这是刚才在休息站买的。"

小慧坐在副驾驶位似乎在看风景，但实际上头几乎要扭到窗外去，车里的气氛比昨天饭桌上时还怪。

我离开韩玉的怀里坐直，而他也像什么都没发生一样坐在一旁。我看他的侧脸，他扭过脸去，但我还是看到他的耳朵红了。

到了多伦多，我们中午在一家高档日料店吃刺身和寿司。店是韩玉提前订好的。

我来"姨妈"，其实不是很想吃这种凉的东西，但不知道在和谁赌气，点餐时韩玉问我吃这个可不可以，我说可以。

这顿饭胖子和小慧一直在拌嘴，不管胖子说什么，小慧都要反驳他。胖子求饶，说"祖奶奶我错了"，小慧就说"我不是你的祖奶奶，要当你的祖爷爷"。

我在一旁听得有些疑惑，后来就慢慢听懂了些什么，然后脑海里仿佛劈了道雷下来，不会是……？

和昨晚喝醉酒的状态不同，韩玉今天又变回了那个腼腆深沉的男孩子。除了刚刚在车上搂着我睡觉，他没再和我有任何肢体接触。

下午小慧说要去动物园看熊猫大毛和二顺（从国内租来的），胖子板着脸说这大冷天的。小慧瞪了他一眼，刚要开口，胖子豪迈地说好，去！

我觉得晕晕乎乎的，韩玉看了我的嘴唇一眼，不由分说地当即决定下午回宾馆休息。于是我们兵分两路。

“姨妈”第一天，吃了生冷的一顿午饭，我浑身不得劲儿，也顾不上和韩玉梗着脖子装高冷了，任由他领着我去了宾馆。

他订的是宾馆套间，进门一个客厅，两边各一个卧室。

我去卫生间换“姨妈”巾，洗手时也被自己的嘴唇颜色吓了一大跳，竟然是紫白色的，像《咒怨》里的伽椰子。

我出来后看到韩玉在调空调温度，室内很温暖，他把卫衣脱了，里面是一件清爽的白色短袖。他看着我说：“你去睡吧。”他什么也没再提。

我在屋里睡，韩玉坐在外面看电视。我听着电视的声音睡着的，这一觉睡得昏天黑地，等再睁眼时外面天都黑了。

客厅静悄悄的，没有了电视的声音，我以为韩玉出去了。卧室内也没有小慧的东西，他们还没回来吗？

于是我下床出去看，结果正好对上了韩玉的眼神。他坐在沙发里在做报纸上的数独。我一开门他便放下笔转过头看我。

另一间卧室门紧闭着。

我小声问：“他们呢？”

韩玉指了指那间卧室的房间门，说：“在睡觉。”

“那小慧呢？”我下意识地以为只有胖子在睡觉，“你怎么不进去？”

韩玉觉得有些古怪地看了我一眼：“他俩在一起。”

我想：噢，怪不得韩玉只得一个人在外面的沙发上坐着。

等等，小慧……胖子，睡一起？

我觉得整个人都要裂开了，脑子迟钝地转了一会儿，既觉得不可思议，又觉得莫名合理。

我脑海里有关昨晚的记忆都连成了一条线，胖子说过的每一句话、小慧的每个细微的反应，还有韩玉的欲言又止……我恍恍惚惚地歪着头说了一声：“啊？”

我感觉自己之前所有的怒气、委屈、嫉妒都变得很滑稽。

韩玉露出那种像看傻子一样的笑，看得我怪不好意思的。

为了掩盖我的震惊，我找补了一句，强自镇定地说道：“我的意思是他们这么早就睡觉了啊？”

韩玉收起那带着几分不怀好意的笑容，慢条斯理地说：“不早了啊，现在晚上十一点了。”

我觉得自己又要裂开了。我怎么睡这么久？！

随后韩玉站起身向我走近，我像个石雕一样呆在原地。

他轻轻揽住我的肩膀：“饿不饿？收拾一下，带你去吃晚饭。”

我懵懵懂懂地被他推着，听他俯身在我耳畔说：“正好有些事要和你说一下。”我缩了下脖子。

他带我去吃了日式拉面。热腾腾的豚骨汤被我喝得一干二净，他评价道：“瞧这饿的。”

吃饭时他一直笑眯眯地看着我，让我觉得莫名其妙。

我说：“好撑啊。”

他说：“那我们去湖边走走。”

我有点儿怕，这大晚上的，湖边黑漆漆的。他说：“有我在，怕什么？”

就是因为有你在啊，我怕你和我算账。

午夜的安大略湖并不平静，风掀起黑浪，浪涌像是一眼望不到边。

他把身上的卫衣脱下来，不顾我的反对给我罩上，宽大的卫衣几乎到我的膝盖，里面还带着他的体温和味道。我有几分沉醉。

夜色下泛着白色泡沫的波浪被一层层地推到沙滩上，耳边是永不停歇的浪涛声，我的心随着浪花起起伏伏，又归于平静，然后我说了句：“我好想跳进去……”

一句话没说完，韩玉立马捉住我的手肘。

我抬头看着他，说完这句话："游泳。"

韩玉："……"

在确定我并不是想轻生后，韩玉也并没有松开我。

我询问地看看他握在我肘间的手，又抬头看向他，只见他的喉头动了动，仿佛下了莫大的决心一般，他一把把我拉到了他的怀里。

我是撞进他的怀里去的。

还没等我反应过来，他就像昨晚喝醉时一样牢牢地环住我，这种拥抱总有些惩罚的意味，我的脚几乎要离地了。

"对不起。"我说。

我感觉他在我的头顶摇头，摇了好一会儿，他才声音闷闷地开口："不要道歉，是我不好，让你受委屈了。"

我一下子就哽咽了。我往外抽了一下，结果他把我抱得更紧。

他说："在认识你之前我没有喜欢过别人。这句话是认真的。"

我使劲儿点头，没出息地开始掉眼泪："我知道的。"

他说："昨晚回家我想了好多。一开始我想不通你生气的点，觉得莫名其妙。"

我小声说："韩玉。"

他摸了摸我的头发，温柔地说："波波，听我说完。"

我嗯了一声。

韩玉继续说："因为我性格的问题，我会觉得表白是一件很私人的事情。我一向不喜欢在外人面前展露最真实的情绪。只有当周围只剩我和你时，我才最放松、最舒服。所以抱歉，我没法当着众人的面给你一个体面的表白仪式。"

我的眼泪顺着脸颊掉了下来，我说："不是的，是我不好，我不该说那样的话。"

他拍了拍我的头："昨天你拿我和你的前男友比较时，我有点儿生气，甚至有了嫉妒的感觉，这让我十分烦躁。但随后我发现可能这恰恰是你生气的点。波波，我没有拿你和任何人比较过。

“我太唐突和草率了，怕你误会，所以昨天在那样糟糕的环境下说了那样的话。”说着韩玉叹了口气，“说真的，我也不知道为什么事情会变成这样。可能昨晚我喝了酒，没有控制住自己的情绪。我看到你离开桌子，就一门心思地只想冲进去和你解释。

“哪儿有人会在卫生间和人表白的啊？……我是不是这世界上最蠢的人？可是我真的、真的很喜欢你。我从没有过这样的感觉，很奇妙，所以不想你有一分一毫的误会，这会让我发疯。”

韩玉每说一句话，我就哭出一长串眼泪。等他说完，我已经哭得上气不接下气，心揪在了一起。

“我昨天没有讲胖子的事，是因为答应过他，他和小慧没在一起前，我不能和别人讲他喜欢小慧这件事。现在好了，他俩打打闹闹完，下午把一切说开，我也不用帮他保守这个秘密了。”韩玉说完，如释重负，大手伸进我身上穿着的卫衣兜里，窸窸窣窣地掏出一个白色包装袋。

那包装袋似乎被塞了好久，都有折痕了。

我仔细一看，看到上面的牌子是D开头的，心里咯噔一声。

“之前放假那三天，我来多伦多买了这个礼物，本来打算周一对你表白时送给你，没想到一波三折，拖到今天才说出口。”

他从袋子里面拿出一个小盒子，解开上面的蝴蝶结，打开盖子。

首饰袋底下是条精巧的项链，项链的字母是“oui”，i上面的点是颗小钻石。

韩玉说：“你知道oui是什么意思吗？”

我摇头，学着他说oui，类似连读“呜喂”。

他说：“是愿意的意思。”

“当初买这条项链是店员推荐的，店员说寓意很好。我本来想的是，问你愿不愿意当我的女朋友，你说愿意。”

韩玉托起我的脸，我别过脸去，脸上面全是眼泪，丑死了。结果脸被他扳正，他的眼底似乎有柔肠百转的情绪：“所以你愿意吗？纵使我这么蠢，你还愿意当我的女朋友吗？”

我眨眨眼，明明感动得不得了，但还是免不了俗地说了句煞风景的话："这礼物太贵了。"

我不知道这项链多少钱，但猜肯定上千美元。他还是学生呀，用的是爸妈的钱。我不管他家是不是有钱，反正我家不是大富大贵的家庭，我没道理这么坦然地收下这个礼物的。

本来我的心情复杂极了，但此时被这礼物一打岔，我就跳过了他那句愿不愿意，开始碎碎念他败家，还问他发票在不在，可不可以退掉东西。

韩玉气笑了："傻子，我有奖学金和助研的 funding（资金）。况且一辈子就一次的表白，这个不算什么。"

见我仍然愁眉苦脸，他说："别这么没出息好不好？以后每一个纪念日、生日、节日，我都会送你礼物，你要趁早习惯这一点。我可不能再让我的波波受委屈了。"

我很认真地想了想："那我还是希望你好好攒钱。送礼物的话生日送就好了，七七八八的节日咱们一起出去吃顿饭就行，你不要跟网上学，也不要学言情小说，那都是消费主义的陷阱！"

他皱着眉说道："你是金牛座还是我是金牛座？我怎么觉得你才是金牛座啊？"

我捂着心口说："不知道为什么，一想到你花钱我就跟着心疼！"

韩玉笑声朗朗，把项链拿起来："不说这个了。你到底喜不喜欢这个呀？"

我点头："喜欢是喜欢的！一点儿也不像普通男士的审美。"

他说："喜欢就好，那我帮你戴上。"

我疯狂摇头："不要现在戴，大晚上的，我怕一会儿走在路上被人打劫。"

他摸了摸我的脑瓜顶："笨蛋。"

我很细致地把项链装回盒子，又仔仔细细地沿着丝带折痕重新打了蝴蝶结，塞回口袋里时还拍了拍确保装好了。

我低头做这些事时，韩玉就在一边看着，突然他冷不丁地说："我好想亲你啊。”

我愣住了，呆呆地抬头看他：“现在吗？”

他嗯了一声，一面说着“可以吗”，一面低头吻了下我的脸颊。

因为这青涩的一个吻，我的心都在颤抖，人几乎站不稳，于是又被他抱进了怀里。

我们在夜里的安大略湖边抱了好久好久。

后来老韩提了几句胖子的事，没有细说。

一句话总结，胖子和小慧大概就是另一个版本的我和老韩。

小慧和胖子做了一年半的同桌，追小慧的人好多，但小慧就喜欢胖子。她出国前和胖子说：“你要好好运动，等下次遇见时如果你减到80千克以下，我就做你的女朋友。”结果当然是胖子并没有减肥成功。他很自卑，破罐破摔，误解小慧嫌弃他。

我和韩玉感慨：胖子好傻啊，小慧那是为了他好。小慧的喜欢那么明显，胖子却只肯相信自己以为的事实。

没有小慧的胖子，幽默又多金；有小慧在身边的胖子，就是个妄自菲薄的傻子。

我和胖子各有各的自卑，实际都是不肯相信对方那么美好的人竟然会喜欢自己，于是陷入自我否定的怪圈，确实好傻呀。

但是……我晃着老韩说：“这件事说到底，中心思想并不是我是笨蛋啊。”

韩玉说：“哦？”

我说：“我看啊，胖子才是最大的那个笨蛋！要不是他在那里阴阳怪气，误会小慧，我哪儿会吃醋？真是的！”

第六章

偶像包袱

老韩真的是一个非常有偶像包袱的男孩子。

我俩刚在一起的第一周，他还没有完全卸下来他的偶像包袱，结果导致我俩还不如没在一起那会儿自然。

回到X城的当天晚上，我不就钻进了韩玉香喷喷的小被窝吗？实际上这之前还有小插曲。

那天回来，他先是把胖子和小慧送回家，然后把车还了，走路送我回家。

其他人不在，就剩我俩独处时，气氛突然特别尴尬。没了酒精和黑暗的帮助，韩玉显得十分笨拙、青涩。

我们俩并排走着，时不时胳膊碰胳膊。还是我忍不住了，说了句："韩玉，我们两个要不要拉着手走？"

他显然被我的这个提议吓了一大跳，一脸严肃地嗯了一声，但手臂依旧垂着，迟迟不肯动手。

我看他那磨叽劲儿叹了口气，停住脚步，他不解地回看我。

我伸出手，比画着抓了抓示意他，说："会不会手拉手？我命令你插进我的五指缝里来。”

他不自然地张开手，还比画了一下哪根手指插哪个缝，这才和我十指相扣。

韩玉的手指修长，掌心厚实，几乎把我的手包起来。

我俩重新开始往前走，结果都不会走路了，摆动手臂特别不自然，一起走成了顺拐，像两只愚蠢的帝企鹅。

我调了一下步子，调正了。他又调了一下手臂，结果负负得正，我们又调成了顺拐。

路人看我俩的话，大概就是：我快步跳一下，他接着跳一下，两人顺拐走两步；我再跳一下，他再接着跳一下，两人再顺拐走两步……我们就像失了智。

最后还是遇到一个遛狗的人，那狗看我俩实在蹊跷，冲韩玉吼了两声，他紧张地跳了两下，我俩这才调整好走路的样子。

那天他本来已经把我送到家的楼下，清风霁月地和我说明天见。我俩松开手时他的掌心里全是汗。

我心想，这哪儿行啊，得逼他一把。

于是我一面说着再见一面趁他不注意，转身冲进他的怀里死死抱住他。

我能感觉到他瞬间浑身僵硬，尤其背部肌肉全都紧绷着，硬邦邦的。

他双手支在半空，放也不是，不放也不是，还是我把他的手顺下来放在我腰间的。

我能听到他胸腔里心脏剧烈地跳动着。他屏住呼吸好一会儿，随后重重地喘息了一下，将气息喷在我的头发上。

我抬起头看着他，可怜巴巴地说：“今晚我想和你回你家。”

这一句话为我之后的恋爱和婚姻生活中的演艺生涯拉开了帷幕。

我简直太满意了，如果非要形容的话，那就是目光流转，撒痴耍憨。我太厉害了。

老韩这样的纯情男子在这样的眼神下根本扛不过三秒钟。

果然，他只看了两秒钟便满脸通红地抬头望天，再也不肯多看我一眼。我感觉他的耳朵都在往外喷气。

随后他以一种奇怪的姿势，先后撤臀部，离开我紧贴着他的身体，随后拍了拍我："那你上去拿东西，我在楼下等你，别抱了，再抱要出问题了。"

我恍惚了一瞬才明白他的意思，下意识地低头去看，结果他立马转身冲着墙，冲我摆手："你快去，让我面壁缓一缓，不要看我了。"

我跟着韩玉进他的家门时，他让我站在玄关等一下，自己进去收拾屋子。我看着他面红耳赤地把沙发上、椅子上还有床上的衣服团成一大团一股脑地扔进脏衣筐。还有一个球状袜子从缝隙里掉出来落在地上，我想帮他捡起来，他立马冲过来说："不要动！臭！"

我一直以为他家应该特别整洁，实际并不是，就是个普普通通的男孩子的住处。电脑桌上有超大一个弧屏，还有游戏键盘和鼠标；饭桌上麦片盒子敞着口，没有夹上。

我瞥了他的卧室一眼，他正在撤床单、被罩还有枕套，撤好后将其扔进洗衣机，还滴了几下滴露。他弄弄这儿，弄弄那儿，最后开始蹲下刷马桶、擦马桶圈。看着一个大男生紧张兮兮地做家务，我觉得有点儿搞笑。

他的公寓楼和我的类似，是一居室，不知道租金多少，反正户型不大。韩玉说这间房是接的之前学长的 lease（租约）合同，很多家具也是学长卖给他的。我说怪不得是单人床。他说是有点儿小，但勉强够睡。我说不够，他就又脸红了，不知道他在想什么。

晚上我和他看了一部电影，真的不记得是什么了，因为我俩的心思都不在电影上。

差不多十一点时，韩玉开始坐立不安。

我其实也紧张，但不想表现出来，反复告诫自己是老油条人设。

我强自镇定，转过头轻松地说："我有点儿累了，先去洗澡啊。"

他："哦，你去。"

我抱着毛巾和换洗衣服去他的卫生间，他像个小跟班一样跟着我进了浴室，说怕我不会调水。

我环顾了一圈，只看见一瓶黑色洗发水，于是不确定地问他："这是你的洗发水吗？"

他说是。

我说："好的，那你有护发素吗？"

他指了指同一瓶洗发水。

我说："那么沐浴露是哪个？"

他还是指着同一瓶洗发水，有些不好意思地说："这是三合一的。"

最后我说："你有洗面奶吗？"

他迟疑了一下，依旧指了指洗发水瓶子。

我无语了。

后来我发现，直男所谓的洗澡其实就是洗头，然后让洗发香波顺着脸、身体流下来，胡噜一把最后用水一起冲干净，就相当于洗了头、洗了脸、洗了身体，全程算下来不超过五分钟……我竟莫名地有些羡慕这样省事的方式。

再后来，在他人生的第二十五个年头，他拥有了第一支专属洗面奶，是我给他买的。他嘴上说不用、不用，甚至流露出嫌弃的神色，结果晚上对着镜子，像拍广告一样在脸颊上打着旋搓泡沫，还哼着歌。然后人从卫生间出来时，手里攥着那支洗面奶。

我说："你有病吧，干吗举着洗面奶出来？"

他哦了一声，说没注意就攥着出来了，转回身又把洗面奶放回了卫生间。

他这人就是这样，对很多东西是没有的时候并不迫切想要，一旦有了，就宝贝得不得了，一直在手上把持着。

比如那支洗面奶，他用了两年用完了，我说用完就扔，给他买新的。他又从垃圾桶里把洗面奶扒拉出来说不能浪费，用剪刀剪开还能再用好久。

比如我带他去买正装鞋，店员送了他一个免费的绿色的鞋拔子。他爱不释手。我特别不能理解，他为什么这么宝贝一个鞋拔子？他说这相当于意外之财，特别惊喜。于是每天早上上班前，他都要用那鞋拔子把自己 43 号的大脚送进鞋里，于他来说这是个神圣的仪式。

有一次他到了公司给我发信息，说："老婆，今天丢人丢大了。"

我问怎么了。

他说："早上穿完鞋忘记把鞋拔子放下了，一直举着到了公司，坐电梯时手里还攥着，怪不得同坐电梯的人一直看我。"

我惊呆了："你手里握着鞋拔子一路到了公司？"

他说："是的……因为在想工作上的事情，就没注意。"

大家想想那个场景，一米八三的大个子，西装革履，一只手拎着公文包，另一只手举着绿色的鞋拔子，若有所思地走了一路。

发生鞋拔子这事不是一次两次了。有一次我们出门打车，他用完鞋拔子随手放兜里，结果鞋拔子从兜里滑出来落在了出租车后座上。

回来时他几乎要疯了，打电话去出租车公司，说愿意出重金寻找自己遗失掉的"很重要很重要"的东西。

后来人家司机专门跑了一趟给他送鞋拔子，他塞给人家一百美元还反复握手感谢，那个司机一脸茫然地离开了，觉得这世道疯了。

我说得这般欢乐，其实老韩和鞋拔子的故事是 BE（悲伤结局）。

我写下这个故事时，老韩在我身边看着。

我说我把他和小绿鞋拔子的故事写进小说了。他叹了口气，转过身默默地留给我一个背影，还揉了揉眼睛。

是的，在他第 N 次无意间带着鞋拔子出门时，他心爱的鞋拔子丢了。这次没人再送回来。

他说"小绿"一走，这辈子他都不会再用别的鞋拔子了。（我去宜家给他买了一个更好用的，很长，用的时候人不用弯腰。他碰都不碰，说用了新的鞋拔子自己就会心痛，是他对不起“小绿”。）

看到这里的朋友，如果你们逛街时遇到大概20厘米长的绿色的鞋拔子，记得买下来寄给我，我给你们报销。我会骗韩玉说这是他的“小绿”，帮他找到了。

我说远了。

总之这样的事情，不和他在一起我根本想象不到。他可真能装，在外人面前清风霁月，一副温润君子的样子，实际在家就是个破烂儿大王，还玻璃心得不得了。

那天晚上我俩熬到很晚才睡觉。

为什么呢？因为韩玉洗了床单、被罩、枕套，烘干时一筐放不下，分了两筐。被罩拿出来时还是潮的，于是他又放进去烘，全部烘好已经十二点半了。

他铺床时，我就抱着被子、枕头站在一旁，老高一摞东西，把我的头都盖过去了。我困得摇摇欲坠。他回头看我，立马帮我把手里的东西拿下来。

他拿下一个枕头，我的头便露出来了。我大声抱怨：“什么时候弄好呀？我好困！”

可能我把他吓到了，他下意识地又把枕头摞上去，把我的脸挡住。他可能以为我是光敏元件，一见光就呜哩哇啦的。

我被他的这个动作震惊到了。我们隔着枕头沉默了一会儿，他才意识到我是个大活人。随后他把我连同被子、枕头一起抱上了床：“马上、马上，你先躺着。”

我躺在床上看他认真地抖被子套被罩，他问我：“盯着我干吗？”

我说：“韩玉，为什么我觉得你劳动时的样子这么帅啊？”

他没停手下的动作，自己都没察觉自己在微笑，明明开心得不得了，最后一本正经地说：“那是因为你没在劳动。”

从此以后我和韩玉过上了琴瑟和鸣、甜蜜腻歪的生活。

全文完。

…………

我开玩笑的。

我倒想这样，而告白并不是终点，恋爱不是，结婚也不是。

作家可以选择让小说在某一个时间点完结，然后男女主角之后的幸福生活全靠读者脑补。但现实生活不是小说，我和老韩的生活也并不完美。

今年是我和老韩在一起的第七个年头。我俩二十二岁时在一起，谈恋爱两年，之后领证，紧接着就异地相处了四年。去年我们刚刚办完婚礼，今年刚刚结束异地生活。

从恋爱到婚姻，从同居到异地生活，从领证到办婚礼，我们有过很多闹矛盾和争吵的时候。现实生活中小老百姓的爱情故事很少轰轰烈烈地“洒狗血”，比如机场拦飞机、怀孕后跑了、霸道总裁抵墙亲……但是不“洒狗血”不意味着一帆风顺。

在我看来，恋爱、婚姻更多的其实是两人在生活习惯、家庭背景以及三观上的拉扯、磨合、妥协和理解，最终重塑成吵吵闹闹也可可爱爱的现状。

编辑可能更希望我写篇标准的小甜文，但我偏不。我想讲讲成长的故事，两个人的成长。这也不一定不甜，我保证。

我昨天还和老韩说：“读者们都说你温柔，和你在一起一定会很有安全感。”

他故作姿态地说：“哦？他们是这样说的吗？”

我说：“不要开心得太早，她们之所以那样认为，是因为迄今为止我一直在讲你的好话。”

其实在某些事情上，韩玉有着教科书般的执着，一般人会先被气死，然后又因为死后怨气太重而诈尸。

我和老韩从谈恋爱到毕业领证，中间大致发生了三件里程碑似的大事。

第一件事让我领悟到了：再温和的男人，都有他“奙”的一面。而我所要做的就是帮助他变好。

我们先来讲讲这第一件事。

我和老韩刚在一起时，热恋期间简直没眼看。

譬如说：

有一天早上我煮鸡蛋，水被煮干了鸡蛋爆炸。韩玉只听厨房发出一声巨响，冲进来一看，锅里有半拉黑色的鸡蛋，还有一半被炸到天花板上去了。他关火洗锅，然后教育我，教育着教育着，我俩便抱到了一起。

在家我最喜欢贴着他。他洗碗，我贴着他；他扫地，我贴着他；他看电视，我贴着他。甚至他站着上厕所（就是尿尿），我都要贴着他的后背。韩玉十分无奈：“你满大街出去问问，哪个男的尿尿后背上还挂着一个人？”即使这样，他都冒着得前列腺疾病的风险任由我抱着他的后背。

晚上睡觉，他讲小时候的故事，我不出声了。他以为我睡着了，小声唤我，我其实没睡，但是没吭声，想看他在以为我睡着时做些什么。结果他凑过来亲了下我的额头，缓缓把自己的手臂抽出来，说：“我好喜欢你啊波波。”我在心里默念：我也好喜欢你哦。然后我假装睡着，转身又抱住了他的手臂。

那时他在床上紧绷了两周。之后有一天晚上，我说：“韩玉，你是不是不喜欢我？”

他说：“不是呀，怎么会这么问？”

我说：“那么你想摸摸我吗？”

他虎躯一震，我视若无睹。

我拿着他的手放到我的胸上，和他说：“给你介绍一下，这是A cup（A 罩杯）。从今以后它们就拜托给你了，希望你努力加油，让它们长到C。”

我让他看我，说我长这个样子。他从前到后、从上到下，仔仔细细地看了一遍，最后吻在我的眼睛上，他和我说：“你真好看。”

我也在夜深时探索过他的身体。那时我蒙着被子，打着手电，观察了许久，直到他满脸通红地催促：“看够了没？”

我们也聊到过关于滚床单的事。

我说：“你信不信我没和前男友做过？”

这是真的，理由却上不了台面。那时我们大学住宿舍，前男友提出过要不要出去开房。因为我俩做什么都AA（均摊费用），所以我一想到开房的钱要好几百就舍不得，拒绝几次后前男友变得冷淡。就这样阴错阳差到分手我们都没做过，归根结底是因为我抠门。

韩玉低声笑，笑到我甚至都能听到他胸腔的共鸣声，轰隆隆的。

我说：“有什么好笑的？你不相信吗？”

他说：“我信，感觉是你会做出的事。”

但我感觉韩玉除了有些许嘲笑之意外，也并没有因此表现得十分开心。我说他假：“你们大部分男生不是挺看重这个的吗？”

他搂过我：“是吗？我其实还好。”

我期待他更进一步的动作，手慢慢往下伸：“那你想不想……？”

结果他捉住我的手说：“乖，这个我们从长计议。”

我真的好喜欢好喜欢他啊，喜欢到在热恋将过未过时，便开始思虑未来。

理智的人在生活尚有变数时不会选择谈恋爱，因为在异国他乡，有的人选择留下，有的人毕业回国，即使两人一起留下或回国也不一定会在同一座城市工作。我见过留学圈子里太多男生、女生因为异国求学孤独而在一起，毕业后劳燕分飞的情况。

于是我小心翼翼地问他：“我妈想让我留在这边继续往上读书。你呢？”

老韩很诚实地说："我本来是打算毕业后回国的。"

我的心凉了半截："那到毕业时万一我在这边，你回国，咱俩怎么办？"

他沉吟片刻道："到时看工作机遇和实际情况，要么我留在这边，你读书我工作。实在不行我在国内等你毕业，然后再看情况。"

我："可是异国恋好难啊，我不想谈异国恋，好多异国恋情侣撑不下去就分手了。"

他："这也分人啊，笨笨。再说也不一定会分开，如果我在这边找到合适的工作的话。"

我当时一口老血堵在胸口。

我知道他说得认真，也没在骗人，现实如此。

但很显然这不是我想听的答案。我想听他说：我一定会努力待在你身边，我们绝对、绝对不会分手。虽然我知道这样想有些自私，但还是抑制不住地失望和恐慌。

如果生活中能提前预知未来，那时的我会知道，未来韩玉毕业后在这边找了份实习工作，再之后找了份很好的工作。我们虽然是在异地，但每个周末我都会乘着小火车呜呜呜地去找他，或是他连夜开车来找我。我们并没有谈异国恋。

如果生活中能提前预知未来，那时的我还会发现，老韩之所以那样说，是因为他是一个不会轻易给承诺的人。他会默默去做很多事，默默想办法，默默去解决。但是事情最终没有尘埃落定时，他不会说准话。

他很少会说"永远"和"绝对"这样的字眼。他说如果说了做不到，自己会很难受。

他找到第一份实习工作时，我用自己半个月的生活费给他买了一个商务钱夹。送给他时，我满怀期待地问："你会用它好久吗？"

这个傻子竟然问我："好久是多久？"

我强压怒火道："至少三年吧。"

他仔细思索后说："要看用的情况如何了，以及工作性质……"（他用一堆废话分析在何种情况下有可能会换掉钱夹。)

当时我就气哭了，说：“你不要说话了！你还我！我就算扔进垃圾桶给狗叼了去也不送给你！”

他看我急了，便把钱夹举得老高让我够不着，说着：“我在陈述事实啊，你冷静一点儿。再说了，送出去的东西哪儿有收回去的道理？”

后来哪儿止三年啊，他一直带着这个钱夹，已经用了五年，钱夹边角的毛边都磨出来了也一直没扔，透明夹层变得老黄，和我俩的拍立得粘在一起难分难解。

去年他升职时，我说给他换一个新的。他说：“换新的干吗？这个还可以再用啊，你怎么这么浪费？”然后他死死地捂住小钱夹不让我碰。

现在我想起当时的场景就气不打一处来，使劲踹他：“那你在一开始怎么不这样说，非要口是心非地说‘要看用的情况如何’？”

老韩一脸无辜地说道：“只有用到这么久，才可以说用了几年。如果当时答应你用三年，又因为一些不可抗力的因素没有用到那么久，不就是骗人吗？”

还比如晚上睡觉，我趴在他身上抱着他，说：“咱俩可以这样抱一辈子吗？”

他说：“不一定的。波波，你知道吗？如果一直这样抱着，不出七天我们当中脂肪少的人会率先饿死。而且到第三天或是第四天时会很难受，无论是饿死还是渴死都不是一种舒服的死法，爸妈也会伤心。”

啊，简直气死我了（我恨不得在他家大门上泼粪，后来转念一想，他家大门也是我家大门）！

但生活充满未知，我们不能预知未来，所以那时的我十分憋闷和担忧。这便是我俩之间出现的第一个矛盾。

如果说老韩是理智型的人，那么我就是个浪漫的悲观主义者。我知道很多事情会很艰难，但是在那一刻希望能得到准确的回答。“永远”和“绝对”能给我很大的勇气。

所以那时候很显然我误会了他那句“到时再看情况”，又结合他并不急切地想和我滚床单这一点，开始胆战心惊，以为他并没有想过我俩的未来，不想和我有太多牵扯。

当然大家不用担心，就在韩玉以这个强大的逻辑在家里横行霸道多年后，有一天我突然想到了可以反驳他的话。

我说：“韩玉，你知道吗？其实你错了。所谓我们永远不分手，我会用这个钱夹很久很久……这样的话并不虚妄。我又不傻，当然知道这个世界有一千、一万种不可抗力因素会导致最终无法实现诺言。但我那样说，是因为在彼时彼刻，我是这样真挚深沉地希冀的。所以最终诺言的‘可能无法实现’，并不意味着你当初的许诺毫无意义。许诺的意义在于期待。是我期待和你一直一直在一起，永不分开；是我期待我送你的钱夹能被你珍而重之地使用。你如果同样期待的话，那么就应该回答我说‘我不会和你分开’以及‘我会用它很久’。

“综上所述，当初你那样回答我就是不对的。

“最后，我问你可不可以一辈子抱在一起，那个是夸张的说法，某种程度上还有象征意义。你回答我那个答案是什么鬼？白痴。

“还有，哪天我要是得了乳腺增生，与你当初的幼稚和固执脱不了干系。”

语毕，韩玉哑口无言，称赞我没有白当初、高中的语文课代表。

第七章

第一件事

第一件事就发生在这样的背景下。那时我既忧虑未来会失去他，又苦恼他为何不和我滚床单。

那是在圣诞假。寒假好短的，满打满算两周半，有的人会回国，有的人会去温暖的地方度假。韩玉问我有什么打算，我说想去蒙特利尔。

当时我是脑子抽风了。但凡有点儿地理常识的人都知道，冬天去蒙特利尔是个很不明智的选择。那里太靠北了，冬天最冷的时候体感温度会到零下四十多摄氏度。

韩玉有些犹疑，问我："你确定吗？"

我说："确定的。这事吧是这样，和你在一起前我就订好了旅馆，当时计划是一个人去玩儿。提前订便宜好多，唯一的缺点就是不支持取消，不去的话钱也拿不回来，好几百美元呢，我太心疼了。"

他捏着眉心说："这样吧，我给你报销订旅馆的钱，然后咱们往南去个有沙滩的地方。"

我说："你是不是傻？我又不是只心疼自己的钱，你给我报销我也心疼的啊。”

最终我俩在平安夜当天坐上了去蒙特利尔的灰狗大巴，一路风雪，雪都是直直地打到车窗上的。

大巴到中心车站时已经是凌晨一点。我抱着韩玉的胳膊睡得昏天黑地，他推醒我说到站时我还在问：“到什么站？”

韩玉一手牵着我，一手拎着行李。我俩站在车站外等出租，鹅毛大雪一片一片地落下，落在衣服上都不会融化。

街边的雪到了我的膝盖那么高。韩玉扯了扯我的羽绒服领子，帮我掸去积雪，问我冷不冷。

我打着哆嗦说不冷。身后的路灯下雪花飞舞，没有要停的架势。

世界特别安静，连出租都不见踪影。

最后我俩决定走着去我预订好的旅馆，地图上说离这里只有三个街区。行路被雪堆得只容一人通过。韩玉在前面带路，我揪着他的衣角在后面深一脚浅一脚地跟着。

太冷了，蒙特利尔一片白茫茫的，树顶、屋顶、马路，我目之所及全是厚厚的白雪。如果这时有驯鹿拉车路过，我会以为那是圣诞老人的雪橇。

韩玉边在前面走边和我讲话：“快到了波波，再坚持一下。”

我一开始还回应他，到后面无意识地往雪里踩，拔脚，迈步，跟着他，脚趾头都没了知觉。

最后不知走了多久，他突然停下，我撞到他的后背，被他一把拉住。

“到了。”他仰头看着旅馆招牌。

我浑浑噩噩地点头，想要赶紧进去暖和一下。他说了句：“等等，是这家，对吗？”他的语气有些异样。

我看了旅馆名字一眼，Quartier Latin Hotel（卡地亚拉丁酒店）。

是啊没错。韩玉表情古怪，我顺着他的目光抬头看去，也呆住了。

我订的这家便宜旅馆的隔壁是一家超级大的脱衣舞酒吧。酒吧一面外墙的涂鸦，是个裸体长发的天使。霓虹闪烁，旋转门处各种人进进出出，平安夜的生意也这么好。

韩玉抿唇看着我，眼神带着微妙的锋利。我眨巴着眼睛看着他，莫名心虚地说："我真不是故意的，当时就是图便宜，真没注意周边环境。"他没再看旁边的酒吧，把我推进旅馆，低声说了句："最好是这样。"

门把午夜的风雪关在外面，这时传出丁零一声响。

我俩站在一楼过厅五颜六色的圣诞树旁等了好一会儿，负责前台的老爷爷才颤巍巍地从里间走出来。

办完入住手续后，韩玉拿好房卡，拎着箱子上楼，我亦步亦趋地跟在后面。这个小旅店的电梯坏了，我们的房间在二楼，只得走上去。

楼梯和走廊上铺着颜色暗沉的厚实地毯，纵使是这样，我们上楼时还能听到木质地板的嘎吱声。

虽然我不愿意承认，但这的确是家有年头又破旧的旅馆。当初我看 Expedia（一个旅游出行 App）上这家酒店在打折，一晚八十美元，三晚一起订能便宜到每晚七十美元，于是毫不犹豫地订了三个晚上。现在看来，就这档次的酒店……七十美元都算多的。

韩玉背影挺拔，但我能觉出他的疲惫。一想到他要和我在这破地方住三个晚上，我心里就一阵阵揪紧。我真的太蠢了。

我当然知道他不会嫌弃，但因为自己心虚，于是凑上去装作很兴奋的样子没话找话说："你知道吗？这个价格还包含早餐呢。"

韩玉有些心不在焉地嗯了一声，低头刷卡开门。

我有些忐忑地看着他的侧脸，他已经累得说不出话来，连做表情都很勉强。今天我们在路上颠簸了将近十一个小时，中饭、晚饭都是随便凑合的。大巴前后排空间小，他的腿一直抵着前排座位没法伸展，他却把我的腿扳过去放在他的腿上，让我好好睡觉。

进屋后韩玉放下行李先去调空调温度以及拉窗帘。我们的房间朝向大街，隔壁酒吧的灯光时不时照进来，拉了窗帘还是有些透光。他看着酒吧门口进出的“绅士们”轻叹了一口气。

我像个做错事的小孩一样，他在屋里转我就跟在他后面。韩玉有些无奈地看着我：“你先去洗澡，洗完赶紧上床休息，乖。”

我问：“那你呢？”

韩玉按了按电热水壶，水壶没反应，便拎着电热水壶要出门：“这个不能用，我去一楼换个能用的，给你烧点儿热水喝。”

我拉他，心疼得要死：“别去了，太累了。冰箱里有矿泉水。”

他拍了拍我的手背：“没事。女孩子要喝热水。”

我魂不守舍地洗了个漫长的澡，水怎么调都是半热不热的。这边人们烧水都在房顶烧，估计外面太冷了，热水不够用。

我出来后韩玉还没回来。看他把手机留在房间里没随身带着，我就只能在房间里乖乖等着。

韩玉大概出去了有四十分钟，才拿着新水壶进来。

我心神不宁地站起来迎他，扑过去抱紧他：“怎么去了这么久呀？”

他摸摸我的头顶，扯了个笑出来：“怎么还不睡？我刚才下楼找不到人，转了一大圈才换好水壶。”

随后他从兜里掏出一袋混合坚果给我，像逗小动物一样：“自动贩卖机里只有这个，凑合吃点儿，明天带你去吃好吃的。我先去洗澡了。”

我把小零食放在一边。韩玉前脚进卫生间，我后脚就跟着他进了浴室。

他正脱衣服，见我进来明显一怔：“洗澡也看着？今天怎么这么黏人呀？”

我不管不顾地抱着他，脑袋贴紧他的胸膛，说了句对不起，然后就哽咽得再也说不出话来。

他捏捏我的脸颊，说道：“说什么傻话呢？别抱了，我要脱裤子了。”

我哦了一声放开他，他脱光了缩进透明浴帘开始调水。

水怎么调都是温的，他探出头问："这水这么凉，你刚刚洗也是这样吗？"

我点头说是啊。他皱眉，什么也没说直接就开始洗。

我心里特别不是滋味。他闷不吭声地洗头时，我说："你生气啦？"

他头顶的水哗啦啦地响，没听清我说什么，他嗯了一声，顶着满头泡沫停下来看我。

我复述："你生气啦？"

他一脸茫然："没有啊。"

我说："那你怎么不说话？"

他噢了一声，没所谓地继续冲头："洗头呢，怎么说话呀？泡沫都进嘴里了……我就是有点儿累，睡一觉就好了。一个大男人哪儿那么容易就生气？"

我默不作声。他拉开浴帘，眯眼细细确认我的表情。我苦着一张脸看他，连假笑都挤不出来。

他弹了一指头泡泡到我的脸上，笑着说："笨蛋猪猪。"

韩玉洗完澡，我殷勤地坐在床上要帮他吹头发。他拉过被子把我揪上床："太晚了，不吹了，会吵到隔壁的人。"

随后他伸手关了灯，胳膊拢出一个洞，我趁势钻进去。他收紧胳膊，学着机械音说："用精灵球成功捕获一只野生的波波。"

我笑了一会儿，他便低头来吻我。

这个吻缠绵又轻柔。他真的太累了，刚才上楼、进屋，一系列事都是强撑着最后的力气做的。想到这些，我就很想哭。我是气自己连累韩玉，内疚得不得了，心里把自己骂了一千遍、一万遍，他越是这么包容我越是心痛。但我又知道如果自己说对不起，韩玉反而会生气。我实在不知如何是好。

我带着心事，他却吻得很认真。

屋内一片寂静，我推他：“你不用忍的啊，我没说不行。”

他低声说：“我没在忍。”

可是就像在和他作对一般，韩玉的话音刚落，隔壁竟传来咿咿呀呀的声音。

我俩屏住呼吸听了几秒，立马明白隔壁是在干什么。

于是我骨碌地爬起来，耳朵贴墙听那边的动静，他使劲儿拉我：“你干什么？”

我说：“好奇，听听呗。”

隔壁的声音真的超级大，我听得饶有兴致。韩玉双手枕在脑后，分明也在听。

过了一分钟，一切归于寂静。

我低头看见韩玉望着天花板出神，男人呆成了石雕。我兴冲冲地钻回被窝，小声和他分享：“隔壁男的时间好短啊，满打满算不超过四分钟，真没劲。”

韩玉默不吭声。

我凑过去说：“哎，你说他们一会儿还来吗？”

他瞥了我一眼。

“我感觉女的叫声好假啊，你觉得呢？”我继续回味。

韩玉神情紧绷且严肃。

我本来侧躺着面冲向他，看他假正经，于是我的手在被窝里慢慢下移，直到确认他也是有反应的。

我轻声笑道：“床头有套套。我们要不要试一试？”我带着几分讨好性质地邀约着。

韩玉迅疾地出手将我不老实的手腕攥在一处，开口拒绝：“波波，我今天真的有点儿累了。”

“好吧，可是你刚刚……算了。”我悻悻地说，有些尴尬。

过了一会儿，我想不通：“说真的，你是不是觉得我胸小？”

结果那边传来细微的鼾声，韩玉已经睡熟。

第二天一早，我是被卫生间的哗哗水声吵醒的。

我揉着眼睛看到韩玉下身裹着浴巾出来，问他："你为什么这么早要洗澡？"

他不吭声地在行李箱里翻内裤。

我懂了，和他比口型：你梦遗啦？

他一脸正经，但脖子红了。我拥着被子哧哧地笑："何必呢？憋坏了多不好。"

他板着脸："你还睡不睡了？不睡的话快起床，我们下楼去吃早饭。"被他凶这一通我还挺莫名其妙的。

我本不该对这个旅店的早饭有任何期待的。我就喝了半杯奶，其他什么都不想吃。

韩玉这么不挑的人，也只是勉强吃了个冷牛角面包外加一杯橙汁。

他看我不吃，敲了敲桌子："你这样什么都不吃不行的，一会儿我们去街上看看，给你买点儿你想吃的东西。"

可是圣诞节的上午基本任何店都不开。昨晚暴风雪下了一夜，今早路边的雪堆到我的腰那么高。我俩走了两个街区去麦当劳买早饭，过马路时我还差点儿滑了一跤。

韩玉牢牢牵着我，我鼻头通红，打了个大喷嚏，估计昨晚洗澡给冻的。

他由这个喷嚏开始教育我，我耐着性子嗯嗯地应着。

说到花钱时，他是这么说的："其实不仅仅是消费，你以后做任何决定时要尽量把目光放长远一些，不要只考虑眼前几十几百块钱的得失。就比如咱们住的这个旅店看似便宜，但实际上呢？边上是通宵营业的脱衣舞酒吧，旅店配套设施跟不上，都没办法保证热水的供应，你看你是不是要感冒了？"

我本来因为旅店的事很内疚，但听他说到这些，便莫名开始烦躁。这事就好像只可以我自己反思，但他不许提。我已经很委屈了，是很气自己的，早上甚至偷偷搜周围好的酒店，决定今晚带他去睡四星级酒店。但周围的酒店房间已经被订满了，要不然就是贵得离谱，一晚上上千美元。

我不再应声了。

但他还在说，估计是真的被我刚刚那个喷嚏还有早上不吃饭的行为气到了。他给我举例子，甚至说到我之前租房的事，说我一开始为了省钱遇到了不靠谱的房东，后来又搬家，其实花的钱反而多了。不如一开始我就找能力范围内最好的房子，省心省力省钱，还不用担惊受怕。

此时我的情绪上来。我想让他住嘴，于是硬邦邦地说了句毫无诚意的道歉："对不起，成了吧！可不可以不要再说了？"

他愣了愣："说什么对不起啊？"

我站住不走了，低头甩开他的手说："和你说对不起，是因为我连累你没有过一个好的圣诞假，到这冰天雪地的地方来受罪。可是我又没有求着你和我一起来。"

他惊诧道："你这话是什么意思？你自己来我肯定不放心啊。谈什么连累和受罪？我是就事论事。"

到此为止我是一句话都听不进去了。

我脑海里的恶魔小人切换进来，打蛇打七寸，我直接放大招说："好吧，那我也就事论事。我知道你是个眼光长远的人，是不是因为你已经预见我们之后会分手，所以现在不和我那个？"

他神色一凛："你说什么？"

我平静地复述了一遍之前的话，但知道这话杀伤力很大。

韩玉的眼神很怪："所以你认为我不和你……是因为我不想对你负责任吗？"

我说："这不是很显而易见的事吗？你那么理智，肯定把利害关系都想清楚了，不然为什么我问你毕业后的打算，你说再看？不然为何你忍成那样，早上去冲冷水澡都不和我做？"

韩玉的脸色沉了下来："这是你的真实想法，是吗？"

我重重地点头："我就是这样想的。很抱歉，我是因为贪便宜才在错误的季节来错误的地方、住错误的旅馆；我目光短浅，因为超级喜欢你，所以迫切地想和你那个；我从没想过我们会分手，所以选择在未来还不确定时就和你谈恋爱。真可惜，我和你正相反，我就是个短视的人。"

他死死地盯着我，有些难以置信。

我无视他的目光，吸了口气继续说："还有，我说抱歉是因为我抱歉连累你，并不是为我自己是这样的人道歉！因为我没有你那么幸运，可以在有很多选择的情况下优雅体面地选择最优解……我也没有你那么聪明和理智。但是同样，你也无法理解像我这样的人在做任何跟金钱、未来有关的决定时有多战战兢兢、患得患失，尤其是我超级喜欢你的时候。"

说完这一大通话我整个人都在抖，不是冷的。

韩玉反而笑了，揪住我的其中一句发问："你以为我不想担责任，想着会分手才不和你滚床单吗？"

我说："难道不是吗？不然哪儿有女孩子三番五次地邀请你，都被你拒绝呢？我也有尊严的啊。你一个血气方刚的男生，要么是因为嫌弃我，要么就是怕之后想分手时甩不掉我。正常人都会那样想吧！"

韩玉攥紧手里的麦当劳牛皮纸袋，强压住怒火保持风度，但声音已经冷得不行："原来在你眼里我是这样的人。"

他这话一说出来，我感觉自己马上就要没出息地开始掉眼泪，怕被他看到，索性转身横穿马路。马路上没有车辆，我一步一滑地走到了对面。

韩玉在我身后喊："你去哪儿？"

我说："不用你管！你赶紧回 X 城吧！省得跟着我遭罪！"

思绪一团乱麻，我感觉自己没一点儿长进，这么一吵又被打回原形。

我这人就是这样，习惯性地过度解读别人的言行举止，觉得对方就是在针对我。当我做错事时，不用别人说，我已经狠狠骂过自己上千遍了。但是当别人指出我的错误时，我又想赌气逃避。我会觉得自己都这么难过内疚了，已经知道错了，对方为什么还要揪着不放？于是我把责任全部揽上身，破罐破摔，以为这样就能彻底堵住对方的嘴，但到头来自己还委屈得不得了。

譬如说刚刚的情况，韩玉吃牛角面包时只是一皱眉，我就在想他是不是在生我的气和后悔来蒙特利尔，然后就想到昨晚的种种事：他拉窗帘时叹了口气，去换水壶换了四十分钟，在被窝里按住我下滑的手……

我觉得丢人又憋闷。丢人是因为我三番五次被拒绝；憋闷是因为我深知这事就是我胡搅蛮缠，但又不想真的低头认错。

韩玉那段关于“做人眼光放长远，不要为了短视的利益去为未来埋下隐患”的论调真的在我脑海里投了颗雷。我本就因为这类事情自卑。相比较他，我就是冲动又短视的人，这和家庭教育、成长环境以及我的性格有密切关系。这无可辩驳，但我不愿承认。

理智的我知道韩玉是为我好，他的话确实在理，但也的确不留情面。他并不是埋怨，也不是影射。但感性的我无法仅仅就事论事，非要把之前关于毕业后感情何去何从的担忧一并牵扯进来，仿佛这样就有了一些道德上的话语权，可以变成受害者来博取同情。

毕业后怎么办一直是我心里的雷区，因为每次我问韩玉时，他都不肯给我准话。这让我特别没有安全感，以至于一想到这件事，我就惶恐到觉得此时此刻的恋爱都索然无味，因为头顶上时刻悬着一柄剑。

归根结底，我对我们彼此都没有信心。韩玉好归好，如果真的要回国，我有什么资格迫使他和我异国恋或是让他等着我呢？我何德何能啊？想到这里，我为自己感到悲戚。我真是无药可救地喜欢他，又无药可救地患得患失。

我在蒙特利尔的大街上漫无目的地走了好久，因不认识路，便走到哪里算哪里。而韩玉也没有跟上来。他一定是被我气到了。我叹了口气，吵架的几个大忌都犯了，比如旧事重提，比如事后冷战。内疚和委屈感紧紧缠绕在一起发酵，可一时半会儿我也没法放下身段去道歉和好。我需要冷静。

下午时分，有些小店陆陆续续开张，我随便走进了一家小咖啡馆取暖。咖啡馆只有三张小圆桌，我坐一张，一位老奶奶坐一张，还有一张空着。

热腾腾的拿铁被送到我的桌子上后，我只喝了一口便转头面向窗外。

一开始我还强忍着，脸冲窗外默默流眼泪，后来干脆把脸埋进胳膊，一耸一耸地抽动着哭。

过了一会儿，有人把手放在我的后背上。我泪眼蒙眬地抬头看去，那位老奶奶拿着书站在我身旁："请问我可以坐在这里吗？"

我点头，用手背抹去不断往外涌的泪水。

老奶奶坐下后，第一句话说的是："这是我很喜欢的一首歌。"她在说店里正放的歌曲。

我侧耳去听，不知道这首歌是谁唱的，也不知道这首歌叫什么名字，确实很好听，让人感到既怅惘又好听。如果歌曲有颜色，那么这首歌是青灰色的。

她给我解释："歌手是 Leonard Cohen，一位才华横溢的来自蒙特利尔的艺术家。这首歌叫 *You have loved enough*（《你已无爱可施》）。"

然后我俩就静静地听这首歌，直到一曲结束后才彼此做自我介绍。

这是今年七十二岁的 Jane。

Jane 说："亲爱的，我猜你在为一个男孩子哭泣。"

我想了想，点头，又摇头，组织了一下语言对她说："起因的确是他，但最终我想到自己才哭的。恋爱好烦，尤其当对方是个很好的人时，和他在一起总是会不断地提醒自己，我是个很差劲的人。可我已经很努力了，只是一时半会儿不会有质的改变。这让我迷茫，我是否一个配得上爱情的人呢？”

Jane 若有所思地点点头，以一个 well（这样啊）开头，说：“你知道为何我会在圣诞节当天，一个人在咖啡馆里看书吗？”

我不知如何作答，感觉不管点头还是摇头都不合适。

但 Jane 不在意，说因为一直没有遇到动心的、想要相伴一生的人，所以现在孤身一人。圣诞节家人相聚，她却和往常没什么不同，都是在下午三点钟来这里点一杯咖啡、看几页小说。她还庆幸这家咖啡馆在圣诞节正常开门，这样她能有个去处。

“爱让人自卑，爱让人惶惑，但我一辈子都在期待爱与被爱，没有放弃等待。等待爱是寂寞的。”Jane 对我说，“所以我很羡慕你，亲爱的。”

然后我俩聊了好久，连比画带猜。

她给我推荐爱丽丝·芒罗，是她在看的书的作者。

我说这名字好耳熟。

她点头：“2013 年诺贝尔文学奖得主，对这个头衔你应该不陌生。但是芒罗的作品意义远远大于任何奖项，你可以去看看，兴许对你有启发。关于我们将如何作为女人独立地存在。”

我说好的（但我应该会去找翻译本看）。

很长一段对话结束后，店内音乐又播回到 *You have loved enough*，我俩都低头不语，享受这首歌。

歌里唱着：

> You whisper, "You have loved enough（你轻声低语，“你已无爱可施），
>
> Now let me be the Lover"（那么现在让我成为你的情人吧”）.
>
> …………
>
> That I am not the one who loves（我不是施爱之人），

It's love that chooses me（是爱选择了我）.

…………

我们正听着，这时我旁边响起敲窗声。

我转头一看，韩玉正站在结霜的窗外，一脸凛然地看着窗内坐着的我。夕阳在他的身侧，他一手插兜，用另一只手的食指骨叩了叩窗户。

我俩一个在寒冷的窗外周身冷厉地站着，一个在温暖的屋内局促地坐着，我们看着对方的眼睛许久。

韩玉居高临下地俯视我，眼神竟带着几分悲悯之意，看得我心有戚戚。因他背光站着，夕阳给他高大的身形镀了一层金边，使他看起来就像是前来审判我的米迦勒。

他面无表情地说了一句简短的话。

隔着玻璃我听不见他的声音，看口型却能明白。他说：出来。

我内心是害怕的，甚至有点儿想逃避，却自动站起来蹭了出去。我反应过来时，人已经站在他跟前。我抬头看着他，动了动嘴唇。

韩玉打断我将出口的话，严肃地说道："你要想好第一句话说什么，毕竟我现在还很生气。"

他说话时，吐出的白雾团在我眼前，我的心随着白雾的消散重重地落下，随之落下的还有一行热泪。我刚想说话，他用拇指摁住我的嘴唇，又提示道："想好再说，只给你一次机会。"

我眨巴了一下眼睛示意他我想好了，他松开拇指，眼睫低垂地注视着我。

我没敢看他的眼睛，看向别处，声音发颤地道："对不起，我错了。"说出口我便更加委屈，彻底止不住眼泪，就这样抬头看着他默默流眼泪。

韩玉一动不动地看着我，突然抬手。我缩了下脖子，还以为他要揪我。

我这个动作好像又惹怒他了，他边嗞了一声边伸出食指不耐烦地把我挂在鼻梁上的眼镜推上去归位。

因为刚刚我在店里哭，戴着隐形眼镜不舒服，便摘了换上框架眼镜。我不常用这副框架眼镜，很松，经常会滑到鼻梁中央松松地挂着。

我愣住了，不明白在这关键时刻为何他偏要管我的眼镜。

他无奈地叹气摇头："怎么说你才好？真的太犯规了。"

我一头雾水："啊？"

他又伸出食指把我的眼镜拿下来放在刚刚的位置，示范着说："你这个样子……抬头看我，一半的眼睛在镜片后，一半的眼睛在镜片外，太犯规了，好像我在欺负一只无辜的海豹。"说完他又把我的眼镜推上去，仿佛多看一秒就会心软。

我哦了一声，觉得他说的话都好奇怪。我是海豹，那他是什么？北极熊吗？

他回过神，脸色又故作严肃，继续刚刚被自己岔开的话题说："光认错不行，你还要说你错在哪里了？"

我往下一撇嘴角，话还没说出口又哽咽了。看他没反应，我主动把眼镜拉下来挂在鼻梁上，试图博取他的同情心。

韩玉赶紧抬头，拒绝看我，仰天冷声道："我跟你说，你这样没用，赶紧反思认错，我不看你，你自己说。真是服了你了，聪明劲儿都用在这儿了。"

我恨恨地低头抓他的手，他不牵我，我将手缩回去，又被他紧紧握住。他还瞪着我。

人想压抑哭劲儿时说出的话就像在唱走调的歌，哭劲儿上来时音调就会变高，哭劲儿稍过时音调就回归正常。

我现在心情其实很复杂，有点儿窃喜，又碍于自尊没法彻底开心，就像厚重的云层里透出一束光，但还在下雨，是太阳雨。于是我吸着气带着几分演的成分断断续续地说："我错就错在不该怀疑你、怀疑你不想负责任……我知道你对我特别好……我说的是气话，就是很想赢，所以口不择言……然后就是……我不该闹冷战……翻小肠儿……”

我边说边观察他的表情，因他抬着头，我只能看见他的嘴角。他的嘴角到后面一直都是似扬非扬的。

韩玉板着脸低下头问：“你什么都想赢，吵架也想赢，哪儿有人比你还要强？还有，什么是翻小肠儿？”

我抽噎着解释：“好像不是北京话？就是翻旧账。”

他哦了一声，使劲掐了下我的脸：“认错时不许说方言！”这一下掐得可狠了，我龇牙咧嘴道：“疼！”

他点头：“疼就对了，真是气得我牙痒痒，恨不得……”

我问：“恨不得干吗？”

他环顾四周，看见咖啡厅里展示的法棍面包，说：“恨不得拿法棍敲开你的脑袋，看看里面都装的什么乱七八糟的想法。”

我惊讶极了：“那你可太狠了。”法棍可是能砸死人的。

他说：“没办法，谁让你那么气人？”说着他又去推我的眼镜。他推上去，我拉下来，如此这般重复，他喉头动了动，干脆把我的两只手都推进长长的羽绒服袖子里。然后他一只手攥住我的两个袖口，像在押解一个犯人。

我此时像个臃肿的蚕茧，双手彻底被关在袖子里，同时我也被他这种幼稚的出气行为震惊到，早在初中就不玩儿这种游戏了。

我抗议：“不带这么欺负人的！”

他咬牙切齿地说道：“是你先欺负我的，语文课代表。你仗着我们西北人老实，说不过你们北京人，一通说辞条条列出，有理有据地把我打成不愿意负责任的渣男，我找谁说理去？”

“你怎么还带地域攻击的？！”我大声说道。

他哼了一声：“京片子，卫嘴子，今天我算见识到了。”他看我没皮没脸地开始傻乐，用训斥的口吻说，“又不是在表扬你，怎么还得意上了？我的气还没消呢。”

我点头："那我怎样才能让您消气？"

他想了想说："饿了吧？先带你去吃饭，吃完后再慢慢算账。"

说完他意识到这句话里带着不自觉的关心，于是呸了一声，自言自语道："我这人就是操心的命。"

我和Jane告别，Jane露出那种长辈的笑容感叹年轻的爱情真是有生命力，连吵架都赏心悦目。这话说得我有些愧疚。

出来后我和韩玉讲了Jane的事，好奇地问："Jane说她一辈子都没找到心动的人，那你呢？"

韩玉瞥了我一眼："你说呢？"

"可是为什么呀？我把你气成那样，你还喜欢我吗？"我不解。

韩玉叹气："波波，我觉得你搞错了因果关系。不是你气我，我还喜欢你，而是因为我喜欢你，所以即便你气我，我还是没法不喜欢你。"

"那你喜欢我什么？"我问。

"喜欢你傻。"他直言道。

这一句话把我噎得不知该说什么，随后我又想起来什么，于是问道："你怎么找到我的呀？"

我心神恍惚地在周围乱逛，兜兜转转，自己都不知道自己身在何处，韩玉是怎么找到我的呢？

韩玉露出那种"说你傻，你果然傻"的表情，我莫名其妙。

他说："你这里和我们分开的地方只隔了两条街，你知道吗？"

我震惊，怎么可能？！

韩玉说他早就找到我了，可是气不过，于是隔着条街远远望着我好久。最终还是一个酒醉的流浪汉帮他做了决定。

"我和流浪汉说：'你看到没？那边橱窗里的那个坏女孩对我说了很过分的话。你说我要不要去找她？'"

"然后呢？"我问。

“然后……流浪汉没理我。于是我拿出一张十美元和一张五美元的纸币，说：‘你如果觉得我应该去找她，那我给你十美元；你如果觉得我不应该去找她，这张五美元的钱给你。’”韩玉得意地说，“那个流浪汉拿走了十美元，于是我来了。”

我惊呆了，心痛又心疼。心痛的是，这个男人如此别出心裁地给自己找台阶下；心疼的是，那可是十美元啊！十美元啊！

我使劲儿晃着他的胳膊：“你怎么这么败家啊？！一美元和两美元就够了呀！”

我站在酒店门口，看着恢宏的大门发愣。

韩玉说他下午新订了住处，还顺便把我们的东西都搬了过来。

“走啊，进去啊。”韩玉拉着我上楼梯。

我满面愁云地说道：“你知道这里可贵了吗？今早我上网搜这边的房间，只剩最贵的那种了。”

韩玉几乎把我夹在腋下挟持上去：“我知道，但没花钱。”

“你骗人，怎么可能不花钱？！”我生气了。

他一脸坦然地说：“我从来不骗人。我用我爸的积分换了四个晚上，打算在蒙特利尔多待几天，好好玩儿一下。”

韩玉说这话，让我误以为他是什么财阀的儿子，心惊不已。他笑着说：“想什么呢？我爸经常出差，都是自己先订票、订酒店，然后单位给报销，订票、订酒店的积分就攒了好多，不用的话年底也要清零。”

我半信半疑。他佯装生气地说道：“凭我对你的了解，如果我花大钱带你换酒店，你肯定要生气，所以你觉得我会那样做吗？我知道你可是有骨气的猪猪。”

韩玉牵着我的手下了电梯，一路走过长长的走廊。我默不作声，在想他说的话。他真的好了解我啊，理解我的拧巴和自尊。相比之下，我就过分多了。

我回想刚刚吃饭时，自己要提吵架的事，结果他淡淡地说："吃饭时不要提，影响消化。"随后他岔开话题，聊着不咸不淡的话题，同我说说笑笑。可据我观察，他的笑都很浅，到达不了眼底。

他这个态度让我的胃一阵抽搐，顿时我觉得饭也不香了。韩玉这个人一向脾气好，但据说越是脾气好的人，生起气来越吓人。

他这话一出，我就清楚，之前的道歉其实并没有完完全全解决我俩目前的问题。他刚刚在咖啡厅门口之所以表现得很正常，大概是不想在外面闹得太难堪。

他"原谅"我、来找我、给我台阶下，并且大事化小是他有教养、有胸怀，但这并不意味着他没有往心里去。这件事是人都会伤心的。

我觉得我死定了，开始㞞。我这个人就是好了伤疤忘了疼，那个劲儿过去后认错态度一流，自己这边没事了就以为对方那边也一笔勾销，实际哪儿有那么容易啊。我应该是触及韩玉的底线了。

我当时说的可是：你因为打算以后和我分手才不碰我的。

听听，这是人话吗？

但是换个角度，当时我这样说的确有气话的成分，可是也有一部分原因是我真的这样想的。无论如何，这个是我们之间的刺。不说开这个问题的话，我们以后还会吵架的。

我忧心忡忡，盘算着今晚如果再提此事的话，要用什么话术才能让韩玉不撕了我……于是我脚步迟缓，犹疑地跟在他身边。

我又想起吃完晚饭我俩打车过来酒店这边的时候，韩玉一直目视前方沉思。车行过一个躺在地上的巨大十字架时，我说："快看，这个十字架是躺着的哎。"韩玉没去看窗外，反而转过头来看我。

他的脸背光衬在巨大的十字灯架前，脸隐在幽暗的光影中，只一双眼眸明灭不定，目光的幽深只是一瞬，随后被他替换成浅笑。那一瞬的转变被我捕捉到，我脑海里浮现一句话：他哪里是米迦勒啊，分明是路西法，从地狱中带着微笑来接我。

可不管是天堂还是地狱，审判总要来的，我就这样硬着头皮同他走进了房间。

这房间真的大，还是套间，不知道花了叔叔多少积分。

我走到窗前往外看，将蒙特利尔市中心与大雪交织的霓虹光影尽收眼底。纵使我是北方人，也从没见过这么大的雪。今天 Jane 告诉我，今年的蒙特利尔迎来了近五年来最大的暴风雪。她说：“恭喜你，你很幸运，能够见证五年来这里最冷的圣诞节。”我想说：我幸运？

随后我又想到积分的事，于是随口问了句：“对了，那你怎么和你爸妈说的？”

韩玉正习惯性地巡视屋子，看咖啡壶、热水壶等是不是可以正常工作。

他自然地接道：“他们知道我和你一起来这边旅游。”想了想他又补充，“他们也知道我有女朋友了。”

我啊了一声，怔住了。我俩谈恋爱后聊过要不要和家长说。当时我的意思是暂时不想告诉爸妈，我怕他们问个没完。韩玉的态度就……不置可否，我一直以为他也没和家长说。

我抠着冰凉的玻璃嘟囔着：“原来你说了呀……”韩玉含混不清地应了一声。

我对着窗发呆，看着街边的小卖店，还有喜气洋洋的过往行人。

韩玉不知何时巡视完毕，悄然走到我身后。我发觉他贴上来时，他突然从背后抱住我，我吓了一大跳。

他弯着腰，伸手急切地把窗帘扯上，无声又不容反抗地开始亲我的脖子，从耳后到锁骨。在他凉凉软软的嘴唇的触碰下，我瑟缩了一下，结果他硬生生地把我转过来面朝着他。

这张脸换上了冷然和严肃的神情，我心头一凉，我要完蛋了。果然，他伸手就把我的眼镜摘掉扔在一旁。

我赶紧往后退，心怦怦跳，试图从他边上逃走。

他长臂一拦便挡住我的去路，随后把我拦腰抱起，手掌托着我的头，同我一起直直地倒在大床中央。

一瞬间的失重让我感觉头晕目眩，我尖叫了一声，紧接着就被他堵住了嘴。

我从没见过这样的韩玉，心里害怕极了。哦不，刚刚在吃饭，以及坐出租车回来时我曾得窥一刹。我认识的韩玉如明月清风，温润如玉，而此时的他就像那夜的安大略湖，暗涌澎湃，深不见底。

他的隐忍、温柔、耐心此时全部消失，仿佛为了印证我那句“不想负责任所以不做”，他现在走向了另一个极端。我当然明白他在因为什么事情生气，也做好了和他好好地、认真地再次讨论的准备。可是现在他的态度不同以往，令我很不知所措。

我被他罩在身下犹如大海中沉浮的一艘小破船，这种不带感情的肌肤相亲使我感到苦涩又屈辱。

这明明是我期待已久的事情，可面对这样失控的韩玉，我从心底生出恐惧和混乱感。

我开始动气，想要咬他的胳膊，他猜透我的意图，直接把手臂送上来给我咬。我一口咬下去，非但没解气，眼泪都要流出来了。他这手臂硬得像块铁板，咬得我牙齿酸疼。

“你真狠啊。”他观察着我的牙印儿啧啧评价道，不知道是在说我咬他咬得狠，还是另有他意。

我身体不受控制地发抖，眼角带泪恨恨地看着他，说道：“我不喜欢你这样。”

他瞥了我一眼，没说话，维持刚刚的冷漠和强硬。我知道那大半是装的，可也一并感受到了他的怒火。

我试图逃脱他的桎梏，双腿拼命踢蹬，他直接跨上来压住，他好沉啊，我呼吸一窒，使劲儿按住他的手，断断续续地说：“我说了……我不喜欢……”

韩玉面无表情地开口道：“是不是我太好说话了以至于你觉得你怎样我都会顺从你？”

我惊诧地看着他。我才没有这么想！他的态度令我感到陌生。我脑子嗡了一声，随后胃里开始反酸，身体应激似的整个人往后撤。韩玉抓住我的脚踝又把我拉了回去。

被他抓得疼了，我颤抖着大喊：“韩玉，你不要这样！我害怕！”随后心跳加速，我开始头晕耳鸣。

他边冷冰冰地看着我，边说：“现在害怕了，那你凭什么觉得之前我不害怕？”

我害怕到浑身没有力气，整个人开始冒虚汗，全部注意力集中在胃部，那里翻江倒海。我有气无力地想去拉他的手：“韩玉，我想吐。”

韩玉脸色一沉，以为我看到他的身体以后犯恶心。但他理解错了，我是真的恶心，可能是低血糖，可能是被他无情的状态吓的。

我整个人像条到了旱地的鱼一样仰躺着，已经无暇顾及韩玉如何，眼前全是金星，胃里一阵一阵泛酸，胸口一耸一耸的。我不知道自己的脸色如何，但一定非常吓人。

头晕目眩间，我感觉身上一轻，下一秒整个人被韩玉抱起来冲进了卫生间。

呕吐感宛若排山倒海般袭来。

我扶着马桶边沿将晚饭吐得一干二净，吐到没有东西了还在往外干哕，整个人一抽一抽的，大脑一片空白。

等我没有想要干呕的感觉了，却发觉站不起来，干脆蹲着，整个人缩成一团，埋着头开始哭，哭得撕心裂肺。韩玉就站在我身旁，也不出言安慰。

等我哭了许久，不出声了，他一言不发地把我抱起，放进浴缸。

他黑着一张脸，探手过来摸我的额头。我把他的手打掉：“你不要碰我。”我缩在浴缸一角，看着自己的脚趾头发呆，它们都被吓白了！

韩玉愣了片刻，说道：“对不起。”然后他固执地继续去摸我的额头试探温度。

他摸了摸，发现并没有发热，有些疑惑。

我瞪着他："不是发烧，是害怕……你欺负我。"

韩玉看我还有力气瞪眼，于是站起身将浴室的花洒打开，调水温时无奈地叹出一句："谁敢欺负你啊，你不欺负我，我就烧高香了。"

我气他倒打一耙。他回头看我："真的，我只是想……吓吓你，我知道过火了，向你道歉。"

他此时背对我，后背全是我刚刚的杰作。一道道被挠的红痕此时都肿了起来，像蜘蛛网一样纵横吓人，有的地方还有血丝。胳膊上也是，一圈牙印现在还没消下去。这些我看在眼里，仿佛真像他说的，只有我欺负他的份。

但明明就不是这样的！我俩体形悬殊，我想对他做什么，只要他不愿意，那就做不成。反过来可不一样，他想做什么简直轻而易举。他说得就好像他是弱势的那一方。这人真的太狡猾了。

我顿时委屈得不得了，呜呜地哭着说："那你刚刚还凶我来着。你根本不是韩玉！韩玉温柔得不得了，根本不会凶我！"

他把我拎到了花洒下，挤了挤洗发水开始在我的脑瓜顶上打泡沫："这就叫凶啊？那你是没见过真的凶。"

我低头任他摆布。

他托着我的脑袋帮我冲水，是动都不敢动我身上的地方了。我的心在热气腾腾的浴室里似乎悬浮到了半空，不上不下的。温柔的韩玉又回来了，并且多了一分小心翼翼，这让我难过。事情怎么会变成这样？

我平静了一些。等换他冲澡时，我犹豫地开口问："你刚刚那句话是什么意思？"

"哪句话？"他闭着眼冲脑袋。

"你说，我凭什么觉得你不害怕？你害怕什么？"

韩玉眯着眼睛看我："现在是要开始说了吗？"

我点头。

"真想听？"他飞速地冲洗干净，怕我冷，把我换到花洒下。

我嗯了一声。

“那我问你，刚刚你以为我要对你……那样时，你是什么感受？”

我想了想，如实说：“生气、害怕、委屈。”

韩玉扯出一个无奈的笑：“那你记住这种感受，因为你之前想和我那个时，我也是同样的感觉。”

我抬头看他，他继续说：“你问我为什么不和你做，是不是不想负责任，我其实想把这句话原封不动地送给你。”

我十分惊讶不解，大声反驳：“我什么时候不负责任了？”

韩玉正色道：“这就是问题所在，你没有意识。那我希望你能站在我的角度回想一下，波波。从我的角度来看，咱俩谈恋爱，认识俩月在一起，在一起后立马同居，睡在一起不到两周你就一直提……的事。我理解，知道你很喜欢我。与此同时，你说你不想告诉父母，OK（好），我也理解，也许你和你父母之间有一些矛盾。之后你问我以后怎么办，一听到也许会异国恋就如临大敌，仿佛只要现在的状态有丝毫改变你就会毫不犹豫地提分手。”

“我不是这个意思！”我着急地打断他。

韩玉搂了搂我的肩膀，温声道：“我知道或许你没有，但这是我的理解，是我将所有事情联系在一起后想到的。

“所以啊，波波，你有没有发现其实咱们两个之间，不仅是你，我也是被动的那个？我和你谈恋爱后不久，就告诉了我父母。之后你问我未来的打算，我想了无数种可能，把乐观的、悲观的、可以接受的、无法接受的所有可能性都想了一遍，但无论是异地恋、异国恋，我都没有想过分手。我只是说具体情况具体分析，无论哪种情况都要事先想到才好，之后我才能想办法。”

“你说我不和你做，现在我来告诉你原因。你听好。”韩玉像训练小兵一样把我扶正站好，水顺着他的头发流下，滑过脸颊，男人的表情庄重无比。

“也不怕你笑话，我就是处男，没有过经验，在你之前没喜欢过女生，甚至有些害怕女生这个群体。但我深知喜欢了就要负责任，喜欢了就不会轻易放手，喜欢了就要好好珍惜。所以我迟迟不和你做的第一个原因是我害怕。没错，我一个大男人，害怕。

“我害怕自己做得不好，伤害到你；我害怕第一次让喜欢的女孩子失望，需要身体和心理上都做足准备，才会进行下一步。

“第二个原因是我个人的节奏问题。如果你了解我，应该会发现和你这样的急性子不一样，我是个很慢热的人。我凡事喜欢计划、准备周全，是个非典型金牛座的人，对钱的执念不深，但喜欢将在乎的东西攒起来。我喜欢你，喜欢到要慢慢经历我们的任何事，比如拉手、初吻、睡在一起、一起看电影、同居……我想慢慢来。可你要按快进键。之前的事情我都忍了，但这个不行，想慢慢来。

“第三个原因，就是我说的，咱俩的认知不同。在你眼里，我不碰你就是渣男，就是打着分手的主意怕你以后纠缠我。我只能说你太天真了。你去看看外面，真正不想负责任的‘渣男’哪儿会在意这个？那种人今朝有酒今朝醉，到时翻脸不认人。相反，在我眼里，你才是不想对我负责任的那个人。我和我的家人说我有女朋友了，他们很开心，想看看你的照片。我想到你暂时还不想宣扬，于是和他们说慢慢来，不急。可我很难受，真的，我很难受。我自我怀疑，甚至在想是不是哪里做得不好，让你想走一步看一步，不值得把我介绍给你的家人。”

韩玉目光深沉地看着我的眼睛，从他口中娓娓道来的一字一句几乎将我的心扯碎了。

原来是这样啊，原来是这样啊……

我的心头涌起无数话想说，我想解释，但热泪先于话语迸发出来。我再次爆发，哇哇大哭着抱住他，脸带着热泪贴在他的胸膛上。

“我真的超级喜欢你的！我真的真的超级喜欢你的！”这是我唯一能说的话，于是我一遍遍地大声说让他知道。

韩玉听到这话后眼眶也红了，摸着我的头发将我紧紧抱住。

两个光溜溜的人在花洒下抱着哭，这情景滑稽极了。

后来我边抽噎着边大声和他解释，前言不搭后语，和他说了好多好多，也不管他有没有听懂我的意思。

最后我说，是因为我太喜欢他了，喜欢到想和他最亲密地融合在一起。

“傻瓜。”他说，“最亲密也不一定是身体结合啊。”

“现在我知道了……刚刚那样真的一点儿也不舒服。”我哽咽地说。

我这才发现，原来我期待的不是身体结合本身，而是和韩玉最纯粹地融合。

这种融合并不一定需要通过身体结合实现，真挚深层地沟通才是灵肉合一的唯一途径。我要的不只是肌肤之亲，还有精神相依，是两个灵魂毫无保留地融合在一起。

而身体结合仅仅是灵魂相融的结果而已，它不是因而是果，我真是个傻瓜。

我俩大概在流动的热水下站了几十分钟。

最后我哑着嗓子说：“还是高级的酒店好，这么长时间了水还没有变冷。”

韩玉哈哈大笑，把水关上，用毛巾裹住我。

韩玉低头一下下地亲着我，眼神逐渐迷离。我吓得跳了一步到后面，差点儿滑倒。他有些愠怒，我可怜巴巴地说：“可是我饿了，想先吃东西……”

我俩手拉手走在凌晨一点的大街上。下午时雪停了一阵儿，现在又开始下，路上一片白，雪都被踩瓷实了。

今天的夜黑得出奇，我仰头看天，片片雪花从虚空飘下来，不知从何处生，又要在何处消亡。

韩玉手里拎着打包好的河粉，也随我停下脚步，抬头看天。

雪花落在我俩的鼻尖、眼睛、额头上，停留一阵儿，又慢慢消融。

我和他说，其实我特别怕看黑色的天，那种无边际的黑令我觉得自身渺小又无助。但不知道为什么，只要我和他拉着手，看黑色的天似乎并不那么可怕了。

实际上只要和他手拉手，好多事我就不怕了。

我和韩玉害怕的东西截然不同。他怕的都是很现实的事，而我怕的都是子虚乌有的事，譬如说鬼、黑和未来。

我从小就这样，晚上和爷爷奶奶看电视，中途去上厕所，上完吓得滚回沙发上挨着奶奶坐着。奶奶问我害怕什么，我说关着灯的屋子特吓人，像黑色的眼睛。

我甚至连听都不敢听很多东西，像那个“一双绣花鞋”，光听这个名字脑海里就有画面了，然后一晚上都不敢闭眼睡觉，一闭眼就出现一双蓝莹莹的绣花鞋。

爷爷家里有本书，关于玛雅人水晶头骨之谜的，封面上是个骷髅头，我求着爷爷给它包上了书皮。

…………

我还喜欢在奇怪的事情上争强好胜，内心有个假想敌。上小学，每次我都要叮嘱姥爷：“姥爷，下学你一定要第一个来接我！”踢毽子，自己假想出个数字，一定要踢到那个数字才行，中断就要重新来。

我胆子小、黏人、认死理，喜欢的东西或人就特别喜欢，永远学不会适可而止，有所保留。我这种性格对人或东西的喜欢程度几乎没有中间地带，要么喜欢得要死，要么完全没感觉。

我看了《狮子王》四十多遍，《葫芦兄弟》三十多遍，《小美人鱼》二十多遍。

以前补课机构附近有家东北菜馆，疙瘩面汤做得绝了，每周六我都去喝。后来初中毕业餐馆关门了，我还哭了鼻子。

初中我有个特别好的朋友，我和她永远有说不完的话。高中时她出国了，我上大学才缓过来，高中三年一想到她的名字就偷偷哭，好想她。

…………

我喋喋不休地和韩玉讲自己，试图让他明白我不是不负责任，而是越喜欢就越在乎，越在乎就越瞎想，越瞎想就越害怕，最后变成自己吓自己。

我这种胡思乱想排第一名的选手，还偏偏是个急性子。但凡有事悬而未决，我就提心吊胆。比如之前等高考出分，我几乎一个月没出家门，出分当天心里的大石头落地，终于吃了一顿饱饭；等研究生学校录取通知时也是，吃不下饭睡不着觉，我天天担心自己没学上……再到如今，毕业后我俩何去何从，这个巨大的问题要把我逼疯。生活中的任何不确定性在我这里约等于天塌了。

所以我特别羡慕像韩玉这类人，他们做自己能做的事，不去烦恼自己决定不了的问题，相信车到山前必有路，永远从容不迫，永远优雅淡定。他们是自己人生的掌控者。

“你们如何做到的啊？内心强大可真好。”我叹了口气。

听了我的抱怨，韩玉想了想说：“你把我想得太厉害了。其实我也不是不担忧，只是表现得很淡定。担忧很正常啊，每个人都有烦恼，但我会尽量避免被这样的情绪支配。”

随后他给我支了个着儿，说：“波波，你以后再遇到这种事时，不妨把时间线拉长。现在在烦恼的事，你想想五年后的你还会因此烦恼吗？”

上中学时一次考试考砸，当时你提心吊胆担心被父母骂，不敢回家，现在却连当时的分数也记不清了；大学时一门课面临挂科的风险，期末你复习了三天，那三天神经紧绷到极点，可最后考完也就完了……还有很多类似的例子，但所有这些往日的烦恼，对现在的你来说甚至都不算事，就是这么个道理。

任何事要么现在被你解决，要么在未来被时间解决。人生说长不长，说短不短，但除了生死，没有大事。

“所以啊，没关系的，一切慢慢来。”他说。

“哦，对了。”我捏了捏韩玉的手掌，想起一件事。

我对他解释：“我不告诉我爸妈，不是因为有所保留，是因为有前车之鉴，害怕把你吓走。”

大学时有一次我妈出差来上海，顺便来学校看我。那时我和前男友谈恋爱有一年了，我妈就说叫小伙子出来一起吃个饭吧，然后聊聊未来的打算。我和前男友说了，结果一直到我妈离开上海，他的电话就再没接通过……

除了这个原因外，当然我也害怕我爸妈对韩玉刨根问底。

韩玉听后笑了笑："在我这里你可以不用怕这些，你要对我有信心。"

回到酒店，韩玉拉过唯一一把转椅坐下。我说"你坐这儿那我坐哪儿吃饭啊"，他拍了拍自己的腿。

他买了一大碗热腾腾的牛肉河粉，我就坐在他的腿上吃。

韩玉非常认真地在看手机。我转头看他在看什么，结果手机上显示的搜索结果：第一次的注意事项以及男女的生理构造。

我立马脸红了，直掐他的胳膊。他疼得皱眉头，还不忘正经地说："你这人……我虽然临时抱佛脚，但也是认真学习。"

随后他把手机放在我面前，让我边吃边和他一起看，一个话题一个话题地点进去。

标题起得都十分露骨，这顿饭我吃得浑身燥热。

就这样过了一会儿，他放下手机，一只手扶着我的腰，另一只手滑进衣服。

我正喝汤，呛了一下："还没吃完！"

"哦哦好的，你吃，我不催你。"他笑得像春风，语气和煦又礼貌，说出的话却没法听。

我蹬着腿要下来，结果被他按住："继续吃啊，又没催你。"

他这还叫没催？

我说："你这样我怎么吃啊？！你再看看手机好了，不要弄我。"

他一脸好学生样："学习完毕了，基本掌握，接下来要进行实战考察。"他边说边瞥向我面前的河粉，还剩半碗汤。

他指着说："你这不是吃完了吗？"

我说还没喝完汤，不能浪费。

他哦了一声，堂而皇之地端起碗一口气将汤全喝光。他喝汤时碗挡着他的脸，我只看到他一上一下滚动的喉结，一副急不可耐的样子。等他喝完放下碗，眼神就变了，从春风变成烈酒。

随后我整个人被他抱着滚上了床。

韩玉坏笑着压了上来："终于吃完了，一碗粉你吃了十万年，真行。"

我很少看到他这样，十分欠，半碗汤都要和我抢，于是撇嘴挖苦他："你刚刚不还说想慢慢来吗？"

他脱掉上衣扔到一旁的沙发上，随口嗯了一声道："谁让计划赶不上变化呢？现在箭在弦上，不得不发，再憋人要废了。君子也要审时度势。"

这君子正急吼吼地在我身上扒拉，我呸，他还君子。

我整个人都被他亲软了，酥酥麻麻地使不上力气。

我几乎要哭了，其实有点儿想打退堂鼓，这和想象中的情况根本不一样！我不想做了，但又十分不甘心。兴许是因为过于激动，大脑为了自我保护，此时此刻我的思绪竟然飞到了天花板上。晕晕乎乎，迷迷蒙蒙，满心满脑全是些乱七八糟的想法。而在这繁杂的思绪中，一句话渐渐清晰。

于是我躺着仰视他，见他认认真真，也正色且认真地叫他："韩玉。"

他嗯了一声，抬眼询问地看我。

我看着他微笑道："我就是超级喜欢你啊。我真的真的好喜欢你啊——你是全世界我最喜欢的男孩子！"

他嘴角一扯，拽道："喜欢我什么？"我却没再回答。

我的手虚抓了抓，他会意，伸手过来握住我的手，我俩十指相扣……窗帘透出的缝隙中，夜晚的蒙特利尔下着大雪。这雪无边无际，在昏黄的路灯下纷飞。有些似乎在往上飘，真是奇怪，雪不应该往下落吗？我以为我眼花了，很想把这个发现分享给韩玉，让他也看看这奇怪的景象。可是到最后我也没说话，毕竟他有事情要做，我们有事情要做，或许等明天再告诉他也不迟——如果我能记起来的话。

第二天一早，我是被痒醒的。他手里拿着我的一簇头发梢在挠我的鼻子。见我醒了，他翻了个身，神采奕奕地指着窗外：“这雪下了一夜，刚刚才停。你知道吗？雪花有时会往上飘。”

皇家山西南峰有着北美最大的教堂——圣约瑟夫大教堂。这座建筑的巨大圆形穹顶仅次于梵蒂冈的圣保罗大教堂。

从山下往上看，皑皑白雪中教堂庄严伫立，穹顶上的十字架就立在阶梯中轴线的尽头。

我爬山时觉得腿软。明明还没有中山陵的台阶多，但因为现在台阶上都是雪以及早上发生的事，爬到教堂门口时我几乎要跪下了。

我和韩玉进去时，教堂里高悬着的，由 5811 支管子组成的管风琴正在演奏，乐声悠扬，几乎飘荡在整座皇家山上。大雪息音，这音乐就像从天上来的，降到人间，又飘于尘世之上。

韩玉和我都不信教，但在这大雪环山的雄伟教堂中，听着这样雄浑的宗教音乐，两人的心出奇地宁静。

半晌，我说：“刚才那个板子上说，安德烈修士建了这座教堂，然后终其一生都在以教堂的灯油治愈被病痛缠身的信徒。虽然从科学的角度来看，灯油并不能治愈疾病，但信仰的力量也许可以。”

韩玉放空了一会儿，似乎并没有听清我在说些什么。等我再次开口想说点什么时，他缓过神来。韩玉叹了一口气，颇为惆怅地说：”抱歉，我刚刚走神了。我在想啊，要是咱们夏天来，或许还有不一样的感觉。“我好奇道：”咦，经历这些事，你竟然还想和我一起旅行。”他看看我，说：“当然了。”

第八章

第二件事

我觉得没什么人能真正做到内外一致吧。磊落如老韩，在家和在外也不尽相同。

老韩工作后有一次聚餐可以带家属，他们组里氛围很和谐，是风控建模组，都是中国人，大家就用中文闲聊。他们聊到家里养的宠物，我说他怕狗，连柯基都怕，离老远见着就绕道走。他的组员们十分惊讶，然后都憋着笑，说真看不出来，一直以为老韩是那种顶天立地的男人。我说怕狗就不顶天立地了吗？他还……老韩在一旁捂脸，说你快别说了，再抖搂抖搂没威严了。

近几个月不是都窝家里办公嘛，老韩每天上身穿着洁白平整的衬衫，下身穿着花格子裤衩在家走来走去。摄像头开着时他紧锁眉头，说话严谨，用的都是商务用语。摄像头一关，他转头就和我说："老婆，我饿了，我们什么时候吃饭饭啊？"那语气让我有点儿想打他。

这是他的包袱，人前人后两副面孔：对外是威严深沉的大家长，对内是撒娇精。

但其实也不能光说他，我也有包袱。我的是仙女包袱，在恋爱初期是完美人设。

刚谈恋爱那会儿，我定闹钟每天早上爬起来刷牙洗脸，然后再钻回被窝和他亲亲，假得很。他都不知道这些事，以为女生就是这么香喷喷的，睡一觉起来都没有口气。

那时他迷迷瞪瞪地抱着我，越亲越疑惑，还问："你怎么这么香啊？"我假装不知情："哎？是吗？我都不知道。可能仙女都这样吧，哪儿像你似的。"他一度被整得挺自卑，认为"臭男人"这说法不是空穴来风。

除此之外就是，我在他家不敢拉屎、不敢放屁。

我知道写到这里好多人要打我。言情小说里怎么能写这么三俗的东西呢？！

但这的的确确是真的，没谈恋爱时，我总觉得两人是否亲密的评判标准是有没有肌肤相亲。谈恋爱后我发现，这个标准太文艺了。最现实的标准是，两人敢不敢当着对方的面放大屁。

现在我俩当然没这问题了。家里两个卫生间挨着，最近几个月在家，我们经常一起相约进卫生间，还实时汇报情况，隔着一堵墙的卫生间边喊着聊天。没在家办公时，那时他在单位，我在学校，经常上午十点收到他的一条微信："老婆，你猜我在干什么？"我回："我也在！"（此处省略不雅词汇。）

这大概是没谈恋爱的人无法理解的变态行为吧。

说到变态我又想起一件事。我有段时间特别喜欢做的事情就是趁他洗澡前一件件脱衣服时，在旁边站着，学着有钱老色鬼的样子假装一张张地往他身上扔钱，边做动作边说："脱啊，给我脱，我有的是钱！"后来嘛，后来就是被他扯到花洒下一起冲澡，他说："还来劲了？"

总之在之前，我都不能做这些行为，端着大概有好几个月，每天都要跑回自己的住处处理好"人的三急"再跑回去找他，也不嫌累。

然后就在我俩从蒙特利尔回来一个月后，发生了一件大事。这件事本质上说不算好事，结果却意外地好，连带着解决了好多尴尬的问题。譬如说我一直不敢让我妈知道我和韩玉同居了，这事发生后我妈不仅默许我可以搬去和他一起住，甚至把韩玉当成准女婿；譬如说我的仙女人设彻底崩塌，从此我放飞自我，过上了自由放屁的平凡人生活，我俩日常也不演偶像剧了，像平常人一样过日子，从云端到了人间。

那时我们回来后，先通过视频见了双方家长，正式介绍对方给爸妈。

我见他爸妈时，心里打好草稿大大方方地喊阿姨好、叔叔好。但接通视频前一秒我又在想，说阿姨似乎太口语化了，要不就学电视里文绉绉地喊“伯母”？

我正纠结是说“阿姨”还是“伯母”呢，视频就接通了。我紧张啊，上来说出一句洪亮的“阿母好”。

随后气氛有几秒的沉默。

韩玉在边上闷笑。我急得满脸通红，出了一手心的汗，想着：完了、完了，他爸妈一定觉得我脑子不太聪明。

韩玉的妈妈和我想象中不太一样，听他说他妈妈是大学英语系教授，那我事先想象中她就是温温柔柔的书卷气女子嘛。结果他妈妈是侠女那一类，我说完“阿母好”，他妈妈愣了一瞬，然后笑声如洪钟，使劲儿拍着他爸的大腿连声和韩玉说：“我喜欢你给我找的这未来儿媳妇，可爱！”

她夸得我还怪不好意思的。

后来我见到我婆婆真人，身高一米七八的大美人，胸大腿长，像从画报上走出来的一样。我还很喜欢她的名字，特别硬朗和帅气，叫彭侠非。

据说彭女士年轻时还是校队打排球的，有个中国女排梦。她和我公公谈恋爱时去人家楼下边颠球边喊：“韩沐我爱你！你快下楼！不下楼我把排球打上去！”

但彭女士结婚生孩子后就不打排球了，改把韩玉当排球打。

记得我第一次去韩玉家时，阿姨知道我业余写小说，拿出一沓子泛黄的稿子给我看，说她读博士时太苦闷了，于是自己尝试着写武侠小说，类型是大女主爽文，名字叫《女侠彭非传》。我看过彭女士写的小说，真的挺好看的，特别大气，有金古遗风。

那本小说里有个反派的名字和我公公的名字一模一样，叫韩沐。这个反派娶了三个老婆，最后被女主一掌拍到不能人道，后半辈子特别惨。我都看呆了。我公公在一旁回忆，说我婆婆结婚前把小说给他看，问他好不好看，他说有些剧情让他有些不适。我婆婆问哪段剧情，我公公说："这个韩沐，娶一个就够了嘛，娶什么三个！"

我在视频里见完他爸妈，其实也没聊什么，甚至有点儿尴尬，就是四个人对着笑了半天，说话客客气气的。

之后就是韩玉见我爸妈。

他穿得特别正式，穿上正装打了领带，在我身边正襟危坐。我妈接通视频，看我俩一个穿白衬衫一个穿小黑裙，端坐在白墙前对她假笑，第一反应是："你俩要结婚了？"

我没和你们讲过我父母吧？我妈这人是女强人那种类型，心气儿特别高。她从小当班长，工作以后当小领导，无论在家还是在外都把我和我爸管得服服帖帖，话一出口就是领导训人那架势。

本来我还挺忐忑的，怕她强势的性格会把韩玉弄自闭。

韩玉则胸有成竹，说他虽然不受同龄女子喜爱，却是中老年妇女的杀手，从小到大阿姨和奶奶们就特别喜欢他。韩玉不卑不亢，我妈问什么他就老老实实地回答，一点儿也不虚头巴脑。果然，两人寒暄没几句，他一句一个"伯母"彬彬有礼地叫着，几乎把我妈征服了。

我妈是"颜控"，可不喜欢男生是大双眼皮。她看韩玉眼睛小内双搭上高挺的鼻梁，就喜欢得不得了。后来她私下里和我说："韩玉看着可比你那前男友顺眼多了，我记得你那个前男友，浓眉大眼，搁以前抗战时像是会叛变的。"

我爸则一个劲儿地说："西北男人好啊，好啊！"

总体来说，他见家长还算顺利。

事后我打探消息，据韩玉说他爸妈对我印象很好，说我文气乖巧。我感觉他爸妈一直都很介意韩玉语文不好这点，所以得知我是语文课代表后赞不绝口。

我爸妈这边和我反馈，说韩玉这小伙子给人感觉踏实又聪明。我爸跟复读机一样，一直说喜欢西北那边的汉子。

但家长都是过来人，很多事情不用我们主动坦白，他们就心知肚明。

比如之后韩玉的爸爸专门打视频电话过来，给他讲了讲男女的事。

当时我就在韩玉家，视频接通时他爸试探着问："小宁在边上吗？"韩玉给我比了个噤声的手势，我就躲到厨房去了。

韩玉摇头："她不在，什么事啊？"

他爸有些尴尬地清了清嗓子："是这样的，我和你妈觉得啊，既然谈恋爱了，那么有些事要提前嘱咐你。"

然后他爸就拉着他说了将近半小时的"男人如何自律""如何管住自己"。

"男人要管住自己"这句话是从他爷爷那辈传下来的家训之一，话糙理不糙。他爷爷有五个儿子，他爸是老大。从小家里这么教育，以致他的几个叔叔也都木讷老实，做的比说的多。

后来彭女士嫌他爸说得太委婉，直接拿过手机对韩玉说："你们也大了，真要做什么我们也管不了。但你一定要记住，你是男孩子，有些事情不可以做。那什么不可以做？强迫女孩子的事不可以做。还有就是真要那啥，一定要戴套！注意卫生！因为生理构造不同，女生那里很容易生病的！负起责任！不可以动粗！要让着小宁！"

韩玉苦笑："您儿子什么时候动粗了？"

彭女士最后问："你们是认真的吧？妈妈为什么这么问呢？因为毕

竟这个社会还是没那么开放，对女性很苛刻。所以如果不是认真的关系，你就不要碰小宁。你懂妈妈的意思吧？”

我听到这话时屏住了呼吸，想听韩玉怎么回答。韩玉则举着手机慢慢踱步过来，和我隔着厨房玻璃相望。

他知道我在意这个答案，于是冲我眨眨眼，将手指放在玻璃上，我在玻璃这边伸出手和他的手掌对上。

韩玉随后笑了一下，看着我的眼睛回答他妈妈：“当然是认真的，非常非常认真，我俩是奔着结婚去的。您和我爸就放心吧。”

随后他们再说了什么我就听不见了。

因为我的这颗心化成了一汪水。

再之后是我妈这边的事。

可能女孩的家长就没那么容易放心。我爸妈虽然满意韩玉，但在关键事情上一直不松口：同居那是万万不行的。

自从我妈知道我在这边谈恋爱了，就会半夜三更地查我的岗。

有一次特别惊悚。半夜十二点，一般来说我是躺在韩玉的被窝里的。但那天赶巧我从图书馆回来晚，正在路上走，我妈一个视频电话拨过来，我特淡定。

她看我放学走在“回自己家”的路上，这才放心。挂了视频电话我就一阵后怕，心跳到嗓子眼儿里。要是当时我和韩玉躺着，她老人家能开战斗机飞过来揍我。

这么说吧，我妈应该心里也清楚，天高皇帝远，管也管不了我和韩玉。她也不是对韩玉有意见，就是接受不了自己女儿和男人那啥这件事。我俩结婚这么多年了，每年回国，韩玉陪我回家，我还是睡我的小床，他去睡我家书房，在我娘的眼皮子底下恭敬有礼得像陌生人。

一点儿都不夸张，在我妈心里我必须永远是处女，哪怕我八十岁了也必须是处女，不然她会崩溃，会觉得自家的白菜被猪拱了。（后来我刷微博，看网上大家讨论这事，发现有些女生的家长和我妈的想法是一样的。他们逢年过节回娘家都是分开睡。我这才释然，原来天下的妈妈都一样。我感到既无奈又好笑。）

当时因为我妈会突然查岗，韩玉干脆去我的地方住。只要我娘一拨视频电话过来，他就去楼道走廊上待着。我会举着手机在房间里转一圈，给她看没有窝藏男人，以示清白。

我和韩玉说："怎么样？你是不是后悔见家长了？要名分的结果就是丢了自由。"

韩玉则表示能理解，没有半点儿不开心，也一点儿不后悔。我也不知道他是不是装的。

我和我妈就这样斗智斗勇了将近一个月。我每天晚上做噩梦，梦见我不小心在睡觉时接通了视频，被我妈看见不该看的画面……我的精神已处在崩溃的边缘。

然后这时就发生了第二件事。

二月是加拿大最冷的月份之一，几乎每天在下雪。

这天是周五，我一天有课，下午还有系里的学术研讨会要参加。

早起吃饭时，韩玉说晚上等我下课后带我去约会：找家好的餐馆吃饭，然后看电影。

我问今天是什么日子，他说是我们在一起满一百天的纪念日。

然后我就在想，那我要打扮得好看些。平时上学我都穿得很学生样，但这天想着放学后直接去约会，那就不能再穿卫衣、绒裤、雪地靴了。

于是我打扮了一番：细高跟踝靴、连裤袜、高腰铅笔裙、修身高领小毛衣。我也不穿羽绒服了，嫌臃肿，咬牙换上了呢子大衣。

出门时韩玉拉住我："你等等，不冷吗？"

外面的寒风吹得我脖子一缩，嘴唇都被冻白了，我牙齿打战地说："一点儿也不冷！"

韩玉说什么也不让我这么去学校，于是拉着我的胳膊把我往回拽。我扑腾着不乐意，瞅准机会捅了他的腰眼一下。他痒得下意识地松开手，我立马挣脱他的桎梏，小跑着往公寓大门外逃去。

这里有一段路的雪被踩成了冰。我挎着单肩大包，穿着细高跟靴子，急吼吼地往前冲。

冲着冲着，我就觉得脚下不太对劲儿。我像溜冰似的，左一下右一下，不受控制地溜着往前走。

我大惊失色，疯狂摇摆试图稳住重心，最终整个人仰面一滑，手一扬，拎着的包也飞了出去。

没错，就跟上次在健身房一样，不，比上次还严重，我飞起来朝天滞空一秒钟后重重落地，摔了个大屁蹲儿！

在空中那一秒我感觉时间似乎静止了。

我都被摔蒙了。

韩玉在后面也看蒙了。

他看我开心得像村长家的傻孩子一样撒欢儿地往前跑，然后开始诡异地像失了智一般左突右冲，再然后竟潇洒地原地起飞，滑翔、腾空、停滞、落地，动作一气呵成，非常完美。

这和电视上那种夸张的五毛钱特效一模一样，不一样的是，人家电视里的人会穿越，但我只是屁股疼。

那个冰硬得很，我又没有厚厚的羽绒服给我缓冲，屁股上的疼是过了一阵儿才感受到的。

等感受到时我发现我站不起来了，手臂努力撑着两边也站不起来，使不上劲儿，下半身没有知觉，上半身则是哪儿都疼。

如果摔到脊椎就麻烦了，想到这里，我吓得眼泪都流出来了。我想抬手擦眼泪，结果手掌心酸酸辣辣的，全是划出来的血痕。

韩玉走到我跟前，我抬眼看他，只见他抱着手臂，居高临下地怒视着我。

我当时特别慌，甚至来不及去担心韩玉在生气。

留学的小孩最怕什么？最怕生病去医院。大家一般小病靠熬，大病随缘，实在不行回国看病，因为看病真的太贵了。学长学姐们口口相传的故事：某人阑尾炎去挂急诊，几个月后收到天价账单。要么就是有人发烧去医院挂水，一粒消炎药能解决的事医院收了他几千美元的医药费……

加拿大这边还算好些，强制留学生买医疗保险，所谓的“全民医疗免费”，但实际上大家也不敢轻易去医院。因为并不是真正意义上的完全免费，要是医院收我几万美元，保险报80%，那我还是要自己掏几千上万美元出来，想想就心疼。

退一万步说，没有预约去医院的人，那就只能去急诊，去急诊也要等好久，太耽误事。

所以我当时脑海里就两件事，一是我千万不能去急诊，不能去给医院送钱；二是今天我必须去学校，下午有研讨会，我的导师组里有四五个人，我辈分最小，每次都是我负责会议主持外加端茶倒水。我还想以后读博时留在我的导师组里呢，不能出任何状况，就算爬也要爬去学校。

这两件事萦绕在心头，我甚至都没去想真要摔出个三长两短怎么办。

现在想想其实挺傻的，但我当时就是把钱、前途以及很多人生附加值排在自己的身体前面。可能也是因为年轻，对健康满不在乎，觉得自己的身体有无限的潜力，只要我不去管，那身体就能被我骗了，自然而然地痊愈。我总认为自己会是幸运的那一个：不会有事的，不会有事的……这种侥幸心理就是某种玄学，某种自我催眠。但当时的我对此深信不疑。我觉得自己没那么娇气。

我清楚要是让韩玉知道我摔得这么严重，他肯定不让我去了，并且一定会送我去医院。所以我打算先发制人，赶忙用手背把眼泪蹭掉，不等韩玉说话，抬起头装成没心没肺的傻大姐：“嘿，还挺疼，哥们儿拉我一把，谢谢啦。”

韩玉："……"

他明显没预料到我会是这个白痴反应。他本来想批评我的，结果看我谄媚着对他笑，不像有大事的样子，便由怒火和担忧转成了狐疑。

我怕露馅，脸都僵了还无所畏惧地对他傻笑，生怕他不让我去学校。

韩玉小心翼翼地把我拉起来，避开我手上的伤口。我被扯起来的那一瞬间只感到尾椎那里一阵锐痛，赶忙低下头龇牙咧嘴起来。他看我不说话，问了句："没事吧？"

我抬头："没事、没事，摔蒙了，让我缓一缓就好，都是皮外伤。"

韩玉把我的手掌摊开，我的手疼得在抖。他用食指和中指夹住我的手指，无名指和小指托住我的手掌，展平细细检查。检查时他用拇指有一下没一下地轻抚着我的手心，检查完毕后侧头亲了亲我的脸颊："你这个笨笨。"这个举动差点儿让我哭出来，我只得拼命忍着。

随后他掸了掸我屁股上的雪和灰。他拍得很轻，但我几乎要晕过去了。我紧绷着脸小声制止他："不用掸了。"

他以为我是因为觉得丢人，二十多岁了还能摔大屁蹲儿，于是他假装弯腰找东西。

我看他："你在找什么？"

他一副认真的样子："猪尾巴被摔没了，帮你找找。"

我苦笑，没心情和他开玩笑。

只见他装着捡起什么，往我屁股上一扭安装上："找到了，下次可要注意。现在和我回家换衣服、换鞋。"

我点头如捣蒜："好的。"我赶紧就坡下驴。我现在走路都困难，更甭说穿着高跟鞋了。

韩玉看我难得听话，摸了摸我的头顶，垂头看我："怎么突然这么乖？"

我故作天真地眨了眨眼："因为你说得对，所以要听你的呀。"他眯眼打量我，把我吓出一身冷汗。

去学校还算顺利，我上了公交车就坐着，下了公交车就去教室坐着。我和韩玉的课不同，他把我送去教室就走了。我一个人坐在座位上，终于吁出一口气，整个人垮在座位上。

刚刚走在路上时，我怕韩玉看出端倪，咬着牙根迈大步子。这种疼很难形容，我不动就不疼，一动就生疼，尾椎那里一抽一抽地疼。我觉得自己就是变成人类的小美人鱼，在刀尖上跳舞，每走一步都疼到灵魂颤抖。

我想起当时在健身房摔那一下，当时想的是，我要是瘫了，下半辈子就讹上韩玉，现在赶紧呸呸呸。韩玉已经是我的了，不用讹，我好好的，不会瘫！

其实我也害怕。后半节课教授在前面讲，我已经没有精力记笔记了，全部注意力放在屁股那里，在位子上前后挪动，感受疼痛。我一会儿觉得：哎？我好像好点儿了？一会儿我又沮丧地发现其实更疼了。

心里好纠结，我隐隐觉得事情似乎有些严重，但另一方面拼命自欺欺人：没事的，到下午就好了……

就这样我熬了两节课，课间扶墙慢慢挪着去上厕所，楼道里的人都看我，以为我身残志坚。到了厕所，我坐在马桶上差点儿没起来。

中午我在走廊等韩玉时，整个人痛到浑身冒冷汗。但那时我依然想的是，已经熬过两节课了，无论如何也要熬到下午五点研讨会结束！

韩玉看我脸色不对，我骗他说我是饿的，但其实我一点儿胃口都没有，担忧又害怕。

走到食堂这几步路，我人几乎没了。韩玉给我买了个泰式炒面套餐，我眼前模糊到只看到一盘红通通的东西。

我就看着那盘面发愣，举着筷子迟迟不吃，太阳穴那里有根神经一直在跳啊跳，每跳一下我就觉得我的意志力薄弱一分。我的脑子里有一个大写加粗的黑体字“疼”在像幻灯片效果一样慢慢变大。

韩玉觉出不对劲儿，把我的脸托起来："你怎么了？"

我脑子里一团乱麻，纠结、委屈、害怕的情绪交织在一起，干脆一闭眼睛，一行泪顺着眼角流下来。

我带着哭音说："韩玉，我好疼啊。"

我终于说出来了，然后眼泪就再也止不住，吧嗒吧嗒地往下掉。

我好气啊，气我自己不争气，气我自己今早太蠢了。可若不是真的熬不住了，我肯定不会说的。我真的太疼了。

韩玉吓坏了，一时没懂我的意思，还压低声音问："那里疼啊？对不起。"

他想到哪里去了？！他一定是想到了昨天晚上的事。男人为什么这么自信？

我只觉得我要死了，把脸埋着和他解释："是早上摔得屁股疼，屁股超级疼，而且越来越疼，疼死我了……"

他终于明白，皱着眉啊了一声，然后说："早上你不是说没事的吗？是突然开始疼了？"

我撇嘴："那是我装的……我怕你不让我来学校……呜呜呜……其实那时就很疼了，我以为缓缓能好，没想到越来越……"

韩玉重重地吸了一口气，又吐出来，我感觉他气得鼻子和耳朵都在往外喷火。

但他看我这样，也不好发作，只得带着命令的口吻站起身说："我现在送你去医院。"

"别！"我如临大敌，"我想先回家躺着，看看明天会不会好一点儿。"

"你这样不行的，疼成这样的话得去医院照片子，万一骨折的话还要做手术，不是躺躺就能好的。你不要跟我犟。"他有些焦躁。

我脑子里高速运转，想了理由："应该就是摔到上次健身房摔的那个位置了，而且我觉得不是骨折，因为还可以走路。再说这边医院效率这么低，没有预约的话去也要等好久，我现在特别特别难受，只想先回去躺着。"

我又说了一堆，总之就是一个中心思想：回家，不想去医院。

韩玉被我说服，起身帮我把书包背上，半架着我叹气：“为什么不早点儿告诉我呢？”

我嗫嚅半天，然后想起什么，拉住他：“那个，我要先去给我的导师打声招呼，告诉他下午研讨会我不能去了。”

韩玉语气硬邦邦地拎起我要走：“你发邮件。”

我使劲摇头央求：“不行，不行，他下午不 check（检查）邮件的，我发了他也看不到，我必须当面和他讲才行！求你了韩玉，你送我去他的办公室门口，我说完就和你回家。”

他看着我，表情又急又气，不明白有什么事比身体还重要。

我知道他不理解，但这对我来说非常重要，不能给导师留下坏印象。于是我只得撒娇，摇着他的手臂说：“求你了，韩玉，求你了。”

我的导师是一位极其严谨古板的白人老爷爷，眼里揉不得沙子。我其实有点儿怕他，但他在学术上的成就又令我佩服不已。组里的师兄都说跟着他能出大成果，我一直打算研究生毕业后争取留在他这里继续读博，所以对能不能给他留下好印象特别在意。这也是我不敢直接回家的原因，我怕他看不到邮件以为我无故缺席，这基本等同于我学术死亡了。

韩玉几乎是把我扛到了我的导师的办公室门口。我进去前还整理了一下自己，试图让自己体面一些。

我敲门，里面的人说“请进”。

我吸了口气，推开门，一步一颤地往里走，几乎要跪在地上了。

导师见到我拖着这种魔鬼的步伐有些惊讶，放下笔问我什么事。

我和他讲了我的状况，说早上滑了一跤，情况有些严重，恐怕没法参加下午的研讨会了。

我冷静地叙述，试图让自己听起来没那么蠢，把重音放在“有一大块冰”上，并且隐去我穿高跟鞋跑步这一事实。

老爷爷皱着眉头听完，点了点头表示理解。

他还难得开玩笑说："欢迎体会加拿大的冬天！"然后他语气温和地说道，"希望你快点儿好起来。"

这令我有些惊讶。我以为他最痛恨临时出状况了呢。

我和他告别，缓缓往门口挪。他站起身帮我开门，带着担忧说："你都这么严重了，给我发邮件就好了呀。"

我苦笑："我怕你看不见邮件。"

他无奈地说："Bo，你真的太谨慎了，下次这种事发邮件就好，不必亲自来……算了，还是不要有下次，祝你早日康复。"

我走出门，整个人几乎虚脱，幸亏韩玉跨步上来架住了我。

这一路回到韩玉家，我已经说不出话，满额头的冷汗。

现在状况已经严重到我不动都疼的地步。

韩玉把我放平到床上，还拿了个软垫子垫在我的屁股下面。我侧头默默看着他，知道我现在这样子一定可怜又好笑。

我说："你是不是觉得我很蠢，很想骂我？"

他用手指捋了捋我的碎发，低声说："没有，我很心疼。"

我鼻子发酸，转过脸不让他看我。

他帮我盖好被子，问："中午没吃饭，饿不饿？"

我饿，但吃不下，于是回答他："我想先睡一会儿。"

他点头："先睡觉，起来后观察情况，状况不好我就带你去医院。"

人身体难受时精神也格外脆弱。韩玉去客厅待着，留我一个人在卧室睡觉。门被他掩上时，我开始悄悄哭。

我有些想家。

我从十八岁离开家到现在，先是在上海读大学，而后来加拿大读研究生，早已养成了报喜不报忧的习惯。

我一点儿也不是个独立的人，但在外漂泊把我硬生生地逼成了独立的人。我也一点儿都不坚强，特别爱哭，但从不在外面哭。因为哭给别人看没意义，大家都艰难，你哭别人只会觉得你是个可笑的弱者。

我妈总和我说：除了父母没有人真的可以让你依赖。这话我深以为然。我和爸妈的关系有些复杂，但不管怎么说，他们是我至亲之人。与此同时我还觉得，当父母不在身边时，父母也没法让我依赖。父母在变老，也是普通老百姓，对很多事无能为力。

我能怎么办呢？和他们隔那么远，即使我有什么事，他们也是干着急，没办法做什么。我就是个废物，留学已经把他们的养老本花得七七八八，难道还要因为生病住院管他们要几万块钱吗？

想到这里我使劲儿咬着被角，眼泪泛滥，心里又苦又涩，说不出是什么滋味。屁股还在疼，但这疼引发了我一系列的深层情绪，我已经无暇顾及身体上那点儿难受了。

我想到很多，无助又委屈。出国这段时间，我除了认识韩玉，大部分事情其实没那么顺利。

在我的导师手底下做事我压力很大。我打算明年的这时候和他提申请博士的事，但现在已经开始提前紧张了。他会同意吗？他的 research funding（研究资金）够吗？他还打算招人吗？如果他不留我，那我就要开始新一轮的套磁（这里是申请硕士博士特有的名词，指的是和潜在的意向导师发邮件）和申请了，这让我十分焦虑。

导师今天的态度是很好，那也是他看到我确实走路都困难的前提下，才难得显露出慈祥的样子。我想到要是让我妈知道，我都这样了还要挣扎着去他的办公室低声下气地请假，她得多难过？我都替自己心酸，又觉得自己活该。

我想回家，回家就可以永远当孩子，可以永远被原谅。出门在外就是成年人，成年人要管好自己，不要给别人添麻烦，真的好辛苦啊。

我的心思弯弯曲曲，有时沉重有时难过，最后我想到：幸好还有韩玉在。

有时候人相互之间的气场真的很神奇，我和前男友恋爱时，有一次我骑自行车摔了，膝盖摔得血肉模糊，却下意识地打电话给室友求助而不是打给他。

韩玉则不一样。虽然我一直尽量避免麻烦别人，但似乎一直在麻烦他。仿佛我在潜意识里就没害怕过因为自己状况太多而把他吓走一样。我对他有种奇特的信任感，在内心把他划到了心脏盒子的最深层，和爸妈在一间屋子里。想到这里，我又有些怅然，他真好啊。

我在疼痛中昏睡过去，不知睡了多久，醒来时坐起身，结果发现眼前一片黑，而且脑袋发胀。

我以为外面天黑了，屋里没开灯。但随后我就意识到这种黑是完全没有光的那种黑，心里咯噔一下。

我吓到了，忙喊韩玉："韩玉！韩玉！我看不见了！"

韩玉噔噔噔地从厨房跑过来，看我闭着眼睛，用那种也被吓到但同时不确定的口吻说："波波……那是因为……你闭着眼睛？"

他是不是以为我疯了，闭着眼睛说看不见？

我流着眼泪慌慌张张地说："我知道！我是因为看不见了才把眼睛闭上的，不是因为闭着眼睛才看不见！"

是不是神经被压迫到了？我想起《还珠格格》有一集，紫薇就是撞到哪里然后失明了。我的天哪！我不敢想！

我像盲人一样张着手臂在空中挥舞，而后被韩玉拉住。

"现在呢？"韩玉也慌了。

我试着睁开眼睛，还是黑，但渐渐有光，随后视线里的景象由模糊变清晰，原来刚刚看不见只是一瞬间的情况。

虚惊一场，我的声音低了下来："又能看清了……"

韩玉以为我像早上那样骗人，于是伸出两根手指在我面前晃："几？"

我说："2。"说话间我又是一阵头晕。

他舒了口气。

"可能是低血糖，你中午没吃饭。"他断言。

我嗯了一声。太好了，这可真是要把我的魂儿吓飞了。我活到现在，除了考试什么才艺也没有，真要是瞎了可怎么活啊？

韩玉去冰箱拿了可乐出来，可乐升糖快。我咕咚咕咚喝了好几口，缓过来些。

我耷拉着脑袋，像条丧丧的狗，因为睡觉头发被压得乱糟糟的，但也顾不得那些了。

屁股上的疼减轻了些，但是有些地方发麻，不知道是不是因为睡觉压到了，我竟有些没知觉。

韩玉去搬椅子，煮了粥当我的晚饭。

喝完可乐的我肚子里翻江倒海，空腹喝可乐，血糖是上去了，但肚子胀得难受，咕噜咕噜的。我感觉那股气在往下走，惊恐地想：我不会是要放屁了吧？！

韩玉把椅子搬了过来，递给我一把勺子。

我的手臂僵在半空没去接，他十分疑惑，以为我这里又出了什么幺蛾子。

我一动不敢动，任何细微的动作都能打破我憋屁的平衡。

不行啊波波！忍忍！韩玉就在边上！你已经够狼狈的了！

我在内心给自己加油打气。

但可惜的是，因为睡觉睡得屁股没知觉，我根本憋不住。

韩玉看我的脸色忽明忽暗，一只手搭在我的肩上，担忧地看着我，说："喝粥吧。"

我内心咆哮：喝什么粥！莫要挨着我！不要打破这一丝平衡！

我拼命吸气，试图阻止这可怕的事情发生。

但一切皆是徒劳，老天爷非要让我今天颜面扫地！

韩玉刚开口说了声："波……"

我就放了个惊天大响屁，就像过年放鞭炮一样，震天响！

刹那间，我绝望了，功亏一篑。

韩玉放在我肩膀上的手一颤，显然他也被吓了一大跳。他这下意识的动作深深伤害到了我的自尊心。

还不等韩玉反应过来，我哇的一声仰面大哭起来。都怪那瓶可乐！！

我太丢人了！！！

我也顾不得淑女形象了，不要命地哇哇大哭。让我死了算了！

我觉得自己是世界上最倒霉的人，不仅屁股疼，还在男朋友面前放了屁！这是滔天的罪孽！

“哇——我是仙女——我怎么能放屁呢？”我边哭边喊。

“你是仙女，仙女也放屁的。你是猪猪仙女。”韩玉出言安慰我。

“哇——你一定嫌弃死我了！你肯定不喜欢我了！”

“怎么会呢？我觉得很可爱啊。”他用纸巾帮我擦鼻涕。

“你骗人！我好恶心啊！哇——”

“我不允许我女朋友说自己恶心，再说我生气了啊。”

…………

大概发泄了有十分钟，我从爆哭变成抽抽噎噎，从抽抽噎噎变成面如死灰，我的形象彻底崩塌。我很绝望，没有脸面活在这世上了。我的命好苦啊。

韩玉憋着笑蹲下来看着我，帮我把手里的勺子抽出来放在粥碗里。

他把我扭过来，双臂放在我的大腿两侧环抱住我，勾臂揽住我的脖子，压住我和他额头碰额头。

我带着泪光眨巴着眼睛瞪他：“你要是敢笑出来，我就和你分手。”我这种凶巴巴的样子简直就是纸老虎，我的尊严变得不堪一击。

他抿唇，露出心疼的眼神，又似乎觉得好笑：“我不笑，这有什么好笑的？谁还不放屁是怎么的？”

我尖叫：“不许提那两个字！”

韩玉转身猛地喝了一口汽水，然后冲着我的脸打了个可乐味儿的大嗝。

“别哭了。你看我，嗝声多嘹亮！”

我撇了撇嘴：“你这是打嗝，哪儿有放屁丢人……”说到“放屁”两个字我又开始鼻子发酸。

“是不是哄不好了？”他佯装生气地说道。

“哄不好了！永远哄不好了！你不要和我说话！”我气得直蹬腿。

蹬着蹬着我发现，蹬腿时屁股竟不疼了。

我再试了试，疼痛真的减轻好多。真是奇怪了。

放完这个惊雷屁，我竟觉得一身轻松。难道说它把我身体里的某种郁结之气带走了？

这是什么人间奇迹？

韩玉看我停住不闹了，问我：“怎么了？”

我望着他，满脸通红地说：“那个，麻烦你再给我拿罐可乐过来，我要做个实验。”

2015 年 2 月 14 日，我会永远记得这一天。

这天是个周五，既是情人节，又是我和韩玉在一起的一百天纪念日。相比较韩玉计划好的一起吃饭、看电影，这一天我实际经历了大起大落：先是早上出门时摔了个大屁蹲儿忍痛一上午，再是看到了导师难得一见的笑脸受宠若惊，而后我当着韩玉的面放了今生最大的一个响屁，整个人几乎崩溃。

那天晚上我为了做实验，一共喝了三罐可乐。最后不知道是不是“回光返照”，总之在韩玉震惊的目光下，我噌的一下从床上爬起来，晃荡着一肚子的可乐健步如飞地奔向了厕所……我矫健的身姿只给他留下了一个残影。

当我一身轻松地从厕所出来时，韩玉就抱着手臂等在门口。

他从下到上地打量我，最后将视线定格在我巨大的笑脸上。

我兴冲冲地去抱他，被他不动声色地解开手臂。他既无奈又觉得好笑地问：“不疼了？又能走了？”

我邀功请赏般的疯狂点头。但他敛起表情，用大手按了按我的脑瓜顶，没再说话。

非要说的话，也不是完全不疼了，但至少我可以走路了，虽然牵动到的话还是隐隐作痛，比上午却好了太多。

此时此刻我内心全是劫后余生的喜悦，忘记了刚刚的崩溃和尴尬，心里打着小算盘：看目前的状况既不用去医院，过个周末下周我应该也能正常去学校，金钱、时间两不耽误，多好！

我躺回床上拉着韩玉叽叽喳喳地说话，他在一旁默不吭声地做着事。

我和他说“应该请《走近科学》栏目组来采访我一下”“我简直就是天选之子，太厉害了！”之类的没营养的屁话。

不知为什么，韩玉却没有和我一样表现得很开心。我兴奋地讲话时，他特别安静，也不接话，时不时地嗯一声敷衍我。

大晚上的，他陪着我折腾一番没做什么正事，我只以为他累了。

之后他把一筐烘干的衣服倒在床上，安安静静地一件件叠衣服时，我才觉出奇怪。

今天要不是我屁股负伤了躺床上，平时都是我俩一起叠衣服的。

他叠我的衣服，我叠他的，因为我们叠自己的总是糊弄，叠对方的才会认真。

我还记得韩玉第一次见到女生的内裤时，惊奇不已。他不停地反复端详：“怎么这么小啊？！”当他知道这么薄薄的布料竟要那么多钱时，更是震惊。

他给我的每一条内裤都起了非常羞耻的名字。比如青绿色条纹的内裤叫北欧小精灵，棕色点点的叫太妃小熊，两条一模一样的本命年红蕾丝内裤分别叫大红、二红。我问他怎么分辨谁是大红谁是二红时，他假装恼羞成怒地说“我说谁是谁就是”，于是这两条内裤都当过大红也当过二红……

平时他叠的时候，还会把它们一条条拎起来展平，挨个儿打招呼：“哦，大红你好——哦，二红你好——”然后他还会感慨，“你们守护波波的屁股辛苦了，现在由我负责把你们护送回衣柜休息调整。”有时我一周穿同一条内裤两次时，韩玉还会在一边啧啧地说风凉话：“加班真辛苦。这年头内裤也不好当啊。”

到叠袜子时，他会启动袜袜验证程序。

这个程序的目的是区分我俩的短袜。因为有时候他分辨不太清哪双是他的短袜，哪双是我的。有一次他误穿了我的袜子，那场面简直没眼看，小小的袜子硬是被他扯着挂到脚后跟。我吼：“那是我的！”他恍然大悟：“我说袜子怎么今天一直掉。”

于是后来我教他，平铺和我的脚一样大的是他的袜子；平铺比我的脚小很多的是我的袜子。

每次启动这个程序时，他都要边高举要被验证的袜子，边用机械音说：“启动袜袜验证程序！”

我非常有仪式感地将自己的一只脚高高地翘在空中，他把袜子贴近我的脚仔仔细细地比对大小。比对完毕后他还会用宣布冠军的语气说：“验证完毕！验证结果，是小玉的袜袜？是波波的袜袜！”

虽然这个游戏太蠢了，但又十分上头，我俩玩得乐此不疲，每次叠衣服都要叠老半天，边叠边超大声地乐。

而今晚他叠内裤、袜子时非常安静，并且神情严肃，紧锁眉头。这让我十分不安。

我躺在一边，看见他拿起一双袜子，赶紧高举一只脚期待地问：“你不启动袜袜验证程序了吗？”

他只是低头叠好袜子放进自己那一堆里，没说话。

我看他这样叠了几双，没有要同我玩儿的意思，于是我惊慌失措地坐起来大喊了他一声：“韩玉！”

他有些没精打采地问：“怎么了？”

我仰头装乖，试图大事化小：“老公，你是不是生气了呀？”

他面无表情地说：“我为什么生气？”

我其实也不明白啊，从刚刚开始他就沉默，明明我的屁股好多了，但他一点儿也不开心。我根本猜不到理由。他在我面前从来藏不住事，这反应肯定是有问题。于是我没心没肺地又说了句：“今天是咱们的纪念日，因为我没过成，下周补给你好不好？”

韩玉看了我一眼，瞳仁黑漆漆的。

我心虚："是不是因为今晚你没看成篮球赛啊？"

他嗤笑了一下，摇摇头没说话。这笑让我有些毛毛的。

我有点儿不知所措，本想稀里糊涂地哄他，还叫了声老公，但他根本不买账，气氛变得有些僵。

于是我伸手拉他、晃他。韩玉被我弄烦了，直接把手上叠着的衣服放下，背过身去。他平时肩宽背阔、腰板挺直，此时略略弓背，显得这背影落魄许多。

我张了张嘴，本想问怎么了，但最终没出声，心里害怕。

他用一只手臂撑着另一只手臂，揉着眉心。

房间里的顶灯白得刺眼。

随后他背着身开口说话，声音有点儿哑："你以为我因为没过成纪念日生气是吗？你以为我因为没看成球赛生气是吗？波波你是认真的吗？"

没等我说话，他重重地补了一句："那你可真行。"

我心脏直跳，鼻子一酸。

韩玉转过身，我吃惊地看到这个大男人此时的眼眶是红的。

他看我在看他，于是别过头，拉了身边的转椅过来坐下，垂着头又默然半晌，然后抬眼看我，目光颓丧又受伤："你是不是觉得我无所不能，什么都不害怕的？我也是人，不是铁打的心脏。我今天要被吓死了，怕死了，你知道吗波波？我觉得你不知道。"

我很想说"不是的"，但出口就是一声哽咽的"对不起"，随后眼泪涌了出来。今晚我哭得够多了，眼泪滑下来时，脸颊火辣辣的。

韩玉看到我的眼泪，眼神一闪，迅速抬起头，飞速地用手背抹了一下自己的眼角。他放下手时重重地捶了一下大腿，就像跟自己置气一样。

我看到他将放在腿上的拳头握紧又松开，握紧又松开，心里就像也被他的手攥紧又松开一样，被揉成酸酸涩涩的褶皱。

我有些许了然他沉默的原因，但又不知该怎么说。

韩玉思忖了一会儿才又开口：“我刚刚就在想你为什么对自己这么狠？我不理解，真的不理解。就比如今天这件事，如果我是你的话，会第一时间去医院。我实在想不通为什么你会坚持一上午，以致情况越来越糟糕，然后在走路都困难的情况下坚持去导师那里请假而不是发邮件解释。我真的不明白，甚至有些恐慌。我发觉自己根本不了解你。”

他说不了解我，这句话不知怎的就戳中了让我委屈的点。

我逞强地低嗯了一声，说道：“所以你刚刚是在生我的气吗？”

男人目光中透露出些许迷茫之意，深吸了一口气，随后叹道：“坦白讲，我刚刚是有些不高兴的，还有郁闷。但我想这种负面情绪不是针对你。我大概是在气自己为何不第一时间强制带你去医院，而是陪着你做一些有风险且不着调的事情，这和我的处事习惯完全不同。我后悔又后怕。”

我本来是坐着的，从韩玉开口说话时我的头就又开始发晕，就像有弹珠自我的后脑往前脑高速地一圈圈旋转一般，有些支撑不住，只想给身体找个依靠。于是我往后缩，缓缓靠住墙。

这话题有点儿沉重，我以为韩玉不开心是因为今晚的活动被我搞砸了，哄哄就能好，没想到他要谈这个。韩玉其实是个很细腻的人，我早该料到的。

韩玉继续说：“我不知道自己的感觉是不是对的，感觉你是那种在意其他人或事多过自己的人。无论情感上还是身体上，你压根不把自己当回事，还有种莫名其妙的自虐倾向。意识到这点让我十分伤心。我有种深深的无力感，觉得不应该是这样的，你应该对自己的身体负责，而不是当成儿戏。但我似乎也没办法改变你什么。”

他边说边摇头，每说一句话，我都感觉他下一句接着的话会是：我觉得这样的你也许不适合我，我们还是分手吧。

最终他没说，可我还是好难过。

我几乎认同他说的这些问题。可我真的不认同其中一句，他怎么没改变我？他改变了我好多啊，我在变好啊。虽然在今天这件事上，我好像和以前没什么不同。

我知道韩玉想和我探讨的是有关我本身的问题，但还是颤抖地问了一句：“你说这些是要和我分手吗？”

韩玉身体一震，意识过来，于是倾身想抱住我，被我躲开。

我有些茫然，又坚持问：“你说你感到无力，改变不了我什么，所以你是要和我分手吗？”

在他的眼底渐渐浮现沉痛之色，他看我避开他，知道我可能误会了，于是整个人干脆咣的一声半跪在小床上，把我挤在墙边，我吓了一大跳。

他扳住我的肩膀牢牢地抱住我，我却低着头不看他，他低吼：“怎么可能！”

韩玉有些愤怒了，不仅扳过我的肩膀紧紧抱住我，还使劲扳过我的脸，在我的脸蛋上狠狠咬了一大口，重复道：“怎么可能？！你这个笨蛋！”

他这一下咬得我生疼，再加上他的这句话，我又哇的一声大哭出来。

我因这一啃暂时被转移了注意力，不管不顾地号着：“我要告诉阿姨！说你不仅要和我分手还对我动粗！”说着我便去找手机，想拍照留存证据。

韩玉吓了一大跳，也忘记了刚刚的剑拔弩张。他拼命胡噜我的脸，就像对待橡皮泥一样，幼稚地想把我脸上的一圈牙印儿按平，以期毁灭证据。

我更气了，女生的脸碰不得啊，我这么抠门的人买的面霜都是上百美元的，出门涂防晒回家敷面膜，我的脸是全身上下最金贵的地方了！就算是天王老子想摸我的脸都是要打报告的。

我俩在床上像小孩子一样缠斗半天。我不讲道理地可劲儿委屈，知道他不敢使力气于是拼命拍打他，他只敢捉我的手腕，也不敢大力捉，又怕把我压坏了。眼看着我要摸到手机了，他仗着身高手长，立马把我的手机像扔保龄球一样滑到了床底下。

我清晰地听到一声“嗖——咚”，那是手机撞到墙了。我因屁股还疼不想弯腰，于是眼里冒火地干瞪着他：“你……”我气得说不出话来。

他直直地看着我，大手像镣铐一样把我囚住，看我咬牙切齿的样子像对待阶级敌人，又好笑又好气，说了我一句：“我什么啊小结巴？批评你两句就受不了了？还给我在这里上纲上线，学会告状了？把我妈搬出来，你跟谁学的啊？”

我因这一顿抢白直往下撇嘴角，眨巴着眼睛想憋出眼泪，结果整个人因为打架太亢奋了，一滴眼泪也挤不出来。瞬间我颓丧地拉着一张脸，就像维尼熊里那头没了尾巴的丧驴。

我使劲儿酝酿了一会儿情绪，结果只酝酿出一句猪哼。韩玉脸上浮出满意的笑容。我为了找回场子说了句：“那你也不能凶我。你刚刚的语气和措辞就好像是想和我提分手。我很脆弱的，受不了这个。”

韩玉用手点我的鼻子，放柔语气：“天地良心，我用严肃的语气就是凶你啊？我那是说正事的专用语气，不然你根本听不进去。”

我不服地反驳道：“你怎么知道我听不进去？你就不能用哄的语气好好说？”

他说：“你看你现在是不是就在和我顶嘴？那就证明我现在这种语气根本不具威慑力。”

我不知如何反驳，和聪明人说话就这点不好，不能和他拼逻辑。于是我只能继续胡搅蛮缠：“可你不仅凶我，还对我实施家暴，这可是原则问题。”

说着我便去摸牙印，结果牙印早就没了。我只得惆怅地摸着自己的脸颊装装样子：“像我这样的弱女子，就只有平白受欺负的份。唉，罢了、罢了，我们的爱情不过是一盘散沙。”

韩玉有些难以置信地瞪大眼睛，嘴角泛起古怪的笑容：“我知道我刚刚为什么咬你了，因为被气得牙痒痒，现在也是。”

这一晚上的闹剧被这么一打岔，两人都没了就他的话深入交流的情绪。最后我打了个哈欠，被韩玉抱去了浴室。

我和韩玉隔着一张浴帘，我站着洗澡他在旁边陪我。因为我屁股疼，迈不了大步子，一会儿洗完还要他把我从浴缸里抱出来。

头顶上的水哗啦啦地流，浴室里热气蒸腾，我开始思考韩玉刚刚的话。

韩玉其实说得没错，我就是个在意别人多过自己的人。我感觉我一直在为了达成别人的心愿活着，这个别人包括爸妈，包括朋友，甚至包括路上只有一面之缘的陌生人。只要别人的需求和我本身的需求相悖，那我会毫不犹豫地退缩。

这倒不是因为我有多高尚，而是因为我在这个世界上采取的游戏策略就是以讨好他人的方式找到自己的存在感和获得安全感。哪怕这个过程让我痛苦，但比起他人对我感到失望和不满给我带来的痛苦，做自己不愿意做的事给我带来的痛苦就显得微不足道了。

究其原因的话，因为我自卑又自负。因为自卑，所以我不相信当我反对别人时别人依旧爱我、喜欢我，我不相信除了讨好和妥协外我还有什么魅力能让别人对我产生好感。不相信有人会爱我这个人本身，毕竟真实的我内心阴暗又虚荣、懦弱又无趣。我哪儿敢将真实的自己显露出来呢？于是我装作努力向上，温柔有趣，对别人的请求有求必应，对父母的厚望负重前行。

又因为我自负，所以希冀所有人对我赞不绝口。我必须是个完美的人，无法接受自己在他人眼里有任何瑕疵。我希望他们提起我就说：哦，波波这个人超级好！哦，波波这个人很优秀。任何批评和不满在我这里都被无限放大，就仿佛天要塌了。我缺乏真实的自我认知，对自己的肯定和审判皆来自他人之口，这样收获的满足感是虚幻和危险的。因为哪儿有完美的人啊？

我又怎么可能让所有人满意？别说所有人，光是满足爸妈的希望我就已经竭尽全力了。

二十岁的我泪水充沛，是如此敏感矛盾以及破碎不堪。我也曾想过是什么原因造成了我如今的性格。是原生家庭吗？我当然可以把所有问题甩锅给原生家庭，但深知这是个狡猾的理由借口。

诚然，我性格中一部分的不安感的确来自我感受到的父母之于我的“有条件”的爱。他们是自命不凡又怀才不遇的普通人，无论对待事业还是婚姻，既不甘于现状，又不敢真正改变，于是将所有压力转嫁到了我身上。我眼里所见的他们是庸碌的，是不幸的，这让我也感到深深的不幸。我对自己说：波波，你要成为他们的骄傲，他们才会幸福。我有一种盲目的使命感：我要做带父母摆脱生活泥沼的唯一撑竿。

可我这样拿原生家庭做理由是狡猾的，因为这是一种作弊的行为。我以别人的幸福为己任，又说自己苦不堪言，分明就是得了便宜还卖乖。因为这样的话，当我失败时，当我难过时，当我想要逃避时，就可以说：你们看，都赖他们！这可不是我的错！然后我可以站在道德至高点上堂而皇之地疏远他们，把自己打扮成受害者的可怜模样。

实际上呢，我压根就是个不折不扣的加害者。我逃避了生而为人最艰难也是最重要的使命，就是认清真正属于自己的幸福从而去追寻和实现它。在这个问题上，我的父母逃避了，把自身幸福寄托在我身上；我也逃避了，把自己的幸福寄托在使他们感到幸福这件事上。这真是个衔尾蛇一样的困境和矛盾。

直到后来，我才慢慢意识到如何斩断这条衔尾蛇。我需得有两把宝剑，一把叫作“不要妄测他人意愿”，一把叫作“勇敢追寻自我需求”。

…………

我就这样边想事情边洗澡，一时无限感慨，一时又无限唏嘘，直到最后脑子转不动了，开始哼歌。

我哼的歌是：人海啊——茫茫啊——随波逐流，浮浮沉沉。

其实我根本没在意自己在哼的歌词，但唱者无心，听者有意。我眼前的浴帘被韩玉唰的一把拉开，他似笑非笑地看着我：“又跟我在这儿暗示什么呢？”

天，我真没往那处想！我没想阴阳怪气的！

结果韩玉根本不听我解释，开始脱衣服，然后整个人光溜溜地一大步跨进来。浴缸好小，他一进来我就立马被挤到一边。我很生气，最讨厌洗澡转不开身了，于是推着他让他快出去。

但韩玉不动如山，搂过我：“是你非要刺激我的，又人海又浮沉的。现在我伺候着咱家猪哼哼一起洗，别到时又说我要实施家暴、分手什么的。”

韩玉非要帮我擦沐浴露，即使我说我已经打过一遍泡沫了……

我俩这样赤裸相见，他怕我冷，把花洒扭转到我的方向。

他说要查看牙印，托着我的脸左看右看，像捧着一个苹果。我的大脑袋在他手里是如此宝贵。

我看他睫毛抖动，洒下水珠，男孩子一本正经地将我视为珍宝的样子让我顿时心有戚戚。于是我下定决心重提刚刚的话题，开口道：“韩玉，我其实努力在改变的，只不过对别人来说轻而易举的事在我这里需要慢慢来，有时会倒退，有时在前进，但你不能说我就是毫无长进……”

他听我提起，声音微不可闻地嗯了一声，缓缓抬手把我眉毛上的泡沫轻轻抹走，随后垂下双手。

我坚持说完：“所以你可不可以不要放弃我，不要觉得无能为力呀？”

他定定地看着我，又嗯了一声，随后想了想才开口：“我说那些话的本意其实也是想和你沟通。情侣之间也没法天天甜蜜，磨合和碰撞同样很重要，所以你不要害怕，我说这些是因为我不想憋着。我有什么想法，无论好的坏的都会和你说，但不代表我说的话就都对，你也可以反驳呀。就像现在你和我说了，那我就知道了，心里也踏实很多。”

我点了点头。

浴室里两人都不说话了，过了一会儿，我犹疑地说：“那我们算是和好了吗？”

韩玉有些惊讶：“我们有不好过吗？”

我一脸天真地看着他说：“好吧，那我可以问你一个问题吗？”

他：“你说。”

我：“为什么你在说正经事时将手一直放在我的胸前，已经搓了两分钟还不停手？”

他手忙脚乱地反应过来：“啊？对不起，没注意。”

那天晚上我俩在暖烘烘的被窝里又说了好多话。

我和他说我的纠结：“今天我坚持要去导师那里面对面地请假，是因为害怕导师对我有意见，他要是觉得我不靠谱的话那我就申请不上他的博士了。”

韩玉问：“申请不上又能怎样呢？”

“那就要申请别的学校啊。”

“那又怎样呢？”

“有风险啊，会没书读，或是要间隔一年。现在很难申请国际生奖学金的。”

“那又怎样呢？”

“那我就要找工作，找不到就得回国。”

“那又怎样呢？”

…………

到最后我被他反问到一句话都说不出来，既觉得有些豁然开朗，又想踹他几脚。于是我转过身背对他。但他又把我转回来搂进怀里。

韩玉说：“我不是跟你杠，在我看来，你说的这些问题都不重要。

没有什么能比你自己的健康快乐更重要的了。”

他还说：“既然你说你在意别人的感受多过自己的，那需要你帮我一个忙。”

我问是什么。

他把我稍稍抱离怀抱，这样能看着我的眼睛。

月光洒在他的脸上，我只听这个男孩子认认真真、温温柔柔地轻声对我说：“如果我说我在意的事情是你，那么可不可以请你帮忙多在意自己一些呢？”

我冲他眨眨眼睛，鼻子一酸，嘴硬道：“这可不是小忙呢。”

他故作抱歉地在我的额头上印上一吻：“是呀，那么这件事就拜托你啦。谢谢你，晴天小猪。”

我说一说后来发生的事情。

后来我的屁股一直疼到学期结束才完全好。中间韩玉带着我去这边的医院预约拍了片子，医生说没事。没事怎么会疼呢？我们实在不放心西医，又去找华人医生看，华人医生也说没事，伤筋动骨一百天嘛，我们这才放心。

韩玉专门去中国超市的药店买了红花油。每天晚上我洗好澡，把内裤扒下来露出半拉屁股，乖乖地在床上趴好让他帮我擦红花油。

他擦的时候可夸张了，学着电视里运功那样，先飞速搓手让红花油在自己的手掌心里散开，然后口中念念有词地说“太极生两仪，两仪生四象”，把红花油按到我的屁股上。手心不热了他还往上哈气，非说这个热的才有效。

小时候我看《倚天屠龙记》，赵敏啊还是谁中了玄冥神掌，脱光了让张无忌从背后运功。电视里还有干冰的烟雾特效，那时我是把这个当小黄片看的。结果到我这里全不是那回事！什么旖旎场景、男女暧昧，通通没有！就是一个幼稚鬼在拿我当练武的木桩，满足他的武侠梦。他说的两仪生四象，就是在吓唬我，说我摔成了四瓣屁股。

不仅如此，因为我们学校建在半山腰上，去各大教学楼要爬坡上坎的，我屁股疼走不动，韩玉就专门给我从亚马逊上订购了一把轮椅。轮椅挺贵的呢。我一开始还挺感动的，说要把钱打给他。他说跟他客气什么，这把轮椅就是家庭财产了，以后我俩八十岁还能用。当时我觉得有点儿蹊跷，但也没问。

之后轮椅就送到了，为什么我们八十岁还能用？因为屁股坐的那里是挖空的，方便你上厕所！

我死活不肯坐，但韩玉可不管，扛着轮椅同我去学校。

我走在教学楼里，他推着轮椅走在我边上。遇到之前上课的教授“邓布利多”，“邓布利多”特地停下和我们打招呼，我有些受宠若惊。他先是问我怎么了，我说摔了一跤，他意味深长地看了韩玉推着的轮椅一眼，似乎在说这位同学在坚持做复健练习，忍痛也要走路不坐轮椅，真的好励志。

教授和我说：“看来你需要一个好消息来 cheer up（振作起来）。之前那门课你的成绩是全班前三，如果未来要写推荐信的话可以找我，我很乐意帮你写。”

我惊讶到说不出话，只得狂点头。“邓布利多”对我笑笑，走之前竟然还拍了拍韩玉的肩膀。

教授走后，我还沉浸在他主动要给我写推荐信的狂喜中。那门课我的成绩是不错，考了 91 分，但我没想到成绩在全班的排名这么靠前，班里有将近六十多个人呢。

我捂着屁股几乎要蹦起来了，这真的是我一生中难得在数学上的高光时刻！我大声和韩玉说：“你听见没有？我竟然是前三名！那门课那么难！”

韩玉眯眼微笑，拍拍我的头顶，说：“恭喜恭喜，咱们家波波真厉害呢。”

随后我想起来，我和韩玉同修那门课。于是我抱着攀比的心态假装谦虚地问他多少分。我是这样说的：“哎呀真是的，我怎么能考这么好呢？对了，你这么聪明，成绩应该也不次吧？”

韩玉弯腰推着轮椅往前走，想了想，宠辱不惊地说：“还可以。忘了具体多少分，95 分还是 96 分吧。怎么啦？”

“没怎么……”我的脸拉了下来，一瘸一拐地大步向前试图甩开他。

他笑着跟上来明知故问：“没怎么为什么不开心的样子？”

我的表情逐渐狰狞：“你不要和我讲话！还有，推着你这破轮椅有多远走多远！”

后来医院的账单寄到了。我哆哆嗦嗦地拆开信封，去找那个可能引发心脏病的数字。

64.45 CAD（加元）。

哎……也不贵嘛！保险给报了大头。

我像老花眼一样将信贴近又拉远，反复看，害怕把那个小数点看错，还拉来韩玉一起看。

我神经兮兮地说：“你快帮我看看，这是逗号还是小数点？”

韩玉点头：“是小数点没错。你不要再看了波波，再看的话我要亲你了，因为你这样子实在太可爱了。”

我哼了一声，放下信，用手指在脸上点了点：“亲就直接亲啊，这么多废话！”

韩玉在我指着的位置啄了一口：“你的脸不是金贵吗？亲啊摸啊的都得打报告才行。”

后来因为我的屁股给生活带来的诸多不便，我们决定彻底搬到一起住，为了上下学方便，还找了一栋离学校最近的公寓楼。

这处一居室在未来一年半里成了系里留学生的大本营，逢年过节大家都来这里聚。

篮球决赛时家里的小客厅塞了十几个男生，胖子带来炸鸡和可乐，大家边吃炸鸡边看比赛。椅子不够于是我只能坐在屁股位置挖空的轮椅上。

屁股受伤了以后韩玉一直不让我吃油炸食品，于是我眼睁睁地看着十几个人在我面前撕咬炸鸡，直咽口水。

当天晚上大家都走后，我和韩玉睡下。

听他睡熟后，我蹑手蹑脚地起来去开冰箱，轻轻把门打开去拿剩下的炸鸡。把门关上时，面前赫然出现韩玉板着的脸，我尖叫了一声。

韩玉皮笑肉不笑地拿起手机，威胁我道："是不是说了不能吃油炸食品的？嗯？还学会背着我偷摸吃了？我是管不动你了，这就给你妈妈打视频电话，让阿姨教训你！"

对的，那之后韩玉也学会了告家长这着儿。不仅如此，他还得到了我妈官方授予他的"妈妈权力"。他现在是宁波同学的"加拿大分妈"。

这还要说到我们决定搬到一起前。那时我和我妈说我的屁股摔坏了，走路、爬楼梯都特别费劲，就连上厕所都疼得要死，平时行动不便要靠韩玉照顾。

我妈当时急得跟什么似的，特别担心我，差点儿订机票飞过来看我。她说："那可真的要谢谢小韩替我们照顾你。可是晚上他不在你跟前时怎么办啊？妈妈很担心你一个人在家万一又摔了……"

我就等着这句话呢，故作沉痛地道："是啊，所以我们决定搬到一起去住。"

后来阴错阳差，我并没有留在我导师这里继续读书，而是拿着我导师以及"邓布利多"的超强推荐信在申请时所向披靡，最后决定去我导师的大弟子那里读博，真的很有爽文既视感。

我向导师表明留下的意愿时，我的导师坐在他那大大的皮质转椅里沉吟了一会儿。

我的心凉了半截。

我对此印象特别深，那时是下午，他的脸背光，看不清他的表情。他 well 了一声，我就开始发晕，以为要被拒绝。

他说：“谢谢你想继续成为我的学生，但我这边暂时没有再招博士生的打算……”

我开始眼前发黑，捏紧座位把手，嘴里发苦。

他说：“但是我知道我当年的第一个博士生，现在在 A 大统计系当副教授。前段时间在会议中碰到他时，他表达出了想招博士生的打算，并且据我所知，他那里 funding 充足……”

我的心开始狂跳。

他说：“如果你愿意的话，我愿意给你写一封推荐信。但是我没办法百分百保证他一定会招收你……”

我的心脏又骤停。

他说：“顶多只有 99.99% 的可能哦，哈哈，Bo，你真应该看看你现在的表情，实在是太有意思了。拜托！那可是我的推荐信！你拿着我的推荐信想去哪所学校都有八成的胜算，更何况是他那里！ Good luck on your application, Bo！（祝你申请顺利，波波！）”

我浑身瘫软几乎要从椅子上滑到地上躺平。

这老头儿说话怎么大喘气？！

这老头儿还说他是很欣赏我的，说我是他带过的最有趣的学生。我给他留下印象最深的有两个。

其一是我每次主持会议时仔细谨慎得像花栗鼠。真是奇怪的比喻。

其二是我上次来向他请假。

他说：“Bo，我看人还挺准的。很遗憾，我没办法违心地说你是我遇见的最优秀、最聪明的学生。但我在你身上看到一种笨拙的韧劲儿，在很多做学术研究的同行身上看到过这种韧劲儿，他们最终都成了这个领域里的大师，就像我一样。”说到最后他还调皮地冲我眨了眨眼。

我几乎热泪盈眶，怎么看他怎么和蔼可亲，想在他那“地中海”的光脑壳儿上亲一口！

再之后呀，再之后就是今年。

我在工作之余偷偷写小说差不多满一年了，这事除了韩玉谁都没有告诉。

前不久有件跟小说有关的事要麻烦家里人帮忙去办，这让我十分为难。因为我不想告诉我爸妈写小说的事，怕他们骂我不务正业，玩物丧志。

除此之外，我还有很多其他顾虑，其中之一就是，按照我了解的他们的性格，他们一定会跟他们认识的所有人宣扬这件事，但我不想这样。小时候这样的经历太多了，我但凡取得一丁点儿成就，他们就恨不得天下皆知，这给我很大的压力，也让我有点儿尴尬。

韩玉说："你不妨给咱爸妈一次机会，心平气和地同他们讲讲理由，我相信他们会听从你的意愿的。"

最后我实在没办法，就和他们说了。

我这边是白天，他们那边是晚上。我拨打视频电话过去时，爸妈正哼哧哼哧地走在回家的路上。

我说："你们怎么这么晚还在外面啊？"

我妈没回答我的问题，慌慌张张地问："发生什么事情了吗，宝贝？怎么这么晚打过来？"

她很担忧，以为我出大事了。

我："是有件事，但不是坏事，就是吧……"

随后我深吸一口气，简明扼要地告诉他们"我偷偷写了本言情小说，现在有家出版社要买我的小说，但是需要麻烦你们去帮我做版权登记"。

我爸妈在那边皱着眉头听完，又花了两三秒时间消化这件事，随后两个人在路上就开心地尖叫起来。

不知为何，那一瞬间我有点儿想哭。

他们真的好开心啊，是真的真的很开心，发自内心的开心。

我让他们镇定。我妈妈兴高采烈地和我说："波波，我们马上进家门了，等一分钟拨给你！"

我举着手机等了不到一分钟，就接到我爸妈的视频电话。

他俩都没脱外衣，坐在饭厅里，挤在手机屏幕前："快说说呀！这是好消息呀！”

他们高兴得甚至忘记问，为何我之前没告诉他们这件事。当然这已经不重要了，重要的是我还会和他们分享我的喜悦。我已经忘记了上一次和他们说我自己的事情是什么时候。

随后我把我写小说的来龙去脉和他们讲了一通，包括写的什么、在哪里连载、成绩如何。

他们听得超级认真，脸上是那种孩子般的笑容。

我看着他们的样子，恍然发觉爸爸、妈妈都老了，他们笑的时候眼角和嘴角全是皱纹，但眼睛亮晶晶的。

说到最后，我正色道：“想和你们约定一件事，你们可不可以和我保证，第一不去看我的小说，第二不和除你们俩以外的任何人说这件事，要帮我保守这个秘密。

“这对我来说非常重要。因为我想把现实和网络完全割裂开，而且如果你们去看了，我就没有写作的自由了，自由对写小说很重要。”

我怕他们不理解，很耐心地给他们解释了为什么不让他们看，以及为什么不想让其他现实中认识的人知道这件事。

出乎我的意料，我妈举着手说：“不看！保证不看！”说着她还拉起我爸的手，让他也发誓，“不看闺女的小说！也不和亲戚朋友炫耀！”

我妈使劲儿点头：“理解的，理解的。听见没有啊，宁伟国？你闺女发话了，写作自由，我们不能看，保证！”

然后妈妈笑嘻嘻地说：“我们不看，问问其他的总行吧？你为什么要写言情小说啊？是什么类型的啊？”

我像哄孩子似的回答他们小朋友耍赖皮一样的问题。他们小心翼翼地避开小说内容，美其名曰问“创作背景”。因他们实在憋得难受，在之后的几天里，我们家的三人小群就像狂欢一样，好像我得了诺贝尔文学奖。

哪怕我反复和他们说，我写的只是“玛丽苏”言情小说，而且合同还八字没一撇，只是在谈，钱给得也很少很少，他们却坚定地认为：

“不是钱不钱的事，我们家女儿最棒了！”

我心里酸酸涩涩的，既觉得不可思议，又十分开心。

我就像多年未归家的游子，有一天衣锦还乡，推开家门，父母两鬓斑白。他们拥抱我，什么也没再问，什么也没再说。

也许我一直没有真正了解他们。我固执地给他们贴了标签，最后发现只要沟通，很多事就都不是事。

无论如何，这件事让我和爸妈的关系有了变化，真好啊。

2020 年好事不多，我和爸妈重归于好算是好事之一。

最后我问他们：“我写小说，你们会不会觉得我不务正业？”

爸妈说：“怎么会呢？得知你因为写小说而收获了那么多爱你的人，我们开心还来不及呢！”

“爸妈知道这世界上有越来越多的人爱你，我们很幸福。”他们这样说。

第九章

金牛老韩

我一直特别信星座，也爱研究这个。还没和老韩在一起时，我得知他是金牛座，就去网站上搜巨蟹座和金牛座的速配率，结果显示98%，仅次于我和处女座的速配率100%。我挺开心的，毕竟从小到大生活里就没见过处女座男生，那就退而求其次地和这速配率98%的金牛座在一起吧。

一说起金牛座，好多人第一反应是抠门。我仔细观察过，老韩的抠门很隐蔽，但他确实抠门。

比方说啊，他对别人不抠，对自己挺抠的。他买来的东西喜欢用好久，衣服啊、鞋啊、日用品啊，也不是说有多爱惜，但就是不舍得扔，但凡还能穿、能用就不会扔。

他穿了一件衣服三年，后来卸了领口就搁家里当睡衣穿。我嫌弃丑，他扯开松松垮垮的领口给我看胸肌："嫌弃什么？这样不性感吗？"我像饿狼一样扑了上去……

再后来那衣服当了三年睡衣，破洞了，他就非要剪成布条做墩布。这年头谁还用那种墩布啊，我也不知道他从小受什么刺激了。

他还给我讲条状墩布的故事，试图让我接受这种旧物改造。他说小学的时候检查小朋友们是不是扁平足，老师就把教室墩布弄湿，让大家脱了鞋踩一脚然后印在水泥地上看脚印。我简直不敢相信还有这么粗暴的检测方法。他一本正经地点头："就是这样啊。那时我回家，我妈闻着我身上有一股馊了的味儿，一脱鞋，原来是墩布味儿。我印象特别深。"

"所以这跟你非要做墩布有什么联系吗？"我问。他十分惊讶地回答："你不觉得这故事很可爱吗？所以我们留下它吧，它还能继续陪我几年，以后有孩子了还能测测孩子是不是扁平足。"

我俩曾经有过一场旷日持久的战役。就是我看他的一口破锅不顺眼有两年了，那锅底子都黑了，不能用了，但被他藏在我够不到的地方落灰。我一直想将其扔掉，每次趁他不注意，偷偷站椅子上把它拿下来给扔到楼下的垃圾站，也真邪门，他下班回家总能察觉到。他回家，会假装嗅嗅："我闻到家里似乎少了些什么东西。"

我在沙发上不敢看他，故意刷手机："没有啊。"

他一抬手去翻高处："你把'大蒸'扔掉了，对不对？"

我装作不在意地说："嗯，对的。"

他也面色平静，过一会儿说要出门扔垃圾，然后回来时自己躲厨房里拼命用钢丝球使劲搓"大蒸"，洗干净后又给藏到更高的地方。

现在这锅还在呢。但总要买新锅顶替它，我俩去买了新锅回来，我说新锅也叫大蒸吧，他一脸惊恐地说："这也太残忍了！你怎么能当着旧大蒸的面说这种话？它不仅被迫退休了，名字也要被剥夺了吗？"

我深吸一口气，耐心地说道："好，那你说叫什么？"

他哼哧半天，想破大天也想不出一口蒸锅能有什么像样的名字，于是偷偷和我耳语："大蒸……"

对的，他特别爱给家里的所有东西起名字。他说起了名字就有感情，会爱惜，不会轻易扔掉。并且万物皆有灵，它们有了名字，就有了对这个家的归属感，会卖力工作。可我一直不明白，为什么家里的锅有名字了，我炒出的菜却那么难吃。老韩说，它们可能已经尽力了，亲爱的。

不管怎么说，家里的每一口锅、每一个电器、每一个玩偶都有名字。

说到玩偶，我不是巨蟹座嘛，最喜欢做的事就是逛宜家。我就喜欢去看样板屋陈设，脑补住在里面是什么感觉，然后每次去都挑一个毛绒玩具回来，便宜又可爱。

买到最后，家里的沙发背上实在摆不下玩具了，老韩就干脆不带我去逛宜家了，从源头上制止我买玩具。

我从去年念叨到现在要买一条宜家灰蓝大鲨鱼，都成执念了，就因为上一次去宜家他没让我买。我这样念叨："你们老韩家不让儿媳妇买玩具，你们老韩家对儿媳妇不好。"

老韩气笑了，把我扯到家里所有玩具面前，一一指过去念出名字："豆一、豆二、豆三（挤在豆荚里的三颗毛绒大豌豆）、豚豚（水豚）、熊大、熊二、阿黄（狗狗）、大矮（一个几乎比我还高的矮人地精）……你们说说，同不同意妈妈再迎接新成员回家？"

随后他捏着鼻子学玩具的声音自问自答："不同意！呜呜呜——爸爸我们好伤心，妈妈喜新厌旧了是不是？"

他又变回自己的声音无奈地说道："没办法呀，你们的妈妈就是这样，说不定哪天连爸爸都不要了，那时爸爸就带着你们离家出走，不会让你们受委屈的。"

我气得直踹他，这心机男不仅不给我买鲨鱼，还挑拨我和家庭成员之间的关系！

所有玩具都有它的故事。那个阿黄是家里的元老，它的故事我放在这本小说的最后，讲第三件事时再讲。

我先说那个大矮人。2018 年的圣诞节前夕，家附近的商场橱窗里摆出了它。高高的帽子把眼睛遮住了，它穿着背带裤，挺着大肚子，长着雪白的长胡子还有大圆鼻头。我和老韩路过好几次，每次都停下脚步隔着玻璃看它。我们觉得它特别可爱，说不出的可爱，可爱到心坎儿里去了。

但为什么我们不买呢？一是家里地方不大，我们没处搁；二是贵，好几百美元买一个玩偶，对普通家庭的人来说实在奢侈。

就这样一直到平安夜前一晚，我俩手拉手回家，路过橱窗发现矮人不见了。我俩慌张地对视了一眼，他说："大矮不见了？！"我都要哭出来了："被买走了？！"

我俩冲进商场，四处转，最后发现这个大矮人被店员换了位置。我俩长舒一口气，也不犹豫了，老韩当即扛起它去收银台，边走边说："别怕，爸爸、妈妈带你回家！"

是啊，大矮的名字早就被起好了。

老韩扛着大矮，我在边上帮忙扶着，我俩雄赳赳气昂昂地回家，一路上行人都用宠溺的笑看着这个巨大的矮人。一位老奶奶还拉住我们问这是在哪里买的，我们超大声地自豪地回答了她，然后还说："只有这一个！被我们买走了！"

将大矮搬回家后我们在电视旁边给它腾了一块位置，老韩把零食箱子摆在它的身旁，蹲下摸着它的大鼻头说："花这么多钱给你赎身，那就给你派个任务。你负责守护家里的零食宝宝箱吧！"

老韩每天出门前都要和家里的所有成员说再见，每天回来时也都会和它们说："我回来啦！大家今天一天在家怎么样啊？"最后他也不忘刺我一句，"知道了，大家一天都很乖，除了妈妈。"我将一只拖鞋飞了过去。

有一次家里冷，他走到控制面板前调空调的温度，边调边说："家里好冷啊，大矮你不冷吗？调到二十四摄氏度怎么样？"

我说远了，再说回老韩抠的事情。他买东西特喜欢算价钱，对数字特别敏感，真正需要的东西要买能力范围内最好的，其余七七八八的反而琢磨半天。

我俩出去吃饭时点菜，他拿着菜单能津津有味地研究好久。

我说："快点儿吧，都过去一百年了。"他蹙眉道："宝贝，别催。"

他研究什么呢？他研究每道菜的性价比。

如果是高档一点儿的餐厅，他会算食品单价，还会帮餐厅算成本。比方说，他会觉得一道前菜青口二十美元，一道主菜牛排四十美元，但青口和牛排的套餐就要七十美元！这简直不合理。

如果是快餐，他会利用二元一次方程组算出汉堡包的面饼、牛肉饼大概多少钱。我就不用数学烦大家了，总之他的方程列出来大家都会觉得有问题。比方说，两片面饼一片肉两美元，三片面饼两片肉三美元，设面饼为 x，肉饼为 y，然后算吧。可是哪儿有这样算的啊？！明明还有生菜和西红柿。

不管是逛商场、去饭店，他的脑袋都在高速运转，边算边给我讲，我都是左耳朵进右耳朵出，嗯嗯啊啊地敷衍。他会停下说："你是不是根本没有好好听？"我但笑不语。他叹了一口气，过了一会儿忍不住又开始算。他超级享受这个过程，尤其是当他识破商家的"骗局"时扬扬得意那个劲儿，让人想踹他。

最近我们看了个有关商家骗局的视频，视频里说有些促销手段是专门设给聪明人的陷阱。老韩看完沉默半天，因为发现这么多年了每一个陷阱自己都跳进去过。

他总是去买看似最划算的大包装，但结果人家视频里说，有些看似不合理的选项就是为了让理智的人去选"划算大包装"。反而是我这种笨蛋，因为吃得不多，每次都选单价贵的小包装，没有掉进商家的营销陷阱里。

有一次我印象特别深，家里先是有一股隐隐的臭味，而后味道越来越重，就像有人在我家炸了粪坑一样。

我闻着空气，突然想起网上说：男人的脚就像定时炸弹，有的早爆，很小年纪就开始臭；有的晚爆，大概到了中年开始臭。但不管这炸弹早爆还是晚爆，总会爆炸，属于时间问题，不是不臭，时候未到。

当时老韩在电脑桌前敲键盘，我疑神疑鬼地拍了拍他的肩膀。他停了游戏回身看我："什么事？"

我目光如炬："闻闻你的脚。"

他大吃一惊："过分了啊，你难道怀疑我？"

我沉痛地点头，把男人的脚是炸弹的理论跟他说了，表明不是我诬蔑他，而是大数据统计出来的。

他脸上有种英勇就义的神情："你闻吧！但是先说好前提，要不是怎么办？不是我的脚臭的话，你就是对我人格上的侮辱，我韩玉这辈子人可以坑我的钱，可以骗我的感情，但决不允许有人质疑我脚臭。"

我嫌他废话太多，直接俯身用手扇着跟中学闻化学试剂一样闻。

他说："你干吗这样？"

我说："中学学了，闻刺激性气味就要这样扇风，不能直接凑上去闻。"

他气得说不出话。

结果还真不是他的问题，他的脚香喷喷的。我如释重负。

但他不干了，把鼠标往前一推，长臂一捞把我勒着抱在腿上："怎么着吧？今天这事咱俩没完。"

我挣扎着起来，继续去寻找臭味的源头。

我翻遍了家里的每一个角落，最后在厨房橱柜的最里边发现一兜子黑了的臭成汤的腐烂土豆。

这土豆啊，我想起来了，是韩玉几个月前非说划算扛回家的，扛回家后就没动过。

哼，金牛座的人啊。

我看星座解说，其实心里也清楚里面的大部分说法，就是用一些模棱两可的话让所有人产生共鸣。就比如说这条说法，金牛座的人都犟。我承认老韩在某些事情上有着超乎寻常的固执，可谁不是呢？

与其说你、我、他是固执的，不如说这是我们性格中尚存的与世界抗争到底的天真，以及是我们在荒唐人世间紧紧握住的安全感。

没错，对一句话、一种习惯、一件事，或是一个人固执，就是我们和生活之间的承诺。我们宁愿做个固执的小孩，也不愿做流浪的大人。

一句话

我和老韩在一起后，成天吃吃喝喝。

他承诺过我，和他在一起虽然不能保证大富大贵，但只要有好吃的，都先紧着我。于是我从一个忧郁的瘦子，变成了一个快乐的胖子。

其实我俩都胖了，我从42.5千克长到50千克，他从70千克长到77.5千克。可我俩的基数不一样，他长7.5千克几乎没变化，我长7.5千克那变化可大了。每次称完体重我都心灰意冷，后来干脆把家里的体重秤的电池抠了。

我问他："和你在一起有什么好处啊？我就一个劲儿地长胖！我现在都穿不下之前买的裤子了，死活拉不上去腰那块儿的拉链。"

他笑得死皮赖脸，搬出他家祖传的土话："我爷爷说了，男人一身毛，女人一身膘。你现在这样多好，不胖。"

他确实没对"只要有好吃的，都先紧着我"这句话食言。

他工作以后，在这边贷款买了个小公寓。家就在他的公司边上，早上他走着去单位就三分钟，有时候等电梯的时间都比过马路的时间长。

那时我俩还在异地，就周末能见面。有一周我的导师去开会，我难得工作日时在家住。他一般中午在公司食堂吃饭，所以我就睡到大中午才起床吃早饭。正用微波炉热包子呢，家门传来开锁的声音，我吓一跳，颤着声音喊了声："Hello（谁）？"

门厅那边老韩应了一句："是我。"他边脱外套边喊我过去，"波波，快来！"

我趿拉着拖鞋跑过去，挺惊讶："你不是在单位吃吗？"

他嗯了一声，浑身还带着外面的寒气，把手里举着的东西着急忙慌地递给我。我不明所以地接过来一看，发现是咬了一口的冰棍。

我无语了。

老韩解释，单位有人跳槽，最后一天上班给同楼层的所有同事带了韩国牛奶棒冰。他咬了一口觉得特好吃，也不敢多吃，赶紧举着一路小跑回来让我也尝尝。

幸亏那是冬天，棒冰没怎么化，他感叹道："就是一路被人当神经病来着。"

我哭笑不得："你傻不傻啊？"

他捏了下我的脸蛋，盯着我："赶紧吃，觉得好吃的话我们去网上搜搜哪里可以买。"

我吃了一口递回给他："好吃、好吃，你吃了吧。要让别人瞧见的话也太心酸了，以为咱家多困难呢，一根冰棍还要分着吃。"

老韩笑眯眯地没要，摆手让我都吃完："因为好吃，所以第一个想到的人就是老婆。"

我当着他的面一口一口地乖乖吃完，心里有句话没说出来：家楼下的韩国超市就有卖这个牌子的棒冰的。

一个习惯

老韩的个人经历比较复杂。他的老家在西北，小时候他同父母去了东北几年，后来又搬去上海读初中和高中。

他说刚去上海时听不懂同班同学的方言，聊天时融入不进去，就有些郁闷。于是他半夜听当地的电台广播学上海话，什么家长里短、午夜情感，也听音乐栏目。

等到了元旦，FM101.7 会有跨年金曲 101 首的榜单放送。老韩说高中到大学，每年都是听这个节目跨年的。

之后到了加拿大，我俩在一起后，他便拉着我一起听。其实我们都不太认识最近几年榜单上的歌手，歌曲风格也和我们小时候听的不太一样。说实话，"90 后"有些接受不了最近的流行曲风，也不是说难听，单纯就是不在我们这些"老年人"的审美上。

我们还是喜欢当年 S.H.E 啊，林俊杰啊，周杰伦啊的那些歌。对了，老韩说他少年时最喜欢的歌是周杰伦的《园游会》。那时他不怎么懂憬爱情，小屁孩啥也不懂，但听了这首歌他就会脑补以后带着女朋友去游乐园，还要买粉色棉花糖举着去坐摩天轮。

最近几年好听的歌实在不多，我们是硬着头皮听榜单上的大部分，一起吐槽，也挺欢乐的。

我记不清去年还是前年了，总之元旦前夕我因为喝了牛奶乳糖不耐受一直在放屁。国内跨年那一瞬间我砰的一声放了个惊天大响屁，随后电台里的主持人就说："这一首就是榜单上的 No.1 了……"

老韩轻轻拊掌评价道："我老婆上榜单 No.1 了。确实比其他的歌都强不少。"

一件事

老韩最喜欢的球队是阿森纳。懂足球的人都知道，近十年阿森纳的比赛真的踢得一塌糊涂，球队从老牌劲旅沦为……（我不说伤人的话了，老韩会看这本小说的，怕影响夫妻感情。）

我不喜欢足球，但我爸喜欢，老韩喜欢，我公公喜欢。我爸支持热刺，老韩和我公公支持阿森纳。

这两支球队的比赛是北伦敦德比。老韩去我家时，我爸和他拉家常。俩老爷们儿聊足球，老韩在我家一贯谦逊有礼，就是这事上不让步。两人聊到热刺强还是阿森纳强时，老韩梗着脖子力挺阿森纳，气得我爸把老韩面前的瓜子都收走了。

我公公知道这件事后偷着乐，拍着老韩的肩膀说："是我儿子！原则问题的确不能含糊，即使是老丈人也不行。"

然后我公公又当和事佬给我爸打电话，说是代小玉给老丈人道个歉，小孩子不懂事不知道服软。我爸说没事、没事。最后我公公话锋一转，说小玉喜欢阿森纳还是随他，从小带着一起看比赛的。

我爸挂了电话一个人越想越生气，背着手在家里直转悠。我看着眼晕，喊了句："爸，你别转了，我支持热刺，成了吧？"

我爸笑了，说那这下 2 ： 2 了，扯平，关键时刻还是自家闺女好。

我嗯了一声。

随后我爸又问：“你知道热刺都有谁不？”我说不知道啊。我爸那脸哟，又板起来了，说：“那你这一分可不作数，唉！”

之后足球这个话题变成我爸和老韩之间的禁忌。其实他们也都没真往心里去，但就是谁也不肯在口头上认输，大有一种“我可以卑微，但支持的球队不可以卑微”的架势。

再后来俩人见面改聊篮球了，发现一个支持詹姆斯，一个更爱科比。直到詹姆斯和科比握手言和时，我爸和老韩都还在各执一词，真没辙。

再后来他们改聊赛车了。因为俩人都没主观立场，就很和谐。

一个人

我俩身处异地那四年是真的苦。

那时我在 A 市埋头搞研究。老韩先是在 B 市，后来跳到多伦多工作。两座城市隔着将近五百公里，外加上这边公共交通一塌糊涂，落后国内太多，我俩见对方坐火车要五个多小时。

我在学校时间还稍微灵活些。他要是来找我，就得周六来周日走。而我去看他的话，就可以周一早上走（因为我周一早上没课。）。于是为了这多出来的一晚上，每周是我去找他。

每周六早晨我坐最早一班的火车出发，到了他那儿都中午了。他在车站接上我，每次见面他都拎着提前买好的小蛋糕。远远见到他，这人张开手臂笑着看我，我就扑着冲过去，接着他一把把我抱起来。边上如果没人的话他还能抱着我转两圈，然后两人一路腻着，手拉着手回家。

虽然工作日的每晚我们都打视频电话，但见了面就是有说不完的话，在一起的时间也是过得飞快。

到了周一早上，我五点钟爬起床赶火车回 A 市。

如此这般往返了整整四年，几乎每周我都要在火车上度过十多个小时。

没有异地恋过的朋友可能没法懂这种感觉。就是我坐上火车去他那边时，心情雀跃又激动，因为终点是我想见的人在等着。可到了周一去搭火车，每次我都要在火车站哭一鼻子，因为是离开。

老韩几乎从不表现出脆弱，所以我一直无法得知异地恋于他也是痛苦的。有一次我特别心酸。就是大周日的早上五点多，我起来上厕所，刚坐下就听到老韩在床上迷迷瞪瞪又惊恐万分地喊了句：“老婆？！”

我赶紧回到床上看他：“怎么了？”

他揉着眼睛把我紧紧搂在怀里，一个劲儿地拿下巴上的毛楂儿胡子蹭我的脸，几近哽咽：“我一摸旁边没人，以为今天是周一，你不和我打招呼就一个人去火车站了。我好心塞啊……”

老韩仗着睡意脆弱了一会儿，而我只得不停地安慰他：“今天是周日，我不走。我还可以和你在一起整整一天呢！”

异地恋那四年我比之前坚强太多了，因为生命里有了韩玉。

工作日时我每天十二个小时都泡在学校搞论文和带学生，就为了周末可以和老韩一起时轻松一点儿，不用想任何学校的事。我觉得活着就特别有盼头，盼着到周末，盼着坐火车。这边火车叫 VIA，我从最低等级的乘客一路累积积分到了最高等级的尊贵乘客，VIA 还给我发了张炫酷的黑卡。

可我也有崩溃的时候。

我记得有一次周五，教授临时让我周末帮着监考，当时我一脸平静地应承下来，回家给韩玉拨视频电话过去就开始哭。

我说：“这周不能去看你了……呜呜呜……我好想你啊……明明盼了一周了……再见就要下周了……”

那时韩玉下班刚进家门，听到我不能去皱起眉头。可是隔着那么远，通过视频他也没法真的安慰我什么。

那天晚上我俩没精打采地视频电话了一会儿，因为第二天没法见面，似乎都没了动力。他说他有点儿累了，要早点儿把视频挂掉睡觉。我说好，可不困，于是挂断视频电话后找了部电影看。电影很烂，但我哭得昏天黑地。我真的真的好想他。那一晚的某一时刻，我曾经的脆弱又找上了门。

我凌晨一点才去洗澡，凌晨三点勉强睡着。

凌晨四点时，有人按门铃。我半梦半醒，那门铃响着。我的心怦怦跳，以为楼里的醉汉按错了门铃，我正犹豫着要不要去猫眼看看，这时手机来信息，是韩玉。

他说："我在你门外，开一下门。"

打开门时我都不敢相信，眼泪唰地就下来了。

韩玉一脸倦容地站在外面，只背了个书包。他搭了通宵的大巴赶过来。晚上九点挂断视频电话时，他就是去乘大巴了。

我要抱着他哭，结果被他挡了下："外套上都是寒气，你等我去洗个澡。"

于是我像个小尾巴一样，哭着跟他进门，哭着陪他洗澡，再哭着和他搂着躺回床上。

直到被他抱着时，我才有了真实感。

我说："你好累的，通宵来这边。"

他闭着眼睛拍我，几乎要睡着："没有老婆累，老婆每周都要这样来回的。"

我说："可我坐的是火车，火车比大巴舒服。"

韩玉："我也想买火车票来着，但你跟我说那会儿我去网上查了，火车票都卖光了，周五晚上只剩长途大巴。"

我哭成一团，心里说不出是什么滋味，开心又心疼。我开心的是这个周末我们又能见面了，心疼的是他明天，也就是周日还要赶回去。

我小声对他说："我当时没想着要你来的，你工作一周也很辛苦，其实熬一熬下周就又能见面了。"

韩玉说："我知道，可是也想见你啊。说好的每个周末都要见面，你不能来的话，那就换我来。约定好的事就一定要做到呀。"

第十章

第三件事

韩玉说他几乎很少冲动行事，万事都需要再三考量再去行动，没有十足的把握不给承诺，就连说话都要过三遍脑子才说出口。唯独在这件事上他心甘情愿地让热血上头。

那是在2016年的春天末尾，我俩研究生毕业，回国过夏天。

韩玉拿了B市的工作录用信，选了九月入职，而我还在等B市大学的录取通知。

当时我已经有A大的录取通知在手，和导师的大弟子梁教授也用邮件联络过了。我和他说了我的情况，说我迟迟不接offer[1]并不是把他的offer当作备选方案，实在是因为不想和男朋友异地恋，所以想再等等B大的录取通知。

梁老师表示理解，说："我私心是很想让你来我组里的，给的奖学金就能代表我的诚意。但是我也理解你的顾虑，所以请不要有压力，安

1 offer：全称是offer letter，此处指国外学校发的表达自己愿意录用的一封信件。

心等。”

我平静地说：“谢谢您，接受A大的录取通知的deadline（截止日期）就在三周后，我就再等三周，没消息的话我就不等了，踏踏实实地去您那里。”

话虽如此，我在心里已经给老天爷跪下了，求求您了，一定不要让我和老韩分开啊！

说真的，两年前如果有人和我说，我会选择继续走学术的道路，肯定哈哈大笑，然后气人咒我。杀人不过头点地，谁若咒我继续搞数学研究，这是天大的仇恨了吧！

我一直觉得我压根儿就不是搞学术的料，一是不够聪明，二是心态容易崩。尤其是和数学挂钩的学科，别人一遍能懂的东西我要翻来覆去地看十遍。

我记得本科时有一门考试的期末复习，大晚上的在自习室边哭边复习，越刷题越崩溃：这是什么？这又是什么？我心里把能骂的人都骂了一遍，比如那个在我报志愿时来我家炫耀儿子学应用数学的邻居阿姨，比如爸妈单位拼命对他们洗脑学数学好找工作的同事……

但长大后我发现，自己以为是一回事，别人眼中的你又是另一回事；自己喜欢是一回事，适合自己的又是另一回事。

不止一个人和我说过：“宁波，我发现你特别适合在学校待着。”

我：“您是认真的吗？我在学校待着干吗？吃食堂吗？”

他们都真诚又笃定地点头说：“你做事认真，虽然不聪明，可遇到困难有韧劲儿，还很踏实。爱钻牛角尖这点也许不适合人情交际，但还挺适合象牙塔的。”

“想到你我就想到昏黄的煤油灯下奋笔疾书的科学家。”说完他们还要这样补充一句。

我心里觉得无语，那你们是不知道我曾经一直想死。我不是得了便宜卖乖，是真的不觉得自己有这方面的天赋。别人说什么我都觉得他们是在鼓励我，是在客气。我知道自己有优点，但谁要说我适合学术，我会谢谢他然后火速离开。

后来韩玉分析："别人学一遍能懂的东西你要看十遍才会，但你有没有想过，很多人看一遍不懂就算了，并不会去选择看十遍弄懂它。天才的大脑也许并不是你的闪光点，但笨蛋的冲劲儿一定是。"

好吧，我有些无奈。

我忧心忡忡地登上回国的飞机。十三个小时的高空飞行，我看一会儿电影就要分神去看看窗外。窗外晨昏颠倒，有时机翼的一侧是夕阳的余晖，另一侧是广阔无垠的黑暗。

我十分忧愁。

我在想，宇宙这么大，又天天上演世间的悲欢离合，我这点儿烦闷真的不算什么，再焦虑就是矫情了。可我是真的不想异地恋。我不是在担心韩玉的感情，是担心自己，怕自己又退步。

其实之前我还收到了 X 大另一个系的录取通知，但当时 A 大已经发来录取通知，所以毫不犹豫地拒绝了 X 大。韩玉还挺不解的，说如果我接了这个 offer，那么就可以不用退现在租的房子。我在待了两年的城市继续住下去，他也放心。更何况 X 市离 B 市只有两小时车程，而 A 市和 B 市则要八小时车程。

我说："你不懂，我才不要在处处都有咱俩回忆的城市一个人待着。在这座小城，我和你住了两年，我甚至知道城市的每一个消防栓在哪里。你离开后就剩我一个人，那我周一到周五一个人上学下学，一个人吃饭，一个人去超市，一个人数消防栓，一个人在我俩住了两年的公寓住。哪里都是你的影子但你不在，我肯定天天哭，然后自杀！"

韩玉呸了三声，把我拎过去打屁股："都什么时候了还提死的事情？！"他气得牙痒痒。

我大声抗议："明明就是这样的！所以我宁可去新城市和你异地恋，也不要一个人留在旧城市！"

在机场时韩玉的航班先飞，他飞上海，我飞北京。我使劲抱着他不想分开，并且想到以后我们要是身处异地了，那么分离就会变成常态，于是我在候机室还哭了一鼻子。韩玉十分无奈，临走了跑去咖啡厅给我点了杯香草奶昔塞给我：“别哭了猪猪，喏，喝点儿甜的。”

我说：“要不你带我上飞机吧。你去问问猪可不可以作为宠物进托运舱？”

韩玉假装为难：“早说啊，忘记给你办检疫证了。人家会拿那个蓝色的印章，在你的屁股上啪地印一个合格猪猪的标识，但你现在没有，就不能跟着上飞机。”

我哭着笑，笑笑又继续哭，冒出一个鼻涕泡。

他拍拍我：“好了，乖乖回家。你的爸爸妈妈也一定很想你呢，而且我们很快就又能见面了。”

我俩约定好他会来北京找我，看我父母，然后带我回上海，再回西北老家。但我俩没提结婚的事。

我不知道韩玉是怎么想的。我不提是因为不想他为难，不是因为不想领证。我知道他万事求稳，所以在心里想了好多借口试图让自己好受些，比如我的未来还没有定数，父母那边也需要时间消化我们的事，现在不领证对我俩的未来都好……

我试图做个理智懂事的人，不想在这事上和他无理取闹，去质疑他的真心和动机，或是凭借他对我的喜欢逼迫他做出一些不符合他性格的事。可说一千道一万，面对还未知的 B 大 offer，以及也许会面临的四年异地恋，我是真的没把握。

这种害怕是没什么道理的，理智的我知道韩玉的真心，信任他的人品。可感性的我就是怕我俩最终走不到一起去。想到我的老韩也许会和我成为陌路人，他的温柔也许会给另一个人，他也许会有别的猪猪，我的心都要碎了。总有人说结婚以后还可以离婚，领证并不能代表什么，但我就是想嫁给他。我曾经不信婚姻，不渴望家庭，可当另一个人是韩玉时，就想和他走完所有世俗的流程。

飞机落地北京，爸妈来接我。回家的路上他们还问到小韩，我说他六月底要来北京看他们。我爸嘿嘿一笑道："哪种看？"我妈也装作懂了的样子："也是，谈了快两年了，是该见见家长了。我和你爸对小韩很满意。对了，波，你旁敲侧击地问一下，他家那边有没有什么第一次见面的规矩？比如给红包之类的，问清楚给不给、给多少。我和你爸要提前准备好。"

我心烦意乱，敷衍道："哎呀，你们想哪儿去了？他就是正常看看，不是你们以为的那种！"

我妈撇了撇嘴："噢！"

韩玉朋友多，回家后就一直到处约初、高中的哥们儿出来吃饭见面，还一起打球，晚上聚餐。有一次他夜里一点给我打视频电话过来，视频那边黑咕隆咚，将脸靠得特别近，神秘兮兮地和我说："老婆，我告诉你一个秘密。"

他那语气很不对，特别轻浮，我一下就看出来了："你喝多了吧？"

这时他朋友把他的手机接过去，和我说："嫂子对不住，晚上几个哥们儿见完班主任去聚餐，老韩喝了半瓶就成这样了，我们真没灌他。"

这我知道，韩玉的酒量一向不咋样。

手机被韩玉夺了过去："你干吗？我和我亲亲老婆讲话，你谁啊？"

说着他又把脸贴着镜头，走到一个路灯下，我看清了他的表情，这男人一脸迷醉又满足的样子，嘴角蠢兮兮地上扬着，大着舌头说："我告诉你一个秘密哦……秘密是什么？……哎，我忘了。可我真的真的好喜欢你啊，老婆，你真好看，我怎么没见过你身上这件睡衣？哎，我真的真的好爱你哦！"

说着他就唱起来了，把《玫瑰玫瑰我爱你》这首歌改编成："老婆老婆，你最美，老婆老婆，你最艳丽，老婆老婆，你最可爱，老婆老婆，我爱你——哇——唠——"

唱完他就弯腰吐在了塑料袋里。

韩玉的手机又被朋友拿走，那人一边帮老韩拍后背，一边解释：“嫂子，真的对不住啊，这大晚上的。要不你先睡吧，我们几个现在送老韩回家。你放心吧，明早再让他和你联系。我们现在有点儿招架不住他，先挂电话了啊。”

那个朋友说话间，我听见韩玉抢着在话筒前插话：“老婆！我想你了！我老婆呢？人呢？”

下一秒视频电话被挂断。

韩玉在上海待了一周，而后同父母回了老家看爷爷奶奶和亲戚。他在老家没什么同学，于是天天在爷爷家同一只吉娃娃斗智斗勇。他怕狗，但说起那只吉娃娃则是不屑：“一只手就能把它拎起来，我怕它？哼！”

每天视频电话时，他会给我看吉娃娃。那只狗一直咬他的裤子，因为韩玉一来就占据了它沙发上最喜欢的位置。

它叫匹克，韩玉说之前爷爷家有一只吉娃娃叫奥林，有次撞桌子腿上意外去世了，家里人怕爷爷伤心，又找来一只一模一样的吉娃娃骗爷爷说那就是奥林。但爷爷一眼识破。后来这只吉娃娃就改名叫匹克，作为爷爷的“白月光”替身在家吃香的喝辣的。

每天韩玉就给我讲家里的各种事，比如陪弟弟去学车，接妹妹上下学，辅导侄子暑假作业……他知道我在满心忧愁地等 offer，但没问，试图用家里的奇闻轶事分散我的注意力。他说话时看我还是心不在焉，会突然来一句：“不要怕。”

可我怎么能不怕？

六月初的一个早晨，我五点就醒了。

从加拿大回来以后这三周，我没有刻意去倒时差，天天查邮箱一千遍，就想刷出一封来自 B 大写着 admission（录取）开头的邮件。

这天我照例去看邮箱。我的房间信号不好，冲左躺时没信号，冲右躺时信号一格。于是我朝右躺，高举着手机按刷新，十几封邮件瞬间涌进来，有一些是广告，有一些是订阅，还有一封来自 B 大。

我立马坐起来，颤巍巍地点开。显示内容前那三秒，我整个人都在抖，心脏怦怦狂跳。我拼命地告诉自己，必须是录取！

内容刷出来，我点开附件上下滑动一看，定住了。

我不信，又字斟句酌地反复看了三遍，试图去找出这封邮件委婉措辞以外的含义。

但无论看多少遍，我都意识到，我的申请最终被系里委员会拒了，原因是要控制国际生比例。

我放下手机，开始恍惚，不是很想哭，就是愣怔，甚至有种莫名的如释重负感：终于不用期待了。这下我可以踏踏实实地接 A 大 offer，然后开始异地恋。

我是不甘心的，但无能为力。我后脑那里一胀一胀的，有种缺觉的疼。

爸妈去上班，我在床上不吃不喝地躺了一天。

中间韩玉来找我视频电话，讲匹克今天又干了什么蠢事，讲弟弟没过科目二，讲爷爷早上吃了两个烧饼……我都嗯、哦地应着。

韩玉觉得我不对劲儿，问我怎么了，我说我被 B 大拒了，要去 A 大了。

他沉默了一下，说道："也挺好。"

我嗯了一声，故意云淡风轻地道："韩小玉同学，我们要异地恋了呀——"这个尾音呀被我说出了可爱的感觉，我应该没有透露出伤心之意。

我还说，今天身体不舒服，不想视频太久，想睡午觉。他说："哦哦好的，那先挂了吧，午安。"

这一觉我睡到爸妈下班回家。他们把我叫起来吃晚饭，数落我在家吃了睡睡了吃，房间乱得跟垃圾场一样，也不叠被子。可我明明在被窝里干吗要叠被子?

我开始哭。我妈吓了一跳，有些尴尬地把手里的塑料袋在我面前晃了晃："说两句就开始哭，真是越活越回去，赶紧起来吧，买了你最爱吃的凤爪！"

我哭着说："妈，我要去 A 大读博了，就是奖学金巨多的那个学校。"

我妈说："吓我一跳，你这是喜极而泣啊。你有没有告诉小韩啊？"

我点头："说了。"

我妈："那他也替你开心吧！"

我嗯了一声。

我妈把我揪起来，还主动帮我叠了被子，推着我到饭桌前："成了，别哭了，这么大人了还矫情上了，这是天大的好事啊！"

我爸附和："好事啊！"

韩玉那边下午和我说了午安就一直没动静。晚上我昏昏沉沉地洗完澡上床，给他打视频电话，他给挂了。过了两秒钟，他打电话进来，压低声音问："什么事？"

我说："你干吗挂我的电话？"

他那边吵吵闹闹的。

他："我这儿暂时没网，流量又不够用。"

我："你不在家啊？出去了？"

他笑："我现在在火车上。临时让我二叔帮我买的票，卧铺都没了，就剩硬座，现在我脑瓜顶上的行李架上有一只鸡，逗不逗？"

我没反应过来："你要去哪里啊？"

他说："去北京，提亲。"

这一夜两家六人皆未眠。

我和我爸妈说了这事，我妈大晚上爬起来在家翻箱倒柜地找红包，没找着还非要把旧红包腾出来装见面礼金。我爸说："不合适，都什么年代了，还要用人家之前的红包？"

家里现金不多，我妈神神道道着明早要做两件事：一是去京客隆超市买红包，二是去银行取钱。

我愣着不动："您要给多少啊？"

结果我被我妈骂了一通，她说我不早问好人家那边的规矩是什么，搞得她只能看着给，她和我爸打算塞一万元进去。

我瞠目结舌："这么多？！"

我妈白了我一眼："你以为呢？咱家就你这一个闺女。"

我说："感觉五千元就够了吧。"

说实话我觉得五千元都多……我还停留在十多年前那会儿的消费水平。在我的脑海里，一顿肯德基二十几元，一瓶冰红茶两块五，一千块钱已经是巨款了。

我妈点着我的脑门儿说："瞅你那穷酸样。"

她还说："现在时代变了，钱不值钱了。排骨一两百，一瓶饮料十几，人家小韩上门提亲，千里迢迢地跑过来，几千元哪里拿得出手啊？"

我爸则是大晚上的开始熨衬衫，八百年没穿过的正装给折腾出来，一股子樟脑丸味儿。

我说："爸，你这是要去团结湖公园相亲啊？"

我爸说："你这孩子！"

韩玉那边说的是，他爸妈要先回上海一趟拿东西，再从上海飞北京和他会合。所以理论上说，是韩玉先到我家这边找个酒店住下，过一两天他爸妈到了再正式登门。

没挂电话前我什么都想不起来问，一挂电话突然想问好多问题。

譬如说：

为什么他突然要来提亲？韩玉不是这样的人啊。他从不打无准备之仗，做这么没计划的事不像他的风格。

他提亲后呢？我们就……领证……？我们去哪儿领啊？

我的户口在北京，他的户口在上海。我把这事和大学室友一说，四人小群一下子就炸了，阿玲作为《何以笙箫默》的十级学者力荐我去上海长宁区领证。我问为什么，她给我发来电视剧截图，说："因为何以琛、赵默笙就是在长宁区领的证！"

第二天我爸妈都跟单位请了假，我妈在家做饭，还端出了我给她买的高级锅开始炖肉。我和我爸查好韩玉的车次，早早就出了门。

路上我爸还问我："小韩为什么坐硬座来？"

我说："临时的机票太贵了，卧铺又没票，他说没坐过硬座想试试看。"

我爸噢了一声，嘿嘿笑，说小伙子还挺逗。"来娶我闺女是要吃吃苦头。"他这么说。

我觉得我爸这状态有点儿不对劲儿，就是开心又憋闷，情绪很复杂。我跟我妈听说韩玉坐硬座来都心疼死了，就我爸一人乐出了声。

其实我也挺疑惑的，路上十六个小时啊，机票是有多贵他非要坐硬座？我脑补的是《天下无贼》里王宝强那个画面，韩玉坐在鸡鸭鱼猪里，一路还有人想抢他的钱。

火车站不好停车，我爸开着车绕了好几圈，才等来韩玉的电话。他那边说到了，下火车时耽误了一阵儿，帮老乡扛包来着。

我爸让我坐车里守着，他下去接。我担心他不认识韩玉，我爸瞥我："当你爸傻啊？"

我在车里等啊等，等了得有十五分钟，远远看着我爸一个人溜溜儿地回来了。他满头大汗："小韩是说到了吗？我在里面转了三圈没找见人啊！"

我："啊？我打电话问问。"

那边韩玉嗓门儿也超大，因为背景一片嘈杂，得扯着嗓子才能听见。他说："没看见叔叔啊？"

我脑仁儿开始疼，一摔车门亲自上阵："我去接。"

我还不信了，还能找不到这大活人？

我攥着手机急吼吼地扎进了人流中。

我基本不怎么来火车站，还问了志愿者出站口在哪儿。

我东张西望，就像牦牛群里找爸爸的辛巴，正在永和大王门口转来转去时，一股大力把我扯住："嘿。"

我吓得下意识地挣开，以为要被拍花子的拐卖了，结果抬头一看：是黑了三圈的韩玉。

韩玉怎么黑成这样？！我有些难以置信，怪不得我爸认不出来，就连我都不敢认。

他嘴皮有些干，半笑不笑地看着我：“我看着你在我面前不到两米的地方举着手机找来找去，还以为你在逗我。我这可不是得赶紧来提亲嘛，也就三周没见，这连人都不认识了。”

我尴尬地笑了几声，碰了碰他的胳膊，以为他故意美黑，结果一摸，沾一手的汗，他身上的味道是真不怎么好闻。

韩玉倒是不在意，说是陪他弟学车晒的。他说：“怎么？这就嫌弃上了？”

我说：“不敢，你黑了也帅的。”我说得有些言不由衷。

说着我看见他怀抱着一个黄色的熊抱枕。我说：“你这U形枕还挺别致，是正方形的。”

韩玉不动声色地说：“这是狗，叫阿黄。”

然后他把玩偶塞我怀里：“这是送给你的。我是临时上的火车，我爸妈负责带提亲的东西，但我不想空手见你，就临时在银川的火车站买的，挑了个手感最好的。”

我啊了一声，抱着阿黄，把脸埋进去，笑着看韩玉：“确实好软啊！谢谢阿黄，谢谢它陪了你一路。”

韩玉一脸倦容，但眼神带光，笑眯眯地想摸我的头，又犹豫地收回手，估计嫌自己手脏。他说：“傻样。”

韩玉把东西给我，说要先去一趟洗手间。等他出来时，我看他一脸清爽，前额的发丝还带着水珠。这个男孩子难得有些腼腆地笑了下：“马上要见咱爸，我去上了厕所还顺便洗了把脸。”

我感觉他有点儿紧张。

但事实证明我爸比他还紧张，竟然都走错了回家的路。因为下错高速的口，我们绕了一大圈才到家。

韩玉跟着我爸进单元门，我妈在厨房看到了，不等他们按铃就来开门。

这仨人之间的氛围莫名有些搞笑，反倒是我非常自在。一边是我爸妈，一边是韩玉，都是我再熟悉不过的人，我冷眼旁观他们仨客气来客气去，都很装。

韩玉说是只带了玩偶，其实背包里塞了一盒茶叶、两瓶红酒，知道我爸不抽烟所以没带烟，带了一箱精装枸杞。

我妈第一眼见韩玉时明显也愣住了，委婉地拍了拍韩玉的膀子："小韩黑了些吧？视频里见可白了。"

我赶紧给她解释："他陪他弟学车晒的，能捂回来的。"

我向我妈证明他不是拿照片骗人。

我妈点头："我就随口问问，瞧你紧张的。黑怎么了？黑多好啊，大小伙子的。"

我爸则是把电视调到体育台，拉着韩玉寒暄。我爸还非要和韩玉比个子，真是中年男人莫名其妙的好胜心。

韩玉比他高半个头。我爸在家一向自诩一米八，我妈被他骗了几十年。我也一直以为一米八就是我爸那样的，直到遇到韩玉。

我爸说："嗬，小韩个子蛮高。"

我妈附和："比宁波她爸高了小半个头，她爸一米八，小韩得一米八六了吧？"

韩玉一脸实诚地说道："没那么高，光脚一米八二点八。"

我爸的脸有点儿拉下来，嘴硬地说道："不对吧，我看你得一米八五、一米八六。"

韩玉被蒙在鼓里，坚持道："不到一米八三。"

两人你来我往，都不松口。最后我实在看不下去了，打圆场："爸，你可能岁数大了缩了。"

我爸如释重负："也是，唉，岁数大咯。"

我妈回过味来："不对啊，小韩一米八三，你比他矮六七厘米，老宁你现在都不到一米七八哇？！"

我爸拉开椅子："吃饭，落座，落座哈。"

后来在饭桌上，我爸喝了点儿酒，还一个劲儿咬牙切齿地虚情假意，明着夸韩玉暗着叹息："西北人好啊！西北人实诚哇！"他把"实诚"那两个字咬得死死的。

我妈呢，则是一脸宠溺地笑着看韩玉。韩玉在她的注视下吃了三盘我妈自己包的饺子，边吃边用他特有的方式夸："真是精致，竟然还能在馅里放马蹄，没吃过，好吃。还有吗？"

我看不下去，说："韩玉，你吃不下就不要硬吃了。"韩玉一本正经地说："可是阿姨做饭真的很好吃啊。波波，你真有福气，有个厨艺这么好的妈妈。"

我妈简直心花怒放。她的厨艺一向得不到我和我爸的认可，我一般吃饭困难，吃几口不吃了；我爸则爱吃大鱼大肉，不喜欢我妈捣鼓的精致小菜。韩玉吃了两碗饭、三盘饺子，喝了两碗排骨汤，我妈还要给他盛饭，他说："真的谢谢阿姨，但我实在吃不下了。"

我爸瞅着这边，妻子、女儿都围着韩玉转，我爸一个人在沙发上寂寞地嗑着瓜子。

后来我送韩玉去酒店。他二叔帮他订了我家附近的一处宾馆，走路五分钟就到。

一路上就剩我和他，韩玉过来拉我的手："怎么不说话了猪猪？"

我想了想，说道："觉得有些奇妙。"

他问："为什么呢？"

我指着周围说道："我家小区，小区边上的小卖部，这杨树，这高楼……这里是我从小生活到大的地方，我从没觉得陌生，可你一来，我就觉得好神奇啊。因为我从没想过在未来的某一天，我喜欢的男孩子会来我生活了十几二十年的地方看我爸妈。"

韩玉说："你也从没想过自己会结婚对不对？"

我点头。

他说他也是。昨天他在老家宣布他要来北京娶心爱的姑娘时，他们一大家子人都惊呆了。

他说他二叔、三叔、四叔、五叔在麻将桌上把烟掐了，面面相觑，然后咯咯咯地开始乐。几个老爷们儿笑得直咳嗽，说：“印象里小玉还是那个小不点儿，现在竟要娶媳妇儿了。”

笑到最后几人直耸肩，韩玉给我学几位叔叔的样子，就是想笑又憋着，最后满脸通红，互相拍后背。

我疑惑：“他们为什么觉得你要娶媳妇儿很好笑？”

韩玉笑着说：“大概他们觉得我一辈子都娶不到老婆吧。之前我不敢和女生说话被家里人笑话好久。逢年过节带我走亲戚，我这几个叔叔总是把我推到最前面，让我和朋友家的闺女说话，然后看我手足无措的样子他们就开心。”

到了酒店，韩玉说要去洗个澡。我在玻璃门外同他讲话，水哗啦啦的，我喊着问：“硬座累不累？”

韩玉弯腰搓着头发，呛了口水：“还行。”

冲完他光着出来擦水，光溜溜、香喷喷的，身上还是白净的，就胳膊和脸黑了。

他说：“就是不敢上厕所，所以十几个小时没喝水。”

我瞪大了眼睛：“为什么啊？”

韩玉说：“阿黄放不进书包，我不放心把它放座位上，拿着去厕所怕弄脏。”

我怔怔地看着他：“你好蠢啊，那就不能等有卧铺的票啊？”

韩玉语气轻松地说：“不想等。就想立马见你，因为我不想我的猪猪多担惊受怕哪怕一秒钟。”

我不想让我的猪猪多担惊受怕哪怕一秒钟。

韩玉说这句话时的语气、神态、每一个字都足以让我回味。

我只觉得一颗心脏瞬间胀满，然后在整个身体里疾速震颤，最后像一朵巨大的烟花绽放开来。在这热气腾腾的浴室里，我觉得自己变成了一支巨大的飘飘忽忽的蓬松棉花糖。

韩玉不当事儿地说完这句话，就光着上身去行李箱里翻衣服。

我在原地愣了愣，不等他穿上衣服就直接扑进了他的怀抱。韩玉没站稳，被行李箱的轱辘绊得一个踉跄，只顾上护着我的后脑勺然后携着我一起滚到了床上。

我整个人处在一种很奇异的状态里，一阵阵眩晕，觉得喜悦又酸涩。我开始大哭，那种毫不讲道理地哇哇地哭，是被偏爱到有恃无恐地哭。

我哭声震天，韩玉有些不知所措，抚着我的头发亲了亲，问："见到老公不开心吗？哭什么？"

我抽噎地回道："开心，我这是开心地哭。"

他闷声笑道："好吧。"

我使劲儿钻他的怀里，像一只穿山甲。我说："我想你了。"

他说："嗯，所以我来了。知道我的猪猪需要我。"

我一撇嘴，又流出一串眼泪。

韩玉是懂我的。

彼时彼刻，我其实并不迫切地需要婚姻本身带来的幸福感和安全感，婚姻本身于我是无足轻重的。

打动我的是有一个男孩千里迢迢地专为我而来，并为我做出他平时并不会做的疯狂之事。韩玉懂我的不安和纠结，在我强装懂事、心底担忧却难以启齿时，用世俗之爱给我承诺，让我安心，用行动告诉我他愿意包容和妥协。

其实这就够了，我甚至不想去想未来。

我当然知道世间万事皆可变，磐石能被锉成灰，海誓山盟也可作假，我们的爱情、真心、婚姻也许在未来的某一刻会消散，但只看当下。当下我看见的，是这个男人千金不换的赤诚和真挚。他捧着一颗真心来，我也愿以真心托付终生。

遇到韩玉前，我的内心世界是漫天瓦片在飞，飞沙走石，我惶惶不安。如今我的娇情和脆弱一如往昔，但我的世界里出现了一座高塔，它稳稳地伫立。任外面风吹雨打，我的塔里有暖暖的光。

我把鼻涕、眼泪都蹭到韩玉刚洗过的胸膛上，死死箍住他精壮的腰，几乎要把他勒得喘不上气。

韩玉胡噜着我的头发，看我哭得昏天黑地。直到他重重地喘了一口气，轻拍我的手臂："再勒要窒息了，阿猪。"

我可不管，只想和他再亲近些，想一直这样抱着他。

看我不松手，韩玉无奈，又说："我不想使大力，怕掰坏你，你自己松开些，乖。"

于是我松开些。他舒出一口气。

我问："你有没有想我呀？"

韩玉不吭声，揽着我，下半身贴过来，我只感觉火热的它动了动，像在和我打招呼。他说："你猜。"

我怒视他："就只有它想了吗？！呵呵，男人啊。"

他不怀好意地道："都想了，不过就它最没出息。"

说着韩玉便把我平放在床中央，自己翻身上来和我面对面。他俯身亲我的眼睛、耳朵和脖子，我一阵瑟缩。

我俩自从第一次滚床单后，其实做得不多。

生活一波三折，先是因为我把屁股摔坏了，有大半年我俩都没滚床单。再后来是忙申请学校的事，我有些焦虑，所以也没心情。

还有个原因是我暂时没有体会到性爱的美妙，滚床单真的没有抱抱、亲亲开心。每次即使前戏再足，我都会感觉有点儿胀，不舒服。即使我不觉得胀，也没小说里写得那么酥麻舒爽。我还上网搜了，答案都是多做做就好了，会在某一次突然打开新世界的大门。但目前为止我的大门还没被打开。

我回想我们为数不多的几次滚床单，都是在我哼哼唧唧的催促里结束，以致韩玉十分挫败。他总问："你是不舒服吗？哭什么？"我的确不舒服，用脚后跟使劲儿踹他的屁股，说："你搞快点儿！"他一头汗："这事可不是说快就能快的啊，宝贝。"

所以谈恋爱有两年了，我们俩一盒套套都没用完。那盒超大家庭装套套放在床头，韩玉想起来就去瞅瞅保质期，然后在我的耳边念，还有两年过期、还有十六个月过期……他叨叨得人很烦。

不过说归说，他其实没强迫我，也不会道德绑架，想得狠了顶多用那种撩人的眼神看我，硬拉着我去洗澡。我懂了他的暗示便尖叫着跑开：“咦，真奇怪，我的屁股好像又开始疼了！”韩玉知道我在装，但每次我以屁股为遁词他还是会关心地问：“真疼假疼啊？”我信誓旦旦地说：“真疼！”他只得作罢。

我担心他会不会因此心里不开心。他摇头：“这有什么的？我哪儿有那么小心眼？”然后他会拍我的头，满眼温柔又带点儿坏：“慢慢来，以后总有你求着我的时候。”我嘁一声，装作要吐：“少学小说里男主说话！”

现在我和他面对面，看他毛茸茸的脑袋在我的脖子上亲了一会儿。我的心被撩得痒痒的，于是我凑在他的耳边说：“我们现在可以的。”

说着我便去褪他的短裤。夏天韩玉的打扮总是简单的纯色短袖配黑色短裤。这次来见我爸妈，他竟然破天荒地穿了那种卡其布质感的带拉链和扣子的短裤，我硬拉了半天没褪下来。

韩玉按住我的手，从鼻腔里喷出一声细若游丝的哀鸣，似乎做足了心理准备，他从我身上起来，迅速远离我，说了句：“今天可不行。”

我不敢相信他竟拒绝了我：“你来‘大姨妈’了？”

韩玉气笑了：“‘大姨夫’还差不多。”

我不依不饶：“那为什么不行？你不是天天想做这事的吗？”

韩玉拿湿毛巾擦胸前的眼泪鼻涕，擦完迅速穿上衬衣，人模狗样的。他对着镜子正了正自己的领口，瞥了我一眼：“这两天不合适。还有，你该回去了，在我这里待的时间太长你爸妈要有意见的。”

他说长辈都传统，就算父母之前默许我俩同居，来提亲这两天我俩也不能太明目张胆，不然就是不尊重我的父母。

我说：“噢，原来你也有㞞的时候，是怕我爸揍你吗？”

韩玉嘿嘿笑：“还别说，叔叔的眼神看得我心惊肉跳的。”

他拉开椅子坐下，把红包里的钱拿出来开始认真地点。我觉得有点儿好笑，第一次在他身上看到了“财迷”两个字。

我想起当时我妈塞红包给韩玉：“小韩，你不远万里来家里坐，这是阿姨和叔叔的见面礼。”

韩玉一点儿没推托，大大方方地收下了。

我问他：“你怎么这么光明正大地当着我的面儿点钱呢？”

他没抬眼，回我：“因为我爸妈说让我提前把数字告诉他们，他们的见面礼是这个乘以五。”

我目瞪口呆，嗫嚅道：“我们这边不讲彩礼的。”

韩玉说：“见面礼是见面礼，彩礼是彩礼，是两回事，还要单给彩礼的。对了，说到这里，我爸妈还让我问你爸妈对彩礼的要求。你回去问问，记住啊。”

我被他那个乘以五震惊到，深吸一口气，开始替我妈算账。我担心我妈拿不出同等份额的嫁妆给我。

晚上我回家，偷偷拉过我妈说这事：“韩玉让我问咱家要多少彩礼。”

我妈正在包新一轮精致的饺子，特淡定：“咱们这儿不讲彩礼彩礼。”

我说：“我也是这么给韩玉说的，但他说总要意思一下的。”

我妈噢了一声，想了想道：“那让他们看着给吧，反正他们给多少，爸妈就给你多少嫁妆。”

这一个个财大气粗的，我真是惊呆了。我小心翼翼地问：“那要是他们给十万呢？”

我妈白我一眼：“那我和你爸也给你十万。”

我说：“那要是他们给几十万呢？”

我妈说：“那就也给你几十万。”

我甚至有种错觉，我家隐瞒我多年，其实我家巨有钱。于是我鼓起勇气问：“那他们家要是给几百万呢？”

我妈抄起擀面棍：“你把我卖了得了！”

最终我们商量好的数字是八万八。

韩玉他爸还专门打电话过来问，说觉得这数字是不是委屈了姑娘。

我爸豪迈地说：“没，我家就这一个闺女，我们全家都喜欢小韩，对方人好，钱就都不是事儿！”

我在一旁听着听着眼眶红了。

等韩玉爸妈这几天，我规规矩矩的，白天带他游北京，晚上乖乖回自己家睡。

我发现他比我认路。有一次我转向了，找不到家在哪儿，韩玉拉着我去搭车。过了几个路口我才认识，说：“哎，这不就是我家嘛！你真神了！”

韩玉给了我一个“您真行”的眼神，说：“这真是你家吗？阿姨、叔叔不会也是你租来的吧？”

韩玉不是晒黑了嘛，来我家前还剃了个利落的短发。我俩走在长安街上时，两百米的路被不同的便衣拦住了两次，都是要看他的身份证件。我把我的身份证也拿出来给警察看，警察说：“你的不用，我就看他的。”

韩玉十分无奈，回头和我说：“我就长得这么不像好人吗？”我说：“是啊，你要把全北京唯一的仙女拐走了，人家不看你的身份证看谁的？”

韩玉爸妈来那天，我爸带着韩玉去了机场。我担心我爸和韩玉在路上掐架，也非要去，我爸说：“你省省吧，你要跟着来了，他们三人坐后排挤不下，咱家车就这么大。”

我和我妈在家坐立不安地等到中午时分。我爸像个凯旋的战士，刚到小区门口就咋咋呼呼地给家打电话：“开门！”搞得街坊邻居都知道我家来客人了。

西北人真的从没令我失望过。

彭女士扛来了一根羊腿，剩下的礼物都是成箱地往家里搬，什么宁夏红酒、宁夏枸杞、茶叶……我家门厅那里堆满了东西。他们往家里搬东西时，我爸就站在门口，满面红光地和邻居说：“哎，这是我们的未来亲家，提亲来了！”

韩玉站他爸妈边上特乖，一副书生样，温润有礼。我蹭到他的边上拉他的手，他瞪我一眼，把我轻轻推开，光风霁月的。

我俩这事提得仓促，但似乎一切都水到渠成，总之我们没有操心什么事。好像只要我和他在一起，其他的就都不是事儿。至少我没担心其他的事。

所有东西都是他家临时准备的，韩爸直擦汗，一个劲儿地道歉，说准备不周，都怪他们家臭小子临时宣布，最后只得全家出动准备东西。他三叔去酒庄订酒，四叔去搞特级枸杞，五叔置办七七八八的东西，彭女士则是着急忙慌地去买三金。

彭女士还说："首饰什么的都准备了，就是没买戒指。"

因为韩玉说，西方有个传统是新郎用五个月的工资买订婚戒。所以他打算自己攒钱给我买，有纪念意义，可以当传家宝，以后传给女儿，传给女儿的女儿……

我认真地点头："没事的，没有都行！"我说话时韩玉隔着茶几对我浅浅地笑。

几个大人也都笑，我妈不好意思，拉我："这么大一姑娘，你矜持点儿成不成？"

我大声地表白："我就是特别特别喜欢韩玉啊！"我爸正喝茶呢，一口喷了。

我是一个慢热的人，不仅仅是学习上，很多事情要过好久才会意识到：噢，原来是这么回事。结婚也不例外。当时我只觉得新鲜，甚至有一种置身事外的错觉，于我来说韩玉在我身边就好了，见家长、提亲、领证……一切就像按了加速键，我没什么深切的体会。

我真正体会到婚姻和恋爱的不同还是在很久以后。

很久以后我才知道，那时我万事不操心，一心只想着赶紧和韩玉领证结婚，心里全是他。我以为所有人都和我一样，开开心心、懵懵懂懂，实际上呢，那是因为韩玉为我操心了所有的事。

他和我回忆当时。那天我爸和他一起去机场接他爸妈，一路往深了聊。我爸问他有没有想好，婚姻不是儿戏，他就我这一个闺女。在我不知情的情况下，我妈也单独给韩玉打过电话。电话里我妈还哭了。我很惊讶，问："她给你打电话都说了什么？"韩玉说，无非是她觉得一切太仓促，有些缓不过来。我妈并不是不满意韩玉，仅仅是觉得把闺女养那么大，闺女一下子有了更亲近的人，接受不了。

其实不止我爸妈，韩玉的爸妈一开始的态度也不是完全支持，他们的顾虑主要在我们即将异地相处，而且我四五年内不会回国。韩玉说他爸妈早在他出国前就在上海、西北都买了婚房，一直以来的打算也是希望韩玉回国发展，能在老家或是上海找个本地姑娘。只不过后来他遇到了我，计划全被打乱。

两个家庭里所有亲近的家人都找韩玉谈过，和他谈未来，把长辈能预见到的所有艰难困苦都列在他面前，就我一个人不知道这事。

后来提到这事，他说得轻描淡写，把它当作好笑的事来和我讲。可我仔细回味，他当时的压力一定不小。我真的完全没看出来！那时我只觉得他一切都胸有成竹，又温和淡定。

我问："那你怎么和他们说的？"

韩玉笑笑："还能怎么说？他们和我走心，我就也和他们走心呗。我把自己的底牌全亮出来，让他们放心。

"最后我说，遇见波波前我没有喜欢过谁，遇见她以后应该也不会再喜欢谁。如果我不是和她走入婚姻，那么婚姻不值一提；如果不是和她谈恋爱，那么爱情索然无味。当然我知道结婚不仅仅靠爱和激情，也是关乎责任与信任。我并不是冲动行事，既然决定来提亲，就是做好了在一起一辈子的准备。我对我自己有信心，也对波波有信心，所以也希望长辈们和家人们对我们有信心。"

韩玉对我坦白："也多亏那十几个小时的硬座。当时我要给手机攒着电，不看手机，也不敢睡觉，一直在憋尿，所以就拼命想事情转移注意力。我就想了很多，想过去，想未来，想婚姻，想爱情，想通所有事情后，火车正好到北京。"

他也想到过最坏的结果：无非早早步入婚姻，而后出现不可调和的矛盾，两人再分开。

我问："对哦，那你当时想的是怎么办？"

韩玉定定地看着我："我不会让这种事情发生。在数学里，这就是不可能事件。为了全面解题，你把所有情况都得讨论到，但是这个事件的概率测度为零。"

我追着问："可是万一呢？"

他说："没有万一。"

我回过味来："不对啊，为什么这种事情他们只找你聊，不找我？"

韩玉扯起嘴角："那我问你，和长辈们的饭局上，你在干什么？"

我想起来了，大人们聊结婚时，我只当和我没关系，在埋头吃饭以及抬头看着韩玉傻乐。

韩玉一副"我就说吧"的样子："那不就得了。"

他爸妈来提亲之后在北京待了几天，和我家一拨儿一拨儿的亲戚吃饭，我三姥爷、姑婆、大伯、姑姑、姨……家里所有人都知道韩玉端屎端尿地伺候了我大半年，也都知道韩玉高考数学是满分。

他们说我傻人有傻福，找了韩玉。韩玉则当着所有叔叔、伯伯、婶婶的面说："波波很聪明的，一点儿也不傻，而且找到波波也是我的幸运。我们是彼此的幸运。"

我们启程去上海前，我妈坚持要我们在中国照相馆照结婚证的照片。因为一切都仓促，韩玉的白衬衫是现买的，我还去洗发店吹了头。我反复叮嘱摄影师把照片给他修白点儿。摄影师还问韩玉是不是刚从部队下来。

领证其实没什么意思，我们真的在长宁区领的证，是当天第一对，拿号印的是 001。

韩玉说我一生要强，领证也要抢当天第一对。

领完证当天我本来想发朋友圈，打开微信后，才想起来我把自己的朋友圈关了。

这事说来话长。

简言之就是，朋友圈曾是我一部分焦虑的源泉。在我最迷茫无助时，我最想在朋友圈经营生活充实又优秀的人设。那时我会发一些在我现在看来很傻的日常，分享的目的在其次，装在第一。

我还不明说，就是暗暗地想让大家知道我过得很好。我发数学好难的朋友圈，是想让大家夸我聪明；我发减肥好难的朋友圈，是想让大家夸我瘦……我真的过得一塌糊涂，活得很虚伪。

而且每发完一条，只要一段时间内点赞的人不多，我就立马删掉，然后无限懊悔，开始反思自己，觉得大家是不是暗地里正嘲笑我，陷入更深的深渊里去。

正如我之前所说，我对自己的肯定来自他人的赞美。在我惶惶不安时，我反而迫切地想向周围所有人展现虚假的繁荣。我自己可以一塌糊涂，但绝对不能让别人知道我过得不好。我打肿脸充胖子，用短暂的外界吹捧完成一次精神吸毒，自我感觉良好，随后迎来新一轮的焦虑和空虚。

这种恶性循环的状态维持了蛮长一段时间，直到我遇到韩玉。

韩玉说生活是自己的，不需要让别人肯定，也不用怕别人瞧不起。他最喜欢关起门来偷着乐。他会带我认识所有朋友，但不会在朋友圈分享和我的故事。因为他说自己是金牛座，遇事喜欢攒着。最爱的人和事是不能分享的，他要留给自己。

然后我就下定决心删掉朋友圈。我不发自己的状态，也不去看别人。我知道我这人的臭毛病，没自制力，还喜欢攀比，那我就从根源上断绝了这种可能。

最后我就只是把红本本发给室友，发给家人，告诉了为数不多的真正关心我的人，也没再为此重开朋友圈。

在我年纪很小时，看各种影视作品，还幻想过我会拥有什么样的爱情。我和前男友分手时还曾恨恨地想，老娘以后一定要找个比你帅、比你优秀的男朋友，挽着他走到你跟前，就像所有电视剧里演的那种桥段，又爽又解气。

可真到这时候，我什么都不想。这真的是实话，我既不想让不相干的人知道，又无所谓谁知道不知道。领证不是那么轰轰烈烈，刻骨铭心，就好像出门买个菜一样稀松平常，顺其自然。这仅仅是人生中的一个节点，在那之前我奔向它，在这之后生活还在继续。

我独独在想：我真开心，终于可以光明正大地和韩玉睡觉了！

反倒是韩玉破天荒地发了朋友圈，红本本照片配他一贯的文字风格，很克制：“大家可以踊跃点赞。”

至今我想起当时领证还觉得不可思议，就像过家家，领完觉得什么都没变：咦，这就结婚啦？甚至同别人讲起，我也觉得没什么故事可讲，太无聊了。

韩玉淡定得很，似乎就该如此。一切网上常见的家长阻挠、谈钱谈崩的情况，我们都没有。直至结婚后好久，我才想起问韩玉：“你家没想着和我财产公证什么的？”

韩玉冷哼：“公证什么？你这个富婆要和我划清界限了吗？”

我说：“我哪里是富婆啊！”

韩玉说我是个呆呆。原来他还有件事瞒着我。

当时我妈在电话里还和他说：“波波的奶奶爷爷、姥姥姥爷把房子留给了波波。他们说，波波这孩子胆子小，又自卑，把房子留给她。将来她出嫁时一定记得和婆家说，咱们波波底气足得很，把房子卖了也是小富婆呢，不要让人平白看低了去！”

至此我才把之前的一件事联系起来。之前有一次我妈问我：“要不要卖姥姥姥爷、爷爷奶奶的房？”我当时还一头雾水，什么时候轮到和我商量这么大的事了？

我不明所以地哭了一鼻子，以为出国把家底花光了，我妈现在要卖房维生。于是我求我妈不要卖。因为家里的桌子、椅子、书柜、床都是跟着我从小到大的，它们身上岁月的痕迹也是我童年的回忆。它们还在的话，我就觉得祖辈的一部分还未离开，我童年的一部分尚存在。

我妈当时说好，没多说其他的。我还纳闷呢。

如今听了韩玉的转述，我泣不成声。我突然好想爷爷、奶奶、姥姥、姥爷呀。

他们如果还在的话，一定会非常开心吧。

我和韩玉说："要是我姥爷还在，他一定会给你做干炸小黄鱼、氽丸子，然后拍着你的大腿说，小伙子真结实啊！

"要是我爷爷还在，他一定拉着你看他的破烂儿收藏，还会给你看我小时候的照片，告诉你扎着冲天辫的我有一个外号，叫菠萝鬏鬏。

"我姥姥爱吃甜食，她会给你吃街道口买的江米条。

"我奶奶喜欢帅小伙，她会左看看你，右看看你，然后夸你长得正。"

…………

我发现，房子没有让我不自卑，富婆也不会让我不胆小。有关物质的一切的确是我焦躁的原因之一，但令我回归安宁的并不是物质，而是理解与爱。是有关爱的一切救了我，让我觉得自己值得被人爱。

当我想起爷爷奶奶、姥姥姥爷，发觉哪怕他们不在了，依然底气十足。

我和韩玉说，我是不会卖房子的，也不会扔旧家具。直到我很老很老了，变成老太婆，我还要去姥姥、奶奶家逛一逛，坐一坐老摇椅，翻一翻奶奶看过无数遍的《知音》。

韩玉只默默地抱着我说："好呢。"

领证没意思，我同韩玉回老家才有意思。

他家的亲戚多得超乎我的想象。我去时还自信满满，因为虽然学习时记忆力不好，但记明星的脸和名字简直一流，不就几十个亲戚嘛，小菜一碟。结果进门我就傻了。

不说别的人，就他爸和他那四个叔叔，简直像一个模子里刻出来的，不是多胞胎，胜似多胞胎。

韩玉领着我在客厅里转着认人，我认一个忘一个。从二叔数到三姑，从大姨认到五姨奶。

几个叔叔给红包时，我浑水摸鱼，喊："谢谢……叔。"

那个表示数字的字眼被我囫囵带过，一律发音成嗯。他们即使觉得奇怪，也顶多是觉得北京人吃字好严重！

我穿得乖乖的，特意穿的带领子的长连衣裙，还梳了低双马尾的麻花，就像《我的父亲母亲》里那个造型。家里几个妈围着我唠嗑："波波好文气哦，一副学生样，咱家小玉原来喜欢这个类型的。"

韩玉有个上小学的弟弟，搬着凳子坐客厅里写暑假作业，时不时地抬眼瞅我。韩玉拍他的后脑勺："偷看什么呢？"弟弟说："嫂子真好看。"韩玉说："好看吧，是我的。你赶紧写你的作业。"

韩玉那个挂了科目二的弟弟是之后进家门的，进门时兴奋地大喊："嫂子来了吗？我要看嫂子！"

他马上升高三的堂妹拉着我："嫂子，我们明天去做指甲吧！"我刚说好呀，妹妹扭头就向韩玉伸出手机："哥，微信给我转钱，五百！明天我带嫂子去做美甲！"

匹克蹦到我的腿上，被韩玉捏着拿下去。匹克又开始疯狂地摇头咬他的拖鞋。

乌泱泱、乱哄哄、热闹闹，我的心满腾腾的。

吃饭时众人分两桌，一桌能喝酒，一桌不喝酒。我公公让我和韩玉坐喝酒那一桌，说今天开心，我们不喝也坐过去，几位叔叔要敬我们酒。

没吃几口饭，开始要喝第一轮酒，韩玉一脸紧张，帮我推："敬的话我喝就行，波波不喝。"

几位叔哄闹："哎，那儿有果汁啤，度数低。"

我乖乖巧巧，拿起杯子冲我公公说："不用，咱直接上白的吧。"

他们没听清，先是一愣，而后瞪大眼睛。韩玉将手盖在我的杯子上："别逞能。"然后他压低声音说，"他们可能喝了，是中国糟粕的传统坚定继承人，没必要接他们这茬。"

我公公也点头："几位叔从小看小玉长大的，今天开心，图一热闹，不逼别人喝。你们小娃娃意思意思就行了，不用逞强。"

我故作懵懂地摇头："没事的，今天我见到大家开心，所以也想敬各位长辈。”

韩玉在一旁十分绝望，只觉得我太天真，不懂世间的险恶。他把手攥紧又松开，看着别人给我倒酒，还一个劲儿地说：“可以了，一个杯子底就够了。”

我心里暗笑。我其实酒量超级好，只是低调而已。之前在姥爷家陪姥爷喝白酒，在爷爷家陪爷爷喝黄酒，之后我金盆洗手退出江湖，只因酒的卡路里高，为了减肥所以不喝，但不代表我不能喝。

酒过三巡，韩玉率先趴在了桌子上。

二叔开始脸红，眼也开始红，使劲儿捶着韩玉的后背说：“小……小玉，从小……那是……真聪明、懂事！老韩家的、家的、骄傲！”

我举杯：“是啊，我敬几位叔叔！”

三叔扒拉着盘子里的鸡胗，夹了几下没夹起来，指着盘子开始忆当年。

我举杯：“真是不容易，我敬几位叔叔！”

四叔开始哭：“小玉出国，第一年没回来过年，我们都想他！”

我举杯：“以后过年我们争取都回来，我敬几位叔叔！”

五叔把小堂弟叫过来：“你跟你嫂子说，哥哥是不是你们的榜样？”

我举杯：“韩玉真的很好，我敬几位叔叔！”

我公公闭着眼睛揉太阳穴：“老二、老三、老四、老五，你们当着韩玉媳妇面儿哭，一点儿叔叔的样子都没有！”

我举杯：“没事，大家开心嘛，我敬几位叔叔！”

…………

最后几位妈还有我婆婆把大老爷们儿全拖到沙发上，韩玉的爷爷在一旁哼：“散德行。我不管了，去睡觉了。”

二妈嗑着瓜子在一旁笑：“真是人不可貌相，波波争气。可算是找到能治这几块料的人了！”

韩玉几乎挂在我身上，我们一起走回小家。小区里的路灯光微弱，西北夏天的晚上很凉爽。

回到家躺床上他还神志不清，嘟嘟囔囔：“你们不要灌我媳妇儿。”

我用热毛巾帮他擦脸，轻拍他："没人灌我。"

我不灌别人就谢天谢地了。

然后他开始呵呵乐。大晚上家里黑灯瞎火的，就我俩，还挺瘆人。

他扯着嗓子开始唱：

"人生短短几个秋啊，

不醉不罢休，

东边儿我的美人哪，

西边儿黄河流……"

我打他，说："你疯了吧，人家邻居该有意见了。"我被他一下子翻身压住，他看着我就像在看陌生人。

韩玉一下下地点着头，醉眼蒙眬，眼神涣散，随后又慢慢聚焦，终于认出我，喷着酒气吻下来："是我的美人儿。"

第一年的异地相处是最苦的，韩玉还没搬去多伦多，我俩一个在 A 城，一个在 B 城，见一面单程要坐将近九个小时的大巴。

我们从老家回来没多久就返回了加拿大。老韩租了辆车，一路开到 A 城帮我找房搬家。

找房时我又犯老毛病了，净看那些便宜的合租房。一栋大 house（独立屋）里分了好几间出来租给留学生住，三四个人用同一个卫生间，男女混住，一屋子人分享一个小厨房。这种单间一个月只要五六百美元。

A 市算是大城市了，消费水平高，一居室要 1000 美元往上，我真的舍不得。梁教授给我的工资其实不低，但我想的是能攒一些是一些，不想一大半的钱都用来租房。

韩玉认真听完我的小算盘直乐，因为我给他算细账，比如租房多少钱，吃喝多少钱，能攒多少钱，还有一项是吃喝玩乐的花费，分了 20 美元给这项。韩玉问："20 美元能怎么'吃喝玩乐'？说来我听听。"我说就是买奶茶呀，买奶茶是我唯一的吃喝玩乐预算。我计划一个月攒 100 美元呢！

他一本正经地噢了一声，说："你一个月不到2000美元的工资，计划出了10000美元的气势。那你好好攒，加油，争取攒出一辆兰博基尼。"

我气哼哼地说道："不要瞧不起咱这工资好不好？！我还在读书，确实赚得少。但好歹是结婚的人了，不给咱家赚大钱，至少不要拖后腿。"

韩玉说："小财迷。赚钱的事交给老公来做，你可是要在学术界大放异彩的人，不要因小失大。你想啊，你住了闹哄哄的合租房，万一人家不洗碗，不搞卫生，再有个矛盾什么的，多得不偿失？你现在的工作就是要专心学术，以后有你赚钱的时候。目光放长远，你是咱家的潜力股，到时候我可就指望你了。但这几年你就不要想着攒钱什么的了。"

最后韩玉领着我去签了一套离学校很近的一居室，一个月租金1150美元。我心疼得直咂舌。

但等我走进房，宽敞的客厅，明亮的巨大窗户，几乎能摆进一张床的衣橱……我兴冲冲地指着阳光最好的角落说："咱们家的牛油果小树要摆在这里！"韩玉插着兜站在门框那里冲我笑着点点头。

他在A市陪了我三天，白天去宜家买沙发，买床垫、床架，买书桌，买各种日用品，晚上就是组装。这三天筋疲力尽，我都来不及想我们马上要分开的事情。直到最后一天晚上，一切都忙完，我俩去超市囤我日常吃的食物，我才有了"啊，韩玉要走了"的真实感。

他开冰柜帮我挑速冻pizza（比萨），半侧头给我讲哪个牌子好吃。冰柜门开着，冷气出来都结在玻璃上，一扇结霜的模糊玻璃隔开了我俩。

他一边挑一边絮絮叨叨，不仅讲pizza的事，还叮嘱我日常一定要记得好好吃一日三餐，买速冻食品只是以防万一，不是让我天天吃之类的话。我突然就不吭声了。他说了一会儿，关门往购物车里放东西时，看见我低头在货架旁吧嗒吧嗒地掉眼泪。

韩玉先是惊讶了一刹，随后意识到我因何在哭。他看了看周围，这一溜过道并没有人经过，于是直接扯过我的胳膊把我的头按在他的胸膛上。他亲了亲我的头发，说："别哭了猪猪，我也舍不得啊。"

我揪着他的衣襟闷声哭，泪水打湿了他胸前的衣衫。我说："我不想你走。你可不可以再多待一天？"

韩玉在我头顶缓缓点头："好，那我回去给老板发一封邮件。"

我抓紧他的衣角，热泪一颗一颗地滚出来，说不出地委屈和不舍。

我哭了一会儿平静下来，又抬头认真地看他："你还是准时入职吧，我怕老板对你有意见。万一扣你的工资怎么办？"

他扯开嘴角微笑："好。"

那天晚上我俩在床上交流夫妻感情，可能因为离别的愁绪作祟，生理上的疼被心理上的忧愁掩盖住，我的心和我的身体都颤悠悠的。

公寓在 14 层，从卧室看出去是一片茂密的红杉林。月光是鹅卵石的颜色，于是我们没有拉窗帘。

韩玉抱着我横躺在床中央，支撑着手臂静默地看我，用手指一下一下地拂着我的睫毛。我问他在看什么。

他说看月光，看妻子。他还说："你真美。"

我眼眶红红的，鼻音很重，说："都怪你。"

他："怪我什么？"

我："怪你对我太好。你要是对我不好，我就不会这么舍不得，就不会这么难过，不想让你走。"

韩玉轻声笑，低下头来，凑在我耳边说："那我现在要对你做不好的事了，你可不要哭。"

早秋的夜湿润又缠绵。韩玉低吼着在我的身体里震颤，愣怔了一会儿，有些许懊恼地抱着我去浴室。

花洒下，他蹙着眉说："今天你的叫声好不一样。一两声我就几乎要投降了，一直忍着。"

我细声细气地说："因为今天好舒服。"

他仔细地打量我，看我不像在说谎话哄他，于是缠着我给他描述怎么个舒服法。我想敷衍，用网上用滥了的词语描绘，他不高兴，捏着我的脸蛋说："你不是语文好吗？给我说得详细点儿。"

我开始用文字给他“开车”。他认真听，直到身体又有反应。他暗骂一声，笑着又来揉我：“你真会描述，不愧是语文课代表。”

第二次滚床单是在沙发上。我俩面对面，他坐着，托着我的腰。到最后我的头要耷拉在他的肩膀上才行。他说：“你怎么像没骨头一样，要我帮你撑着才行？”

我有气无力，又头晕晕的，脚趾一阵蜷缩一阵绷紧，小声和他说：“舒服呗。”我说完那个轻飘飘、缠缠绵绵的“呗”字，他又是一颤。

第二天韩玉要一大早就开车上路。他早就定好了那边的房子，是学长转给他的一个大开间，地段不错，就是公寓很旧。我看过照片，厨房昏暗，窗户冲着大马路，木地板还翘起一块。

我不太开心，和他说：“给我租好公寓，你怎么自己就住破的？”韩玉说：“没，学长中途跳槽，房子签了一年，违约要交违约金，不如转给我。反正就一年，一年后我去多伦多了。”

他光着膀子穿着大裤衩在给我煎蛋，我在背后抱着他，特别不舍得，伸手慢慢探进他的内裤边沿。他用手肘压住我不老实的胳膊，油花溅起来他立刻用手臂挡，随后无奈地笑着回头看我：“别闹，你老公一会儿还要开长途车，我怕腿软，到时都踩不住刹车了。”

吃饭时他还啧啧，说我尝到甜头就要适可而止。我则苦着一张脸，盘算着什么时候才能抽出时间去找他。

韩玉不让我去找他。他说他的公寓又破又小，新婚本就仓促，都没给我买戒指，更不想看见我在小破房里的身影。他本来的打算也就是在那里凑和一年，然后搬去多伦多买房买车。我这里住得好，他有空了就来找我。第一年我们先这么应付过去。

我说：“那又怎么了？你怎么还把我当外人了？”

韩玉不语，越过饭桌来拉我的手，半晌道：“男人都要面子的。求你了，老婆。”

韩玉启程时，扛起电脑包拖着箱子下楼。他叫我不要送他，我就眼巴巴地在门框旁看他等电梯。我俩隔着几米远，他时不时地冲我招手：“回去吧，关门，不要用那种眼神看我。”我却站着不动。

电梯叮的一声到了，门开了，他再一次转头看我，我泪眼蒙眬地说了句蠢话：“你不要不要我。”

他低头，深沉地叹了口气，把东西咣地放在地上，大跨步走过来一把抱住我。

“怎么会不要你，笨蛋。”韩玉道。

他说，我此时的眼神和那一晚在X城是一样的。就是我俩第一天一起放学回家那晚，我像只被人丢弃的狗狗，或是别的什么小动物。

在A市的一切生活都是全新的，就像两年前到X城一样，我又要重新开始熟悉一座城市。可和两年前不一样的是，那时我像个在天上飞来飞去的塑料袋，如今我像棵扎根发芽的牛油果树。

韩玉走前还专门给我买了颗牛油果。他说新种一株，盼它生根，盼它发芽，盼它抽枝，然后一年就很快地过去了。如果运气好的话，这棵新的还能和现在这棵做情侣，生小牛油果。

大黄被我放在床头，韩玉对大黄说：“你从银川来，现在好好在A城陪妈妈。”

我们每晚都打视频电话，对着手机做饭，一起看综艺，洗澡时也要一起洗，脱光光互相欣赏对方的身体。我检查他的腹肌还在不在，韩玉说：“多看看年轻男人的肉体吧，过几年就不这么美好了。”

其实真正忙起来后，我也就不那么难过了。

在学校我一个朋友都没有，比在X城还孤独。可我很充实，上课、搞研究、带学生的习题课。

记得第一次去给学生讲课时，走进那种上百人的阶梯教室前，我紧张得几乎晕厥过去，是赚钱的信念救了我。我当时一边按着人中一边想：波波，不要怕，你是个有家室的人了，讲课才能赚钱，赚钱才能养家。管他英语好不好呢，只要你不尴尬，尴尬的就是别人！

讲课的实际效果比我想象得好。因为我走上讲台时，全班没一个人认为我是老师……大家该讲话讲话，该看手机看手机，直到我拿起粉笔在黑板上写下第一道题时，全班的人才安静下来。

我嘴上说着习题，心里想着：嗯，很好，一小时赚38美元，一小时赚38美元……

一个人的夜晚不再像以前那么入睡困难。除了有一次，来年的三月。那晚A城暴风雪，我从阳台望出去，目光所及全是厚重的白色。屋外狂风呜呜的，两层玻璃都挡不住那种嘶吼的声音。风声扰得我心烦意乱，我便开始听电台的歌。

听着《当冬夜渐暖》，孙燕姿的声音一出来，我眼泪也出来了。我抱着大黄在想，还有四年啊。

这不是我自杀歌单上的歌，但我也不敢再听，点进喜马拉雅开始听郭德纲的相声。

我的脆弱似乎并没有减少，但我慢慢学会了很好地避开它。就像世界一半是光，一半是黑，我选择走在光的这一半，并且接受黑的存在，只是不去看它。

暴风雪过去的那个周末，韩玉没来。周五下课，我从办公室往外看，看到树枝的枝丫上站着一只红肚子Robin。我打开电脑，开始搜大巴票，打算偷偷跑去B城找韩玉。

这边有两种出行方式，一种是坐火车，一种是坐灰狗大巴。坐火车要快一些，但是临时买票很贵，而且车次少。韩玉所在的B城是座比我们上学时的X城还小的城市，没有直达站，火车中途还要转大巴，很折腾，我还不如一开始就选大巴。

于是我选了灰狗大巴。最近一班的票是夜里十二点半，夜间车开得慢，到B城要周六中午了。我想着也挺好，韩玉可以踏踏实实地睡个懒觉，然后一睁眼就能看到我。

从学校出来，我特意去了趟超市，买了路上吃的水果拼盘、三明治还有果汁。

晚上回到家，我照常和韩玉视频通话。我没告诉他我要去找他，所以于他来说这只不过是最寻常的一个周五晚上。

他在电话那边腌鸡胸肉，然后下锅煎，刺啦的热油声中，兴致勃勃地给我讲工作上的趣事。我不在他身边时，他吃得非常健康且清淡。他的晚餐就是两块鸡胸肉配芦笋，外加半杯柠檬苏打水。只有和我在一起时，他才会下馆子点很多种菜，我一样吃一点儿，剩下的都是他解决。

我一直很迷恋他手臂和腰间的肌肉线条，每次见到都要夸，然后像个流氓一样摸啊摸，甚至上嘴啃。一开始他并没觉得自己身材好，被我夸多了，久而久之开始有包袱，时常对着镜子拗手臂，有时还惊慌地问我有没有觉得他的胳膊变细了。

家里买了小哑铃和瑜伽垫，都是他在用。我问他为何如此努力，他说不努力不行啊，不努力会被老婆嫌弃。总之，他是个很会保养的boy（男孩）。

我还问他，在他十几二十岁时有没有想过有这样一天，一个女孩子天天馋他的身子。他很认真地回答我，在他十几二十岁的时候，每天就想着打篮球，逃课去网吧和兄弟们开黑打游戏，没有想过这个问题。非要说的话，就是偶尔的时候，周围有女朋友的哥们儿会跟他们吐槽女生好麻烦啊，动不动就发脾气，逢年过节还要记得送她们礼物。

那时他暗自庆幸，还是一个人比较自在，打游戏，打篮球，和哥们儿混在一起。

“然后呢？”我问。

“然后啊，”他说，“然后我发现游戏没有老婆好。没有喜欢的人时，觉得自由最重要。有了喜欢的女孩子，恨不得一天二十四小时都跟她黏在一起。想和她有一个家，每天有说不完的话，做色色的事情，去全世界旅游。”

我还挺好奇他会不会和哥们儿吐槽我。

他说有的人会，但他不会，一是不想和任何人分享我的细节，二是没有可吐槽的事情。即使有矛盾，两人内部解决就行了，干吗让周围人知道?

金牛座的人嘛，领地意识比较强，他自我剖析着。

时间是中午十二点半的车，我十点半去洗香喷喷的澡，十一点和韩玉说我要早点儿睡觉。

盯着差不多到十一点半，我出门搭车去大巴车站。这边的夜晚即使不下雪，地上也全是被人踩得硬邦邦的泥雪。冷风打在脸上吹得人生疼，我系紧围巾，一步一滑地往前走。风好大，我从公交车上下来走到大巴车那里，短短几百米，人几乎被吹没了。

出门前我的手机电是满的，平板电也是满的，背包里是吃的、喝的、充电器，心里是韩玉。我想着刚刚挂视频电话前他那不舍的眼神，他问我今天为什么睡得这么早，我说困了，他说“好吧，亲亲老婆”。我几乎就要脱口而出“我是来看你呀笨蛋，明天我们就能见面啦”！可我忍住了。他也很累的，我要是告诉他我现在去坐车，他肯定一晚上睡不好。

车站里稀稀拉拉地坐着搭晚车的垂头耷脑的乘客，我则像个斗志昂扬的小战士。根本没人在排队，我却抬头挺胸站在第一个，准备检票完第一个冲上去抢个好座位。

我把大黄也带上了，装进塑料袋里，怕路上弄脏它。我拎着装好大黄的塑料袋，在心里和它说：带你去看爸爸！

一路颠簸，我坐在司机边上的位置，据说这个位置最危险。但我就喜欢这个位置，我称之为王之宝座。因为我在这里可以看到前方的路，有种睥睨天下的感觉。我特别喜欢坐长途车时看着路发呆，看路由小变大，然后被甩在后面；我还喜欢看司机变道超车，有时离前车太近时我还会下意识地点右脚，假装帮司机踩刹车。

一路上其实根本不无聊的，没有在夜间赶过路的人大概不能体会。夜里的高速上全是大货车。我看着那些大货车晃晃悠悠，有些心惊胆战，但又有一种在玩超级玛丽的既视感，超过一辆就是过了一关，过了一关就离韩玉更近一些。

路上我刷了刷微博，发现韩玉一两点时还没睡，转发了一条阿森纳的资讯，点赞了一个家常豆腐的做法。我想找他聊天，但想着会露馅，就又忍住了。可是我没想到韩玉主动来找我了。

他给我发微信：

“老婆，你应该睡着了吧？也没大事，就是突然想到你戴着眼镜，眼镜从鼻梁慢慢往下滑的样子，我觉得很搞笑。还有你上次说A城有家新餐馆开业，自己一个人不敢去吃，那下次老公去找你，我们一起去吃好不好？

“一年期满我一定换组去多伦多。现在这个组bonus（奖金分红）确实高，但B城治安真的不行，工业城市，城建差，城市脏乱。刚刚我还听见马路上有人大嚷大叫，奇奇怪怪的人好多。”

…………

“可能我是想你了吧，猪。”

好长好啰唆的微信。我看微信抬头那里还显示“对方正在输入”，可是等了半天，再没有新信息发过来。最后他只发了一个小刘鸭盖被子的晚安表情。

我的这颗心哟。

早上八点，大巴暂时停靠多伦多。

我下来活动手脚，小腿胀得不行。我这人特别容易水肿，估计现在把裤腿撩上来看的话，小腿一按一个坑。

早上的空气好好哦。我环视这座大都市，天空是尤加利青色，空气中有着冬天独有的淡淡焦味儿。我给自己打气，还有最后一个半小时就到了！

多伦多这个车站在卖很火的芝士蛋糕。国内早就过气了的特苏叔叔，这边刚刚开业。我站在橱窗前往里看，发现要中午十一点才开门，有点儿失望，于是转去旁边的店随便买了盒好看的甜甜圈。

车开前我冲去厕所洗漱，换上隐形眼镜，画了眉毛和唇彩。因为要见韩玉了，我不想蓬头垢面的。

为了稳住韩玉，我特地早上六点多时给他发了微信，说我要睡回笼觉，中午再找他。

重新坐上车时，我的心怦怦跳，做什么都没法集中注意力了，我也不想刷手机，干脆看外面。

B 城的中央车站小得可怜。我以为自己认路没问题，看了谷歌地图一眼就立马把流量关掉，以至于出站时走错路，走到一个没人烟的桥洞底下被一个流浪汉缠住，非要我给他钱。我掏了两美元硬币打发他，心里害怕又憋屈。

我脚步匆匆地跑到有人的大马路上，才舒了一口气。

这是我第一次来 B 城。城市确实又小又破又脏。大周末的早晨行道寥落，一个被风吹着的塑料袋飘到空中，让我有种丧尸围城的末世感。

韩玉的住处在市中心，这边主干道总共就两条，一条 Queen（皇后）街，一条 King（国王）街，所以很好找的。

我找到他的楼下，一栋四层的老公寓，从外面看过去有点儿像闹鬼的房子，每一间房的窗框旧得就差挂一张蜘蛛网了。

我买了杯热咖啡焐手，躲在对面的咖啡馆里给他打电话。

“睡醒了？”他接起电话，习惯性地邀请视频电话，我把视频电话挂断，继续打电话。

“你下来一趟，来你对面的咖啡馆。”我说着，偷偷溜到咖啡馆的外围侧面。

“怎么了？”他有些犹疑。

“嗯，那个什么，我有个朋友去 B 城，我托她给你带了样东西。她现在就等在你家对面的咖啡厅，你赶紧下楼拿一下。”我编瞎话。

“什么东西呀？”他那边窸窸窣窣的，估计在穿外套。

“吃的。”我说。

“噢。谢谢老婆。”他说，“那我挂了出门，一会儿拿到再打给你。”

过了几分钟，我看见韩玉从公寓楼出来。

男人行色匆匆，穿着黑色夹克，戴着黑色绒线帽子，一张脸又白又凌厉，我惊艳到咽了下口水。他总算捂白回来了！

我看着他进了咖啡馆，左右张望，没看见我那所谓的“朋友”。他就站在窗户边，拿起手机要给我打电话。

我顺着墙沿溜过去，挺直腰杆，像他在蒙特利尔敲窗那样敲了敲玻璃。

韩玉转身，我俩对上了目光。我看他凝聚目光，向下展了展眉头，一瞬间竟以为他要哭。

隔着玻璃我喊了声：“老公！”我的嘴巴要咧到天上去，眼角却有泪花。我根本按捺不住继续装酷，几乎是蹦着就进了咖啡厅。

我们紧紧拥抱，他抱着我几乎让我的脚离地。咖啡厅全是老爷爷、老奶奶，隔壁桌一对老闺密捂嘴看着我俩笑。

韩玉把大手捂在我的脸蛋上，低头看我，眼里、嘴角尽是温柔和惊喜之色。他问我冷不冷，把帽子摘下来戴我的脑袋上，瞬间我的眼睛就被盖住了。

他被我的样子逗笑了，把帽子边沿卷上去，帮我把眼睛露出来，随后就开始亲我的眼皮。

我挡他：“戴着隐形眼镜呢！别乱亲。”

他才发现我化了淡妆，假模假式地说：“这谁呀？真好看。哦，是我老婆。”他说完奖励了我一个鼻尖亲亲。

我俩换到咖啡厅外面腻歪。我不知道韩玉此时是怎样的心情，反正我超级开心，但总有一股一股的哭劲儿往上涌。因为我真的太想太想他了，见一面也真的是不容易。

我们异地恋以来，都是他往我那边跑。每次他说周末要来，我就开开心心地等，根本不知道旅途这么辛苦。

韩玉说："来怎么也不告诉我一声？"

我说要给他惊喜。

他叹了口气："那你也应该早点儿说，这样我从昨晚开始就能开心了。"

我说："可是那样的话你就不让我来了。"

他想了想，点点头。

他说："走，带你去吃饭。"

吃饭时我俩的手几乎一直拉着。他问我累不累，我说不累。

我说就是想吃完饭回家睡一觉。提到回家，他默不吭声。

"家里有点儿乱。"韩玉的语气有些微妙。

我捕捉到了他的不自然，笑着调侃："怎么？不会家里有别人吧？说，你是不是背着我有别的猪猪了？"

他接我的哏："是啊，怎么办？被抓包了。"

气得我在桌子底下狠踩他的脚。

吃完饭我俩手拉手往他的公寓走。进了楼道，我发现好黑啊，而且没电梯。我们走楼梯上三楼，那个木地板嘎吱嘎吱地响，过道逼仄，还有一种奇怪的霉味。

韩玉一直讷讷的，好像有心事。

开门时他掏钥匙掏了半天，才磨磨叽叽地把钥匙拿出来。门开到一半，我刚要进去，他一把扯住我，把我拉出来。

他死死地扶着门，紧抿嘴唇，眼神带着恳求。我十分不解。

他露出一种我看不太懂的、有几分勉强的笑："咱们出去找家酒店住吧。"

韩玉的长臂挡在我和门之间，不让我进去。我一时没反应过来他的意思，抬头愣愣地看着他。

这时对面单元门开了，先是传出一股若有似无的大麻味儿，随后一个朋克装扮的小年轻拎着垃圾袋晃晃悠悠地走出来。他好奇地往我们这边看了一眼。韩玉立马欺身过来，将我半包着挤在角落里，用身体隔绝了小年轻看向我的视线。

我的脑袋被他压在他的脖颈间，那股麻味儿被韩玉卫衣的清香挡住。韩玉的粗重气息喷在我的耳后，我只听到他低声恳求："老婆，别进去了……屋里乱得很。"

我不说一句话，只觉得太阳穴重重地在跳，一下一下的，同时喉咙很干，精神上的疲惫感排山倒海般涌上来。

待小年轻回到自己的房里时，我才涩声开口问："只是乱吗？"

韩玉没底气地嗯了一声，他自己的语气都不确定。

我毫无感情地说："你让我进去。"

他按着门没有动。

我瞪他，他避开视线。

我俩静默地僵持了几秒钟，我再次开口，直接严肃地叫他的大名："韩玉。"

只说完这两个字，我就哽咽了。我其实没法对他凶。事已至此，我已经猜到是什么情况了，身体因为情绪太激动开始抖，不是冷的那种抖，控制不住。为了维持威严，我没继续往下说。

大概是察觉出我的哭音，韩玉受不了这个，叹了口气，才把手放开。

我把门一下拉开到最大，将身上的行李甩在门口，赌气一般冲了进去。

刚进韩玉的住处，我的心就凉了半截。

屋里太破了，比照片上还破。照片好歹是他找了角度和光线拍的，只是显得旧，但实际情况非常糟糕。

我小时候家里住过一段时间筒子楼，那里的墙和水泥地看起来都比韩玉的住处干净。

墙角爬满了黑色的霉菌，木地板上一块一块的黑斑，说不上来是泥还是口香糖的脏垢。

厨房的柜门少了颗螺栓就那么晃在半空。下水管时不时咕噜噜地往上泛水，每次泛上来还带上一股奇怪的味道，像超市生鲜区那种腥臭。

韩玉的锅碗被他洗净用厨房纸垫着小心翼翼地晾在外面，没有被放进橱柜。于是我打开几个橱柜抽屉，发现里面也尽是霉菌，木板非常脆，还有掀起的木刺。有一个抽屉拉出来就推不回去了，我使劲儿地咣咣地推它，和它较劲。我咬着牙几乎被气哭，仿佛它们平时都在欺负韩玉。

然后，韩玉拉住我的手，温声说："我来吧，知道怎么把它塞回去。"

他的手刚要碰到我，我就缩回去了。我冷着一张脸不理他，扭身往里走。

屋里很暗，顶灯发出微弱的橘黄色光。墙顶的角落还挂着蜘蛛网，地上有一团黑色污迹，我第一眼看以为是老鼠或是蟑螂，几乎要叫出声，结果那一团东西一动不动。我走近一看，仅仅是脏东西、灰尘、毛絮。

我鼻子发酸，又进卫生间看。浴缸的边沿是奇怪的暗黄色，里面泡满了韩玉的衬衫，上面浮着白色的洗衣液沫子，估计刚被他泡上还没来得及洗，他就被我叫下去了。

我声音颤抖，指着衣服问他："你怎么不用楼里的洗衣机？这天多冷啊，你手洗？"

韩玉苦笑了一下。

他没说话，但我明白了。楼里都是些什么人啊，他不敢和他们共用洗衣机。想到这里，我的心猛然抽了一下，然后似完全碎掉。

因为是开间，卧室没有门。他的床摆在一个移动衣架后面，勉强隔绝了餐厅和卧房。

房间很吵，一是因为房间面冲大马路，二是因为排风扇一直在发出嘈杂的呜呜声。

房间也很冷，我穿着羽绒服进屋，都不觉得热。我用手探了探暖风口，那里微弱地往外送着聊胜于无的暖风。

“它这个温度没法调，楼里统一设置好的。”韩玉的声音在我身后响起。

他给我解释：“其实还好，我怕热，不怕冷，所以住起来觉得刚刚好。”

家里全是他从学长那里收的不值钱的旧家具，就算是只住一年，他也不可以这么凑合。

我不想回应他，一开始那种想哭的劲儿被我压了下去，现在只觉得要被气死了。

我气他不告诉我，气他为了省钱住这么个破烂地方，也气自己没有早点儿过来看看，没有早点儿发觉。我俩视频通话都在晚上，每次他找的角度都让我恰巧看不到那些一塌糊涂的东西。聪明人想要隐瞒一件事简直易如反掌。这次要不是我心血来潮，来个突然袭击，估计一辈子都不会知道在这一年他曾住过这样的地方。

看我不理他，韩玉挂着赖皮的那种笑过来拉我的手：“老婆，别不说话，理理我。”

我把他的手甩掉，他又抓住我。我不耐烦地嘶了一声，用双手抓住他的胳膊，把他按在墙边。

他像个被罚站的小学生一样，明明力气比我大好多，但此时被我按着，动都不敢动。

我试图冷静，于是问：“这里一个月多少钱？”

韩玉语气轻松地说道：“包水电暖，880美元，地段很好的，我都是走着去公司。家边上还有华人超市，非常方便，东西种类多，还有早餐……”

我冷冷地瞥他：“没问你这些。”

他点头，说了一声“好”，一脸淡定，没了刚刚在门口的惊慌。

我被他那一副坦然的样子气到，压住这股无名火，又问：“学长转lease（租约合同）给你时，你是知道这个情况，还是不知道这个情况？”

我其实是想问他有没有被骗。从某种程度上说，如果他接这个lease时不知道具体是这样，那我可能心里还会好受些。

可是韩玉没说话。他多聪明呀。

我点头："懂了，你接的时候就知道房子是这样。"

韩玉收起了面上的不严肃之色，以及大事化小的笑意。

我狠狠盯着他。他只是回我以平静的眼神。

我紧咬嘴唇，把喉咙里翻涌上来的酸涩感憋回去，开口却又带上哭音："为什么呀？"

"为什么呀？"我重复了好几遍。

我真的搞不懂，韩玉以前不是这样的。是他口口声声教育我，要在能力范围内吃住都用最好的。他为什么要这么委屈自己？

韩玉把手抬上来，想要摸我的头发，我避开，大声说："你不要碰我！回答我的问题！"

他喉头动了动，随后哑声道："其实还好。"

好什么。

我使劲摇头，使劲跺脚，歇斯底里地叫道："哪里好了？你住在垃圾堆、破烂房！这里又臭又脏又冷！呜呜呜呜，你住在垃圾堆、破烂房……"

我真没出息，自己被自己想出的词语气哭了：垃圾堆，破烂房。

我是真的心疼。

他用指腹帮我抹眼泪，柔声道："哪儿有你说得那么夸张啊。独立间，有厨房，有卫生间，很好了。就一年，宝宝。哦不对，现在就还剩半年了。"

我拍掉他的手，眼带着泪花瞪他："一天都不可以！你现在立刻去退房！我们去找好公寓租！出多少我来付钱！"

我拉着他往门口走，他一动不动。我死命拽他，韩玉拖住我的手肘，略略使力便把我拽回到他的怀里去。他捂着我的头说："说什么傻话，你的不就是我的？我们是一家人。冷静一点儿。"

我张牙舞爪，想要挣脱他的怀抱，眼泪流了出来，却被他搂得更紧。最后我要咬他的脖子，牙刚触到他的皮肤，那里带着外面的寒气。我心一颤，热泪滚滚，立马就舍不得了，下意识地闭嘴。我因为心疼韩玉反倒自己委屈上了。

韩玉觉察到我偃旗息鼓，于是出声哄我，拍我的后背，帮我顺毛："老公好着呢。你不要自己脑补。这里是旧了一点儿，只是我工作忙没时间收拾，稍稍收拾一下就会很好的。"

我反驳："那你刚刚为什么不让我进来？"

韩玉嘴硬："怕你冷。"说完他又赶忙补充，"我不觉得冷，但你应该会冷，所以说带你去住酒店。"

我哼了一声，心头有无数可以反击他的话想说，但开口变成了这句："你这个样子，会让我觉得和我结婚是一件很差劲的事。"

韩玉身子一震。

我继续说："你之前不是这样的，我一直以为你会很好地照顾自己，一直以为我才是那个目光短浅、喜欢将就的人。咱俩刚领证，然后你就为了省钱住这样的地方，还瞒着我，你觉得我心里会怎么想？"

随后我推开他，看着他的眼睛一字一顿地说："韩玉，你知不知道，你这样子非常讨厌？我真的讨厌死你了！你干吗要这样啊？！"

我开始打他，说："你又不是没钱，又工作了，就不能住得稍微好一些？对了，你刚刚还说谎！你真的太讨厌了！我真的非常非常讨厌你！"

我说讨厌时，韩玉先是皱眉，而后半笑着、包容地看着我，任我说讨厌他。我根本舍不得打他，他那个夹克拉锁还把我的手划到了，然后他帮我吹气。

我的手被他抓着，于是我就换成嘴上撒气。我每说一句"讨厌"，他就凑过来亲我的嘴角。我把头侧开，他又追上来亲，边亲边说："讨厌呢，我真讨厌。"

直到我说："你过得没以前好，那还不如不结婚。"他神色一凛，伸出手把我的脸扭正。

他面无表情地说道："再说一遍。"

说出口那一瞬间我就知道自己说错话了，而韩玉的突然变脸也吓到我。我有点儿蒙，呆呆地看着他。

他严肃地教育我："说讨厌可以，打我可以，闹也可以，唯独刚刚那句不可以。"

我噤声。

看我那㞞样，他放出些许笑意，声音却没变："听见没？"

我讷讷地点头。

他满意地换回温柔的脸，拉过餐厅的椅子坐下，又把我抱到腿上。

我还处在被吓到的情绪中。他亲了我一下："仔细听我说，好不好？"我点头。

"当时住这里，其实真没想那么多。

"一是帮人忙，学长走得急，我不接的话，他违约要损失几千美元。签字前人家也没坑我，实话实说环境差点儿，但老爷们儿嘛，吃点儿苦不算什么。再说也不能算是吃苦，人家能住我也能住，而且离公司近。

"二呢才是想到攒钱。我现在一个月到手工资 4500 美元，刨去吃住，一年下来不算 bonus，能攒三四万美元，我这里还有两三万美元存款，爸妈再给个十万美元，去了多伦多就能首付买小公寓了。"

"还有就是，不是还要买传家宝呢嘛。欠猪猪的大钻戒要尽早补上。"他笑眯眯地说。

我撇嘴："我又没催你。再说我平时不戴首饰，去学校太招摇。"

韩玉正色道："你不催是你好，我不着急就是我的不对了。"

他还说：

"结婚了，心态就不一样了。毛头小伙子时还追求球鞋啊，球衣啊，结婚后突然就觉得那些没意思了，搞好家庭才有意思。就像玩经营游戏一样，解锁了新篇章，有了新挑战。

"家里总教育我说男人要有责任感，要有担当，要走一步看未来几十步。我和你讲，我爸当年和我妈结婚时也是一穷二白，那时他可以一天只睡三四个小时，熬夜赶稿子、出教辅书，后来到四十岁才在出版界熬出头。我家不是大富大贵的家庭，能有如今的生活已经很厉害了。

“以前说起来，我总觉得我爸好辛苦，也没工夫陪我看球赛，心里还埋怨过他。现在到我结婚，我突然就能理解了。你说当时我妈催他了吗？没有。可他心甘情愿，并且甘之如饴。因为心里有了一个想为之奋斗的人，就不在意那么多其他的了。我现在和他那会儿比起来算什么啊？

“我工作这半年来其实挺开心的。你不来的话，我不觉得住在这里有什么不好。每天就是回来睡个觉，周末偶尔还要加班，在家的时间其实不多，生活特别充实。

“你不要把我想得那么委屈，不要拿你的感受来衡量我。别的不说，就说居住环境，那你是不知道以前本科时我们寝室有多脏乱差，大家通宵打牌，第二天屋里那味儿没法闻。南方那蟑螂……”

我赶紧皱着眉头打断他的话：“哎呀，你可别说了！”

我又不是没在南方待过，本科第一年在上海我差点儿退学回家，就因为一只巴掌大的蟑螂冲我的脸飞扑过来……

韩玉闷笑。

我想了想，又说：“可是屋里冷啊。你这屋子跟冰窖似的。你可不可以跟楼里商量下？多给点儿钱都没关系。”

他用外套包住我：“你冷啊？”

我看他：“你不冷啊？”

他一脸坦然：“我真不冷，小伙子火气旺。”

我翻白眼：“你就骗人好了，我都快冷死了。”

他蹙眉：“那要不……？”

我说：“不去酒店，除非有咱爸的积分，你可以住这里，那我也可以住。”

他嘻嘻笑道：“没积分了，之前的积分年初清零了。”

“那怎么办呢？”他说着，将手从我的毛衣下摆里滑进去，他的手心滚烫，看来是真的不冷。

我刚要说话，人就被他扛起来。

他夹着我滚到床上："运动运动就不冷了。"

那天傍晚，我像个大家长一样领着老韩去商场买东西。在商场里我特别豪气，"挥斥方遒"的，只要看到觉得有用的东西就买，像自家孩子被欺负了领着他去找回场子的妈妈。

我买了好多生活用品，小东西譬如说霉菌喷雾、护手洗手液，还买了把小铲子和钢丝球。大件儿的东西我买了脚边暖炉、带甩干的小洗衣机，选了一块遮光大窗帘、一个熨斗、一个滑动式晾衣架……

我往购物车里挑东西时，韩玉在旁边阻挠："这个真不用……"我就瞪他，一瞪他就老实了。

回到家我蹲地上开始铲地板上的黑口香糖，喷上去渍洗洁精，泡软了挨个铲，铲得我一身汗。卫生间那边小洗衣机嗡嗡嗡地在卖力工作，刚买回的小暖炉也开着，发出橘色的光。我们给角落的霉菌喷了药，少量、多次就能慢慢消除它。

在这个小破房里，我俩一个蹲着铲地板，一个站着修橱柜。

韩玉喊我："老婆。"

我说："嗯？"

他说："我好喜欢你呀。"

我像个老妈子一样回他："哼，喜欢我就不要让我操心。你一个大男人，不要像我以前作妖那样作，知道不？"

他说知道了。

"异地相处本就艰难，两个人要都知道对方一个人生活好好的，才可以放心，才能在自己的城市踏实学习和生活。"我继续教育他，"咱们的小家生活刚起步，你不要想太多，觉得男的就该怎样怎样，为此改变你原来的行事准则。我们要一起都好才可以。你也是我的宝宝啊，你这样我真的会很难受，觉得你为了我放弃很多……"

说着我用手背拂了下眼角，闷闷地说："不是说只有你保护我，我也想保护你的。"

以前的我顾好自己都困难，遑论顾及他人。但现在不同了，我也有了想要守护的人。

到后来我说着这些话就变得泪眼汪汪，看向韩玉时，他的眼神是我没见过的那种动容。他什么都没说，只重重地点了一下头，又迅速扭回去，假装在研究螺钉。

晚上我俩躺床上，韩玉支着手臂看天花板，我则头靠着他的胸膛。

今天刚进屋时我确实有些崩溃，但现在冷静下来，我的心思就开始七拐八绕。

我哎了一声，韩玉应声："嗯？"

我说："我问你话，你可要实话实说。是不是你家里那边说什么了？"

他摇头："没有啊，干吗问这个？"

我稍稍退后，小声叨叨："我怕你家里不满意你不回国留这边陪我，给你说了什么……你才这么苛刻自己拼命攒钱。"

我说话时，韩玉转过身来，一只胳膊压着我，另一只从我身子底下绕过来。他将我捞过去，闻我的脖子。

我拍他："说正经的呢！"

他说："没有的事。你不要瞎想，他们很满意你，也没有不高兴我不回国。再说我在这边找的工作挺好的，专业对口，起点也高，我爸妈还挺开心的。"

我还是有些疑惑："可是你以前不这样的啊，为什么突然就这么想不开要犯傻？……"

他把头埋在我颈间深深地吸了一口气，答非所问地岔开话题："老婆，我发现你是这个家里唯一香香的事物了。这家里确实有点儿臭。"

说着他便一粒粒解我的睡衣扣子，一路往下闻："这里也好香……"

我往后躲："中午不是已经那个过了吗？我现在好累啊。"

他扶住我的腰，黑夜里笑得有几分邪性："小伙子，火气旺，一次哪里够呀？没事，你不用动。"

这张旧床垫发出吱吱呀呀的声音。

韩玉说墙的隔音不好，夜里经常听到隔壁小伙和女朋友嗯嗯啊啊。他们做完会看肥皂剧，放得声音超级大，只有在那时韩玉才会觉得时间难挨，日子难过。

于是我只敢发出细细的气声，稍微声音大点儿，他就亲下来堵住我的声音。

外面在下雪，暖炉在旁边。他换上了遮光窗帘，我只能从缝隙里看到长街外面的雪。我还看到颗粒感十足的天花板，看到床边挂着的韩玉的衬衫，看到紧挨着床的小书桌，看到小书桌上微微晃动的水杯里的水，看到男人赤裸的躯体、认真的表情、柔情似水的眼神以及他眼神里迷离的我。

雪仿佛从地上回到了天空，暖炉的光似乎成了橘色的旋涡，水杯里映着交织的身体。整个世界都在摇晃，却又很安静。

生活里颠沛流离、令人心碎的那部分总是在夜晚被情人的怀抱治愈。我们都还年轻，热情洋溢，因为爱而柔软，因而觉得一切未知都不可怕，只要两个人在一起就好。

后来韩玉去了多伦多，买了属于我们的小公寓，我们从八小时车程的异地相隔变成了五小时车程的异地相隔，心满意足。我们在无数个夜晚缠绵，床垫是柔软舒适的，我记了那年冬天的雪夜好久。

其实哪怕韩玉不承认，甚至可能自己都没意识到，如今想来我觉得那时的他还是有一部分来自家庭的压力。

韩玉家和我家不一样。我家亲戚关系一般，大家各过各的小家，甚至有些钩心斗角。但他家是个凝聚力十足的大家庭，我和他回老家，他的几个叔叔喝醉都在哭，说想韩玉，爷爷奶奶、姥姥姥爷也想韩玉，等着他回国每年过年能团圆。他爸妈给他买的房找中介匆匆忙忙地租了出去，因为他临时决定在这边找工作，至少五年内是不会回去了。出租时还有些麻烦，中介说要打隔断好租高价钱，他爸妈说不要隔断，于是最后没打隔断，租金也少好多……

在所有这些“麻烦”中，我最能体会长辈的思念给他带来的愧疚感。那次回老家，他奶奶还拿出一个花布包包，里面包着存折，存折上有六万块钱。奶奶说：“这是留给小玉媳妇儿的。”奶奶还拉着我的手掉眼泪，说“你们要早点儿回来呀”。我不敢要这钱，包括彩礼也是，韩玉让我收着，不要折腾。但我回来就把钱原封不动地打给他了，我说：“我的就是你的，你要好好计划呀，你可是金牛座，是咱家的财政大臣。”

我之前最怕韩玉丢下我一个人，如今他没有食言，在这边陪着我，可我又开心不起来。我总怕他委曲求全，怕他因为一面是我，一面是他家人而左右为难。我怕他因为愧对父母，才想拼命攒钱，想尽早独立，在金钱上独立才有决定自己去留的话语权。买房也是，他大概是觉得在多伦多买房是计划之外的事，父母已经做了他们力所能及的事情，他就不想再问他们要更多的钱。

我把我的想法和他说了，他笑话我多想。

他说：“我没有委曲求全，没有为难。你也是我的家人啊。你现在是我最亲最亲的家人了，我要是丢下你，我爸妈才要骂我呢。你不要见外好不好？一家人也不要谈牺牲。你好好搞学术，以后是咱家的大教授，我妈‘横行’这个家好久了，就等着你这个博士和她抗衡了。”

他怎么说我也不信，但也不再追问。

现在聊起这件事，我问他当时到底犯什么傻，他说就是年轻，脑子抽了，突然就形式主义了。

嘁。

那年夏天的七月，韩玉换组去多伦多。因为这边交接工作，他暂时还不能退房子。

B 市离多伦多的路程不堵车一个半小时。他为了去多伦多工作，有一个半月的时间都是早上六点半去坐车，到单位八点多，下午四五点下班，到家六七点，很辛苦。

我呢，因为导师回国开会，于是在韩玉两城奔波的最后两周来陪他。平时他上班，我在家学习。

这个破公寓，冬天开暖气还是冷，夏天开空调还是热。到了大中午，冲马路那面的窗户就像火山爆发，热浪一波一波地涌入室内，屋里就像个大蒸笼。

B 城治安不太好，白天我可不敢在市中心的餐厅蹭冷气，不说远的，就家门口那个咖啡厅还发生过枪击案。所以我只好窝在家里。

那时我每天的盼头就是太阳落山，韩玉下班回家。

韩玉每天都会带回 metro（麦德龙）报纸，报纸背面有数独，我俩晚上就比赛做那个数独。

我当然做不过他，每次觉得我要赢了，抬头一看，他早就做完了，安安静静地笑着瞧我，也不发声。我问他做完干吗不说，他说："怕你着急，喏，你看你这个数字填错了。"

我说："你这样的人真可怕。我中学时翻卷子的声音可大了，生怕别人不知道我做得快。"韩玉说："我这人就喜欢扮猪吃老虎。"我说："我懂了，你的意思是我喜欢扮老虎，实际是猪。"他说："你可不就是猪猪嘛。"

那段时间多伦多的动物园有两只水豚 Bonnie 和 Clyde 私奔，成了大新闻。动物园派另一只单身水豚 Willow 去找寻它们的踪迹。报纸天天报道跟进这件事。

我们在"蒸笼"里的日子无聊又难挨，于是把这件新闻当成大事件，天天关注逃逸的两只水豚的动态。

每天韩玉一进门，我就奔过去问："找到水豚没？找到没？"

韩玉把报纸往我怀里一塞，叹了口气："今天还是没找到。"

我们会坐在一起，反复读报纸上那一块新闻，觉得水豚可爱死了，同时又在揪心，怕它们跑外面没东西吃。

在这闷热的小屋里，我俩每天不亦乐乎地比赛做数独，每天为两只水豚的命运担忧。

晚上屋里也热得睡不着觉。韩玉就提前拿水盆冻好一盆冰，我俩头冲床尾睡，四仰八叉地散热，冰块就放床边，若有似无的凉气成了我俩的心理安慰。

因为实在太热了，我不想做那个事，连挨都不想同他挨一下，身上全是汗。睡不着我俩就聊天，聊小时候的事。

我说，我这个人只要睡不好整个人就蒙蒙的，脑子不动。于是初、高中六年来我都像蒙着一张罩子在生活，就像被封印了一样，经常做出一些很匪夷所思的事。

上初中时我负责出板报，每周年级板报组都开会，定板报主题。我不是脑子不动嘛，每次去开完会，都不知道开会是为了干吗。对的，我就是乐呵呵去了，笑嘻嘻地回来了，但不知道开会是为了什么。于是每周我都出 S.H.E 主题板报，因为那时最爱 S.H.E。

我的班主任还纳闷儿，但因为我学习好，她就没过问。以至于到现在她都不清楚明明我们班的板报挺好的，花里胡哨的，为什么连着三年每周得分都垫底。

我说完，韩玉笑得轰隆隆的。

我说："你别笑，是真的，我只要睡不好，脑子就像少了根弦。所以睡觉对我来说真的很重要。幸亏遇到了你。"

韩玉说他小时候爸妈给他报兴趣班，带他去学书法，他闻那个墨水味儿就一整节课都恶心。爸妈来接他时，他没忍住，在少年宫的楼道里吐了，还没吐完，等走出大楼，在少年宫的门口又吐了。

他去学小提琴，在后排和人玩"波波攒"（一种流行于小学男生中的拍手发波的游戏）。最后他被我婆婆拎着后衣领子从教室里拖出来，直接被扔少年宫的室外游泳池里了。那时是秋天，他穿着毛衣毛裤，衣服吸水了爬都爬不上来。

他上高中不喜欢语文，有一次作文一个字没写，靠其他科拿满分还进了年级前一百名。但他还是把语文老师气哭了，语文老师把他爸妈批评哭了，他爸妈把他揍哭了。高中男生已经人高马大，揍他揍断了三根衣裳架。那是他妈最后一次打他，因为打完发现手腕扭了。

我说："真想象不到，你以前那样啊。"韩玉说："是啊，要是你高中认识我，真不一定会喜欢我。"

我俩汗流浃背，在闷热的夜里讲趣事，直到凌晨两三点才能勉强睡着。

韩玉还买了《卡坦岛》，我俩会坐床上玩儿桌游。他说那是他最喜欢的桌游，因为这个游戏要攒资源，他最喜欢攒了。周末我俩一玩儿能玩儿一天，因为我总输，到最后就要赖皮，说那个资源能不能多给我呀。韩玉说："你亲我一下，我就多给你一只羊、一块砖。"于是我亲了两下。我们满头大汗，因为一块砖、一只羊斤斤计较，讨价还价。

韩玉搬去多伦多半年后，我们突然想起那两只水豚，于是去搜新闻，发现在韩玉搬家、换房、安顿好这期间，两只水豚已经被找回来了。

我们 2019 年的秋天去 High Park（高地公园）看它们，只见 Willow 在外面闲适地趴着，它是找回两只水豚的大功臣，但还是一只单身水豚。

说明牌上讲，Bonnie 和 Clyde 自那次逃跑未遂被追回后，在这里踏实住了下来，现在已经生了两只宝宝。

韩玉拉着我的手，在栅栏前一本正经地推测道："它们当时逃跑，可能是因为这边没条件给它们泡柚子温泉澡。"

我难过地啊了一声。

"不过，"他补充，"水豚很随遇而安的，它们是世界上脾气最好的动物了，我们就不要为它们担心了吧。"

第 十 一 章

本命动物

之前因为 High Park 动物逃跑的新闻，我们还特意去搜了水豚这种动物。

水豚，又叫南美无尾大水鼠，是世界上现存的最大的啮齿类动物。别看它性格温暾，好像和周围一切动物都能和谐共处，实际上是只咬合力惊人的大家伙呢，不可小觑。

看完水豚的介绍，我觉得老韩找到了他的本命动物。他真的和水豚太像了，当然不是指长相。

我把我的发现和我婆婆说，她说："还别说，真挺像。"

她讲韩玉小时候，别人来电话找爸爸妈妈，要让他接，他就会慢悠悠地喂一声，能喂三十秒，直到彭女士劈手拿下电话筒。

韩玉真的是个不折不扣的慢性子，并且拥有无穷无尽的耐心。

我俩只要出门赶车，他就开始忙了，弄弄这儿，弄弄那儿：系个垃圾袋，洗个碗……有一次更绝，他竟然切了个西柚吃。我在门口都穿好鞋了，等半天，结果发现他在就着水池吃西柚。

我惊呆了："不是要出门吗？"

他：“嗯，这个西柚快坏了，我得赶紧吃掉。很快的，让我洗个手。”

我见过他给他弟讲题。人家就问了个大数定理，韩玉恨不得从概率统计第一页开始讲，生怕他弟知识不扎实。我当时直接拉过视频给他弟讲，一通证明，他弟说：“哥，你太啰唆了，还是嫂子厉害。”

在我看来，韩玉就是那种从小没吃过什么苦，在优渥又有爱的环境中长大的小康家庭的孩子，不争不抢，不卑不亢，什么都不着急，没什么紧迫感。

我曾经还和他讨论过这件事情，说我挺羡慕他的。他说：“我还羡慕你呢。”

我问：“你羡慕我什么啊？我有什么好羡慕的？”

他说：“我羡慕你一天内情绪起伏特别大，像你这样的人活一辈子肯定特别值，特别鲜活。”

我的鼻孔迅速扩张，开始往外喷粗气。他看我要揍他，马上又补充道：“我还羡慕你有梦想。你看我，我就没什么志向，也没梦想。说好听点儿是随遇而安，说难听点儿是随波逐流。”

嗯，其实这是真的。我发现他真的没什么追求。这里不是指他混吃等死，而是在物质、精神上都没什么太大的欲望。像我的话，我天天梦想中彩票，发大财。他都没什么感觉。

他最向往的职业是高中数学竞赛老师，但是没有当上老师，成为格子间里的金融社畜他也不十分难过，还曾经感慨，每月最开心的日子就是 15 日和 30 日，因为又有小钱钱入账了。

他一年撑死了花几百美元充游戏的小本子，除此之外再没大的花销。他的篮球鞋还是上大学时舅舅送的，不算便宜，但仅这一双穿了七八年。

他每天最大的念想就是三餐吃什么，现在多了一项，就是看我的豆瓣收益数据。

每天一过下午五点半，他就追在我屁股后面说：“数据呢？数据呢？”我假装不给他看，他打开我的电脑，欠欠地说：“你不给我看，哎嘿，我自己会看。”

我说：“你兴奋啥？”他说：“你不懂我的乐趣。在我看来，这个数字每天都在变，和工资还不一样。工资是固定的，但这个数字从某种程度上说是随机的，从金融角度来看……”

他好容易因为奇奇怪怪的事情心满意足啊。

我二十五岁生日时，他把蜡烛收好，喜滋滋地和我说，这个蜡烛再过二十七年等我五十二岁时还能用上。我暴起，他乐开花，因为他说他是故意这样说的，就为了看我的反应。他真是个奇怪的人！

无论干什么，有些时候劳动，他只要给自己封一个官，就能做得特别起劲儿。

他会每周日固定去家附近的面包店买面包。人给自己封了一个官儿，叫“面包委员”。有一周他特别忙，把这个职权暂时移交给了我，让我去买，但我给忘了。他郁闷半天，说这不仅是我的懒惰，还是他作为一家之面包委员的极大失职！

他不仅给自己封官，还给我封官。有段时间我俩减肥，每周买一兜子牛油果。牛油果要放软了才能吃。我俩一开始不知道啊，突然有一天发现所有的牛油果都快坏了，来不及吃。于是老韩就指派我当“牛油果委员”，我的职责就是每天去捏一捏它们，谁软了就给挑出来当天吃。我总忘记捏，他便摇头说：“唉，能力越大，责任越大，看来我得担负起咱家牛油果委员的头衔了。”

他的爱好似乎都不是花费太多的事，在我看来就是有些费脑子：他看足球球员、篮球球员的每一个人的各种数据，看城市地图试图记住每一条路、每一条公交线路，乐此不疲地做与图形、逻辑、数字有关的趣味数学题……

说到看地图，还有个小插曲。他应聘时，竟然在简历上兴趣爱好那里十分实诚地写着“看地图”。结果面试官还真问他了：“这里写的你的爱好是看地图？”他说：“是啊，喜欢在脑子里随意设定两个地点，然后想出最优路线，自己挑战自己。”面试官和他握手：“我也是！”然后面试官就把他录取了，真是魔幻人间。

不过他后来跟我说，找最优路线还不是他最喜欢做的事情。他最喜欢做的事情就是脑补自己如果是军官，占据这座城市的哪个位置打仗最有利。他要综合考虑地理、周边设施等。

…………

像老韩这样的人，似乎很少会出现那种“我非得……”“我必须……”的想法和情绪。他就没什么特别想要做的事情。

“如果非要说的话，因为我真的没有什么梦想和志向，所以特别喜欢帮助别人完成梦想。在这个过程中我会收获快乐。”韩玉说，“你看你说要读博，我就特支持，读！你说要写小说，写！而且我也跟着开心，然后乐颠颠地帮你打杂，偷看你的数据，陪你熬夜赶稿子。做这些事时，哪怕不是我的梦想，我也实实在在地感到充实，感觉自己做了一件非常有意义的事。”

我刚写第一本长篇言情小说时，还是在另一个知名的网文平台发表的。那时老韩一天刷 N 遍，截图了所有整百和有纪念意义的数字，譬如 666、777、999……他去厕所抱着手机进去，然后会突然大叫：“老婆！满 1000 收藏啦！”然后得意地跟我说，其实他看的时候收藏已经 1001 了，于是他取消了自己的收藏，才截到了整 1000 的数字。

后来过了很久，我自己过了那新鲜劲儿都不会去看了，但发现他还在默默地看，默默地截图，默默地开心。他每天早上睁眼后的第一件事，就是打开手机像个皇帝一样巡视我所有小说的数据，然后美滋滋地起床。

我让他保密，他就真的对谁也不说。我问他会不会憋得难受，他很不理解保密这事有什么难的。他的快乐从来不建立在让别人羡慕的基础上。第一本小说完结时，我俩手拉手出门买了个小蛋糕庆祝。他一直重复：“真好呀，真好。”

可是这样的他又绝不承认自己是无私的。他说自己做这些，也无非是寻求自身的快乐，只不过恰巧符合了普世价值里的“无私奉献”。他说他更像个小偷，共享我的情绪和梦想，在陪我深一脚浅一脚地往前走的过程中会觉得有趣，从而得到一些“活着”的感觉。

老韩说他这人就是不大会出错，但同时无趣又保守。这我可不同意。他哪里无趣了？在我看来他可爱极了。

之前他看了一个新闻，说是西红柿会催熟周围的水果，于是赶忙把冰箱里的西红柿都拿出来单独放好。有一次他看见西红柿中间有一个坏掉了，指着那个烂了的西红柿说：“你这个笨笨，不仅催熟别人，自己还把自己催熟了。”

我俩买了公寓要搬家，收拾东西时，我告诉他：“这个 VC（维生素 C）要避光，这个大蒜油不用避光。”过了一会儿，我看见他把一大桶大蒜油摆在小 VC 前面，说：“你这个大家伙要帮它挡住阳光啊。”

我俩异地相隔时，有一天 A 市风雪交加，我回家时发现大衣帽子里藏了一只瓢虫。我把这事和老韩说，他说：“小瓢是我派去的思念。”他还问，“几颗星？”我数了数，是十一颗。他说：“噢，我的思念竟然是害虫。”

我们后来结束异地生活，在多伦多生活。在这座大城市，指消防栓就变得不太现实了，因为遍地都是消防栓，所以指不过来。于是老韩想了两个新游戏出来，一个是指丑丑车，一个是云养狗。

丑丑车包括甲壳虫、菲亚特小馒头、Smart，还有 Mini。我们的基础游戏规则是要大声准确地叫出它们，谁先叫谁积一分。进阶的游戏规则加入了 combo（组合分），也就是连续指三辆同一个牌子的车，之后谁再指同一个牌子的就改成积 10 分。但是对方可以打断这个 combo。

我俩玩儿这个可带劲儿了，因为进阶规则，这个游戏有了运筹学最优化的乐趣，有很多策略可以选。

有时候对方在 combo 中，那就在玩儿心跳。他经常一个人独得几十上百分，我要赖假装哭泣：“我们的爱情真是如履薄冰啊……”他冷漠地说：“呵呵，游戏场上无夫妻。”

云养狗这个游戏就“佛系”很多，我们每天出门会猜今天见到哪种狗狗多。我说柯基，他说萨摩耶，最后看谁赢。要是我们都没赢……也没什么损失。

最近我们发现楼里有位大哥养了一条特别漂亮的萨摩耶，这位大哥每天下午六点准时出来遛狗。我俩把这项蹲点看萨摩耶的活动称为“看大雪拉屎”。有一次没赶上，我特别失落。老韩安慰我：“别难过了，要不回家我让你看我拉……”我说：“你闭嘴！”

昨天我们又看到了大雪，大雪走远后，老韩才小心翼翼地说：“你有没有发现大雪今天的毛不如以前蓬松了？”我说：“是啊，你怎么才发现？”他说：“我刚刚就发现了，但不想当着大雪说。我觉得这样不礼貌，它听见的话也会伤心的。”

对了，那狗不叫大雪。我俩怕冒昧，一直没有上前问它的名字。所以这个名字是我俩背后偷偷起的。

我记得刚和老韩在一起时，时常会恐慌，因为觉得我自己似乎没有办法带给他什么。一直以来都是他包容我、照顾我、治愈我。

我们结束异地生活时，他开长途车拉我回家。路上我又想到了当初这个困扰，于是问他：“哎，你要是没有遇到我的话，你觉得你现在在做什么？”

他拍了拍方向盘，想了半天。

“嗯，在上海工作吧，可能一直在相亲，也可能还单着。”

我说：“那似乎也挺好，你上海的朋友多，初、高中的好朋友基本都在，你应该还挺开心的。”

他说：“我知道你想问什么。你是不是想问，如果没有你的话，我是不是能幸福地生活？非要说实话的话，我是觉得像我这种人很难不开心，但也很难特开心。所以如果没有遇到你的话，我不一定活得非常差。我可能就那样，一条直线的生活。

“但是波波，这不一样的。因为在这个时空里，我已经遇到了你，我们的人生已经交缠在一起拉扯、融合，变成了现在的模样。所以我无法想象没有遇到你的人生会怎样，会在哪里，会和谁恋爱，会放弃什么，会得到什么。”

说完，他转头看我：“你是不是觉得这话特别不浪漫？”

我皱眉：“嗯……不是我想象中的答案。因为我其实是想说，如果我没遇到你的话，我不会比现在的我更好。可你那么回答也没什么错啊，我觉得你就是很好的人，在遇到我之前，你已经很好了……”

说着说着我竟哭了。因为我突然想到之前我看的一个猎奇视频。

那个视频讲，我们每个人来到地球都是为了升级，因为地球是最低等级的世界，苦是常态，乐是瞬间。

当时我就觉得，我这人肯定属于觉悟低的。我爱钱，天天想着彩票中大奖然后挥金如土地混吃等死。但老韩怎么看怎么都像是在地球上最后一世的人，因为他太好了。

然后我就哭。我说：“怎么办啊，可能我不是你的必需，但我真的好喜欢你，好想下辈子还遇到你啊。”

老韩有点儿慌，先是说了句：“你怎么哭了？咱可是在高速上啊，我又没法抱你。”他赶紧伸手过来拉我，抽了张纸巾塞给我。

我擤鼻涕，呼呼地响。

他说：“你怎么不是我的必需呢？你怎么做的语文阅读理解啊？我刚刚的意思是说，哪里都有‘还不错’的生活，遇到‘唯一’的人却是要凭运气的。你给了我独一无二的人生体验，这才是我要说的呀。”

我闷声啊了一声，说道：“你是这意思啊？”

他点头：“是啊！你这个情绪化的……bunny（兔子）！”

我说：“我不是猪猪嘛。”

他说：“你是啊，你也是 bunny。《疯狂动物城》里，狐狸 Nick 安慰兔兔 Judy 时说过，you bunnies are so emotional（你们兔子就是爱哭）。兔子就是非常情绪化的动物，就像你。”

你们以为我的本命动物是猪吗？你们猜错啦。是兔子吗？你们也猜错啦。

有一天老韩看新闻，一组澳洲短尾矮袋鼠的图片火了。他点着手机说："这个……这个，这不就是你本人吗？！这个矮袋鼠，屁股像猪，身子像兔子，脸像花栗鼠！神情像眼镜滑到一半的你！"

说着他往我手里塞了一块面包，非要我两只手攥着给他学，他说："真是一样一样的！"

唯一的遗憾是，我们知道这个动物的时候太晚了，不然我俩的婚礼请柬手绘一定是南美无尾大水鼠和澳洲短尾矮袋鼠。

关于婚礼的记忆：鲜花，射灯，沉重繁复的婚纱，觥筹交错的宴席，五湖四海的亲朋好友为这一场宴席而来……而我印象最深的只有三件事：老韩几度哽咽的婚礼感言、我仓促写就的婚礼誓言，还有人世羁绊的感动。

我俩异地相隔的第三个年头，抽空回他的老家办了场婚礼。这婚礼说仓促也仓促，靠韩玉老家的几位叔叔妈妈，还有我公公婆婆在三个月内办起来的；说隆重也隆重，因为确定出席的人光韩玉的朋友就有四桌，还不算两家的亲戚。

韩玉让我确定伴娘人数，我说三个，就是我大学寝室的另外三个室友。他问我能不能多找几个，因为他那边报名伴郎的人有点儿多。

我有些难办，因为我的朋友真的不多，大学三个好朋友、高中一个，别的没了。大学的三个好朋友当伴娘，高中的乔乔负责新娘好友讲话。他说好吧，让伴郎们抽签决定两个人，外加内定的胖子。

我们是婚礼前两周到老家的，每天安排得满满当当，没有一天睡觉超过四个小时。因为韩玉的每一个朋友无论是坐火车来还是坐飞机来，他都要亲自去接。

我公公那边也是同样的情况，有十几桌的朋友。他们的航班和车次被打印出来挂在爷爷家的门厅，几个叔叔充当司机去接他们。叔叔们前脚进家门，在表格上的人名前打钩，说明接到了，然后就是看没打钩的、即将到达的，转身出门继续去接。爷爷家里非常热闹，无论何时去都挤满了五湖四海奔过来的叔叔阿姨。匹克更是人来疯，一下子那么多脚丫的气味信息令它心旷神怡。

有几天夜里两点我们还跑去机场等人。西北昼夜温差大，即使是夏天，晚上也才十几摄氏度。从车上下来，小风一吹，我裹着韩玉的外套还冷得发抖。

我问他："你们西北人都这样吗？"

他说："哪样？"

我说："来人都亲自接。"我以为是他们那里的某种习俗。

他说："不清楚，反正从小到大我家有这传统，亲自接，亲自送。自己腾不开时间，就让家里人去，总之一定不能让远道而来的朋友自己去住处，而且来西北的每一顿饭都要给人安排好。"

韩玉想起一事，正色道："我记得我之前小，不懂事，还因此得罪过我四叔。就是因为我有个朋友来银川，飞机夜里一点到，本来定好我四叔带我一起开车去接，结果那天我看四叔在爷爷家沙发上睡着了，就没忍心叫他起来，自己拿了他的车钥匙开车去机场接人。我四叔醒来以后给我爸打电话，我爸又给我打电话，批了我一通。大意就是四叔非常伤心，说我不信任他，让他食言了。

"当时我跟我爸解释，说看四叔很累，都睡着了，就没叫他。外加上那是我同学，四叔又不认识，总觉得没必要麻烦四叔。我爸和我说，老韩家的男人都重承诺、重义气，只要是家里任何一个人的朋友，那就是韩家的朋友，同等重要，一家人的事没有麻烦之说。况且四叔答应了我和我一起去的，我这样让他很难做人。

"后来我把我朋友撂在酒店，立马就跑去找四叔，我四叔一个人正喝闷酒，还哭了。我特别郑重地和我四叔道歉，我四叔一直骂我臭小子。自那以后我就长记性了，并且学会两件事，一是不要和家里人客气，二是承诺和情谊比千金还重。"

刚开始我真的不习惯这样的生活。但韩玉会在早上六点轻轻摸我的脸，我被摸醒，迷迷瞪瞪的。他说："波波，× × 是七点半的火车，我们一起去接。"在这件事上他非常执着，说我可以在车里补觉，但是接人的话一定要两人一起去接，这对他来说十分重要，是态度问题，没的商量。虽然看我困成那样，他心疼归心疼，但也没放任我。

晚上他的朋友们会到城市各处吃饭，我俩就负责抽空挨个场子去结账，然后陪着他们坐一会儿，说一会儿话。

看得出来韩玉非常高兴。他和初中、高中、大学的朋友们坐一起时，聊从前，说现在，几轮酒后眼里就开始浮出泪光。我一女的坐在一堆醉了的爷们儿中间清醒得很，看他们拥抱哭泣。

银川的夜晚很有韵味。小餐馆顶着红红绿绿的光，门口是推搡吆喝着的汉子们，典型的北方城市的夜晚，我再熟悉不过。

我的伴娘们，还有高中的好友乔乔提前了两天到。韩玉同我去接。她们还是第一次见韩玉，因为是我老公，她们就放肆很多，在言语上开各种的玩笑。韩玉开始了他的僵硬表演，我能看出他内心的挣扎，一方面是从小到大的心理障碍，另一方面是西北人流淌在血液里的热情好客。

于是他们的对话都很好笑。

阿玲问："你俩还异地分隔呢？"

韩玉目不斜视地说："嗯，是的。波波还有一年毕业，当然，我的意思是如果一切还顺利的话。不过应该没太大问题，但也不能把话说那么绝对……"

我掐了他一下，让他不用这么严谨。

芃花问："我怎么记得你们异地分隔都一百年了，之前波波还半夜来找我哭，说异地分隔好难啊。"

韩玉惊讶地看我一眼，随后一本正经地回答她："我们从 × × 年 × 月 × 日开始正式异地生活，到目前为止异地分隔了两年八个月零……"

我瞪了他一眼，他不说话了。

小婕笑着把我拉过去：“你干吗呀，这么管着人家，看你们家韩玉都吓得不敢说话了。”

我头大：“不是，他这人就这样，一跟异性讲话就不正常，我让他正常一点儿。”

韩玉低头小声说了一句：“没有不正常，没有不敢说话。”

乔乔则是拖着行李箱跑过来跳着抱住我，大声说：“波波，你真行！都领证三年了还没在班群里说！今儿个大袁找我问个事，我说我不聊了，要赶飞机去参加波波的婚礼，你猜怎么着？他竟然不知道你结婚了这事！电话那头他直接号，说他现在还暗恋你，我直接就把电话挂了！”

我皱眉：“他莫不是在搞笑？”

乔乔：“这个我做证，应该是真的！哦，这是韩玉吧？你好，我是波波高中最好的朋友！”

韩玉冲乔乔点了点头，下一句问：“大袁是谁？”

乔乔说：“一个男的，挺傻的，你不必知道！哈哈哈哈——！”

把乔乔安顿在酒店后，我俩出来。韩玉拉住我，面色沉静，问我：“大袁是谁？”

我说：“就是一个高中三年和全班所有女生都表白过的奇葩……”

韩玉面色淡定，声音却伴随着舒气：“噢！”

胖子和小慧倒是不着急，俩人在上海玩儿了一周才飞的银川。对了，他俩在多伦多领证了，去登记时还要见证人，于是我和韩玉光荣地在他们的婚姻证书上签了大名。

在多伦多我们两家住得只隔两个街区。胖子每周来找老韩去酒吧看球，但我和小慧其实并没有成为知无不言的好朋友，关系还不错，但不能说特别好，毕竟是两个世界的人。她有她的圈子，我有我的圈子。好朋友这事吧，还是随缘。

小慧见我的面第一句话是：“波波，我这次都没带低胸的裙子还有高跟鞋来。”

我欣慰地点头：“谢谢！”

我们两家在那边几乎周周见，所以也没什么好客气的。韩玉问胖子准备好友发言的演讲稿没。胖子假装没听见：“啊？”韩玉啧了一声。胖子拍了拍兜：“能没准备嘛大哥，这儿呢！我保证把你夸到天上去。”

韩玉咳了一声：“实事求是就行。”

小慧拉过我悄悄说：“我建议你还是让老韩检查下他的稿子，因为我看了……”

说着她压低声音，冲我摇头努嘴：“不太着调。”

所有宾客都被安置在一个酒店。婚礼前一晚，我公公在酒店附近的餐馆请所有人吃全羊宴，目的是把大家喝傻。他说好多人互不认识，一起喝多就认识了。

我这边几个叔叔伯伯摩拳擦掌，说这是西北和北京在拼酒上的第一次正面交锋。我表哥斯斯文文的，戴一副眼镜，和我信誓旦旦地说：“妹，哥不会给你丢人的。”

我说：“那成，哥，其实还有件事要麻烦你。”

他说：“你说。”

我说：“明早他们接亲要撞门，习俗是男方家的兄弟、伴郎撞门，女方家的兄弟和伴娘堵门，我就你一个哥哥，你得帮我。”

我哥推了一下眼镜，说：“没问题，包在我身上，韩玉的哥哥弟弟都谁？”

我指了指别桌的人头，这是他大弟，这是他大表哥、二表哥、小表弟……

几位哥哥弟弟看我在说他们，立马从位子上站起来和我哥打招呼。

其中韩玉的大表哥是我哥的体形的三倍大，胳膊比我的大腿都粗。握手时我哥的眼镜都差点儿被摇下来。打完招呼，我哥默默坐下，看我一眼，拿起酒杯闷了一口。

我和韩玉挨桌敬酒，乔乔扯我："你少喝点儿，明天会脸肿。"我说没事。

别人敬我我就喝，有的拿白酒，有的拿红酒，有的拿的是啤酒。我其实心里也打鼓，我酒量是好，但架不住这么混着喝。

习俗是结婚前一晚新郎新娘不能一处睡，于是晚上我找伴娘们去睡，还有乔乔、小慧一起睡，几个人住一个大套间。

韩玉被拉走时一直在背《将进酒》，人生得意须尽欢之类的。

我也没好到哪儿去，人生头一次喝晕了。这种状态非常奇妙，神志还算清醒，但是我没法控制情绪。我们几个坐着、躺着，趴在巨大的床上聊天。

她们问我什么感受？

我开始掏心掏肺，忆苦思甜：

我从小有一个毛病：心里藏不住事。如果你去翻我小学、初中、高中、大学的毕业照，看我从小到大出去玩儿的照片，会发现无一例外我的下巴上都顶着个大红痘。我好郁闷啊，其实我平时皮肤真的还可以。但是一到重要场合，一有大事情，那么前一天晚上我就兴奋得睡不着觉，无法淡定，第二天早上起来保准下巴上那个红包就顶起来，真没辙。

所以婚礼前我真的好忧愁。我这人挺信这些有的没的，觉得我的痘一定已经日夜兼程地在路上往我这里赶了，它从不会缺席我人生中任何需要露脸的大场面。

我坚信我会在婚礼那天下巴长痘，就像坚信我四十岁一定会彩票中大奖一样。高中时，我妈怕我早恋，花钱买通一个爷爷来给我算命。

他说："你早恋的话会有血光之灾。"

我说："多早算早恋？"

这显然超出了爷爷准备好的题库，他抛给我妈一个"这得加钱"的眼神，咳嗽一声开始瞎编："总之三十岁之前不能谈恋爱。"

我妈瞪那爷爷。爷爷改口："十八岁之前不行。"

我妈清了清嗓子，用眼神开始讨价还价。最终爷爷说："二十岁，不能再早了。"

我说："好的，没问题，那我不早恋的话有什么好处？"那爷爷说："你不早恋的话，四十岁时买彩票能中大奖。"

从此我深信不疑，谈第一段恋爱都是在我二十岁生日之后正式开始谈的。

但是似乎老天爷为了给我准备这份四十岁的人生大礼，就让我从二十岁开始一直不太开心。

"你们知道吗？在我二十岁出头的年纪，很长一段时间里我都在谋划着怎么死。"

阿玲本来还笑着，听到这话立马说我喝多了，聊别的吧。我说我没有喝多，现在就想说这个。她们说："好，那你说。"

"你们别怕啊，我现在不想死了，你们猜为什么？

"因为以前我想死，是想让生活里不好的事情戛然而止。现在我不想死，是不想让已经发生的好事戛然而止。这个世界开始对我展现爱意，我甚至觉得多了，想把爱意拨回去一点儿，和世界说：其实一点点就够，就这一点点温柔足以支撑我活下去。

"你们看我还是挺知足常乐的吧！所以我现在都不敢买彩票了，生怕哪天中了大奖，好运气被用光。我想把好运气都留在我爱的人身上。有你们，有他们在，不中彩票也无所谓。"

乔乔说："那你真的是为了我们牺牲很多呢。"

我很认真地说是呀。

我们正聊着，门口传来一片嘈杂声。

韩玉在拍门："老婆开门，凭什么不让我和我老婆一起睡？你们搞封建迷信，我要看我老婆！"

他哥说："小玉，别耍脾气。"

胖子则嘿嘿笑："闹，可劲儿闹！"

小慧起身去门口，隔着门问："怎么了？"

门外的人七嘴八舌："老韩喝多了，回房闹，先是吐，然后就说想老婆。把哥几个挨个摸了一遍，才发现都不是波波，还哭了。"

小慧说："你们怎么也不看着点儿他？我们都快睡了。"

男生们说："看不住，不能把他给绑起来吧。"

胖子说："为啥不能绑？"

小慧说："对呀，为什么不绑？吵得我脑壳儿疼。"

酒店这一层都是同龄的朋友，都出来看乐子。

韩玉往门缝里塞进一张纸，喊着："老婆，我给你写了一首诗，你看看啊！"

我问谁在闹啊，小慧说是老韩。我想半天说："这名字耳熟……哎，把我的电脑拿来，我要查一下邮件，我的导师找我怎么办？"

芃花把我的电脑拿来，我按了开机键半天，电脑死活不亮，我急得都快哭了，大喊："我的电脑坏了！论文都在里面呢！我毕不了业了！呜呜呜！"

芃花说："你一个劲儿地按空格能开机就稀罕了。"

我揉着太阳穴倒回床上，嘴里叨叨："有一处证明我突然有想法了，给我纸，我要写下来……"

阿玲把被子给我盖上，同小慧说："你跟他们说把老韩架回去，波波已经不清醒了。"

我闭上眼睛前的一瞬间，听见小慧在大声念诗："3.1415926……"哎，这不是圆周率吗？！

因为酒醉，我没有在婚礼前一晚辗转反侧，兴奋难眠。这一觉我睡得昏昏沉沉，又无比安宁。

我再次睁眼时，时钟才指到凌晨四点半。新娘妆的事情定在五点，我起来踏踏实实地洗了个澡，看镜子发现老朋友下巴痘竟破天荒地没来找我。

敷着面膜时，我突然想起还没准备我的发言稿，于是匆匆在一张奇怪的写满圆周率的纸背面写起结婚誓言。

老韩的婚礼感言：

首先，我还是想说些感谢的话。感谢波波的爷爷、奶奶、姥姥、姥爷，经常听波波回忆起你们，我想你们一定很开心看到我和波波在银川举办婚礼吧。

感谢从各地来到银川参加我和波波的婚礼的宾客和家人们，特别是我的姥姥姥爷和爷爷奶奶。因为身体问题，他们很久都没有出过远门，甚至很久没有出过家门了。

同时我也要感谢为这次婚礼奔波、辛勤付出的亲人们，你们辛苦了！

我还要感谢我的同学们，学生时代最美好的回忆是和你们一起学习与玩乐的日子，很荣幸能够遇见你们。

接下来，我要感谢波波的家人。谢谢波波的哥哥在我们的狂轰滥炸下还拼命堵门，我已经让人把眼镜修好送回酒店了。也谢谢波波的叔叔伯伯们昨晚展现的风采，我的几位叔叔自愧弗如。最后特别谢谢波波的父母，从我们谈恋爱起就给予了充分的理解、支持、鼓励和对我的信任。我想和咱爸说一句，曼联是很厉害，但阿森纳是我永远的情怀。谢谢！

最后，我要感谢我的父母，从出生到上学再到今天的婚礼，没有人对我的付出比你们更多。我年少时费衣裳架子，让你们操心很多。现在我有了波波，相信儿子给你们找了一个非常满意的儿媳妇。

波波，你总喜欢问我喜欢你什么之类的问题，然而每次我都回答不出个所以然。仔细想来，是因为你天生有趣，所以我想和你在一起；是因为你遇事的观点与态度，所以我想和你过一辈子。

和你的日常生活总会发生些有趣的意外。

还记得刚留学时，你敢于追着一群加拿大鹅奔跑，几个月后我才知道每年被大鹅们追进校医院的学生一点儿也不少。

我喜欢听你叙述自己做的那些光怪陆离的梦，喜欢我们晚上散步时评论社区宠物狗的美丑。两人在一起，生活中有太多幸福的点滴，甚至让人平日发呆时情不自禁地露出笑容。

而两个人的日子能否长久幸福，更多取决于他们在遭遇挫折或产生矛盾后是否有着同样解决问题的态度。

××年夏天，我们登记结婚，随后就开始了异地求学、工作的日子。

我们从起初的数月见一面，到如今的一周见两天。异地的生活虽然不易，但又像一面镜子映射出感情的增进。数千小时的视频通话时间和波波手机里近百张A市往返多伦多的车票，都是这段时光的见证。这里我和大家解释一句，不是我懒，是因为她享有火车学生套票的福利，所以我们可以多在一起一个晚上。

虽然其间我们也有过情绪低落与争吵，但最后都在两人的促膝夜谈后化作鼓励与坚持。

八天后，将是我们领证的三周年纪念日。比起三年前，我们都变得更加成熟，有了更加明确的家庭、学习与工作的短期、长期的目标。如果你问我是否感到幸福，答案毋庸置疑是肯定的。希望几十年后，如果波波笑着问我，我们还幸福吧？我也可以发自内心地回答，那当然！

谢谢大家！

波波的婚礼誓言：

我实话和大家说，这个发言是我在婚礼开始的几个小时前写好的。本来我打算昨晚写，但是昨晚喝多了。

其实有很多现成的套话可以讲，比如不离不弃，白首偕老，但我不想说那些，所以今天的誓言可能会有些不一样。

算算我和韩玉谈恋爱到现在差不多有五年了，到下周领证也有整整三年了。但是我现在还有一种我们在过家家的感觉，现在对着老韩看，还觉得打心眼儿里喜欢，觉得这小伙子贼帅。

小时候我妈找人给我算命，说我四十岁的时候买彩票会中大奖。我不知道为什么是四十岁，也不知道是买双色球还是足彩，但坚信我肯定会中。在所有颓丧、焦虑的日子里，人到中年发大财几乎是我唯一的精神支柱。

我和韩玉相遇那会儿，可以说是我最狼狈、最迷茫的时候。我不知道我的前路在哪里，也不清楚我可不可以坚持下去。我觉得长大好苦啊，活着好累，数学好难。

韩玉在我的生命里出现，并没有让生活突然变好，数学依旧难，但他出现的意义在于，让我似乎被赋予了和生活对抗的勇气。

然后就在一个非常寻常的星期天，我和韩玉睡了一个长长的午觉醒来。我看着他，他看着我，时间在我俩周围流淌，我突然觉得他眼里的我达到了某种永恒。我突然发现，我喜欢眼前这个人到什么程度呢？就是我现在不想买彩票中大奖了，中个几十元可以买奶茶喝，那我就会开心，但中几千万反而不开心。

这种感觉只可意会，不可言传，我形容不出来。就是你喜欢他喜欢到想和他过柴米油盐的生活，我们可以不那么有钱，也别特别没钱，就安安稳稳，生孩子，逛超市，过白天上班晚上坐在一起看电视的生活，并且你想这种日子能过一辈子。

所以我的誓言大概就是这样。

韩玉，我想每周都和你手拉手去逛超市，我拿一袋薯片你放回去，我也不和你生气。

我喜欢听你讲这家超市的大米贵，那家超市的小鱼干便宜……这类我根本不会往脑子里记的琐碎数据。

我喜欢你给我起各种外号，无奈又纵容地看着家里沙发上地方越来越少，因为玩偶成员越来越多。

每一次长途火车到站时，我知道我不用说，你也会在火车站等我。有时你举着奶茶，有时拎着蛋糕，然后我俩手拉手叽叽喳喳地一起回家。

我会在家里大声唱跑调的歌，你会在家里对着我的黑暗料理跳祭祀舞。你说我是小当家最大的敌人，我说你是吃还是不吃？

我俩一起蹲厕所，你在这个厕所，我在那个厕所，门大敞着，直到一个人说：好臭啊！快关门！然后我俩同时大笑着把门狠狠地踢上。

我们创造了各种各样的蠢游戏，还会创造更多的蠢游戏，并且要一起玩儿它们直到老得玩儿不动。但是即使到了那时候，我们说话都不利落了，还要为谁输谁赢喋喋不休、斤斤计较。

我可是语文课代表哎，当然可以引用很多与爱有关的诗句和文章，也当然可以想出无数优雅的方式来爱你。

但此时此刻，我最大的心愿就是和你笨拙又幸福得像上面描述的那样相爱很久很久。

也许这是年轻时千金不换的少年意气，可我此时此刻是如此坚定又执着地希冀着。这便是我的誓言。

（生活未完待续）

番外一

婚礼后我们又在韩玉老家盘桓了几天。那几天真的无比轻松。

老家的新房和他爷爷家就在一个小区。每天早上醒来我们就去爷爷家吃早饭。他家饭桌上永远堆满了各种食物，是几位叔叔妈妈带过来的。

我很喜欢他们老家的氛围，他们把爷爷家当做大本营，每天只要有空就来这里聚着。经常中午吃着饭呢某位叔叔夹着公文包冲进门往桌上撂下小吃匆匆忙忙就回去上班。原来韩玉举着吃了一口的冰棒冲回家这种习惯是家里养成的。

这里一天到晚都热热闹闹。放假的小孩子们聚在小桌前写作业。匹克和韩玉天天对峙，把他的拖鞋咬得只剩一个“人”字，韩玉只得光脚在爷爷家走来走去。

有一个小屋子是专门用来放吃的的，地上全是高速路边买的大西瓜，韩玉在家举西瓜练手臂。里面还有一个大冰柜，装满了迎宾楼的老冰棒。

奶奶和我说，迎宾楼是银川的老字号，是韩玉爸爸叔叔们小时候吵着嚷着要去的地方。她掀起冰柜上的厚被子，拿出一根透明塑料包着的牛奶冰棒给我：尝尝，好吃不?

超！级！好！吃！奶味儿特别浓郁，一点儿也不腻，也不是特别甜，就是非常香醇。

于是一天到晚我都跟在奶奶后面：奶，我还想吃一根。奶奶让我自己去拿，我说不要，就要您给拿的，让我有种在小卖部买冰棍的感觉。韩玉和奶奶说：一天只许给她吃两根，多了不可以。奶奶没理他。每次要给我冰棍时都是偷偷把我叫进小屋。

爷爷家楼下有两棵树，一开始我不认识那是枣子树。二叔在楼下吧嗒着烟，手指旋了颗青色大枣子下来递给我：喏，认得枣子不？我十分惊喜，我文绉绉地说爷爷家有两棵树，一棵是枣树，另一棵还是枣树！二叔没乐，看傻子一样看了我一眼。

二妈骑着小电驴带我去逛早市，我看什么都好吃，那些烙饼啊鸡蛋灌饼什么的，北方的面食太诱人了。二妈问我吃不吃这个、吃不吃那个，我点头：都吃！我们拎着一兜子吃的回到爷爷家，韩玉十分震惊，说这够一百个人吃了。二叔呲韩玉：人家波波好不容易来一趟老家你干嘛不让人家买？去，匹克，咬他，咬你大哥哥。

三妈热衷锻炼养生，晚上带我去跳广场舞。我以为的广场舞和实际的广场舞太不一样了，实际现在的广场舞门槛极高，什么锁舞啊，爵士啊，还有老大爷跳地板舞……最后我带着一身蚊子包回了家。

四妈是个在生意场上叱咤风云的女人。她会开车带我在城市里转悠，试图让我在一天的时间内最有效率地逛遍银川的所有景点。我们去影视城，黄沙漫天，太阳当空，里面各种拍电影的道具。四妈指着一张脸上有麻子的人的通缉令说：波波，你站过去，我给你拍照，然后发给小玉看，嘿嘿嘿，真逗这个！

五妈喜欢逛街，喜欢让我试穿各种小裙子给她看。她说年轻真好。我试裙子时，韩玉就拎着包在边上等我们。有些裙子实在太火辣，我从试衣间穿出来，领口大的直忽闪。五妈问韩玉：你媳妇儿漂亮不？韩玉有些不开心地帮我挡着胸前：我媳妇儿漂亮，这裙子不。

我婆婆给我看她写的小说：

“……只见那老贼韩沐被一群宛若天仙般的侍女们簇拥着，他的三个老婆则一一跪坐在他一旁，大气不敢出一声，显然是屈服于他平日的淫威。

“画舫在江上雨雾中停驻，帐幔随风飘摇，传出一片淫靡的尖叫和调笑……

“风声、雨声、金石交击声，人声喧嚣嘈杂，一片打斗混乱中，只听一声撕裂天际的唢呐声响起，女侠彭非踏水而来。

“‘红事白事，从生到死，这唢呐就是为你那胯下的小兄弟而吹。今儿个便是它的忌日！’彭非呼喝一声扬掌运气，奋力拍下……韩沐下身血沫飞溅，哇地一口鲜血喷出，直翻白眼便昏死过去。”

看到这段，我合上小说，婆婆问我怎么样。我给她比了个大拇指，疯狂称赞：文笔很好，大女主爽文，是可以在小说平台卖大 IP 的那种！婆婆问：那我发去网上如何？我面露难色，说：您的这个尺度大概率被锁，毕竟您写了太多脖子以下的内容。

晚上睡觉时，韩玉钻进被窝，习惯性地像烙饼卷葱一样把我搂过去。夫妻情趣之后，他在皎皎月光中笑眼看我：你知道奶奶怎么说你吗？

他学着奶奶的语气：波波这个孩子哪儿哪儿都好，就是脑袋不太灵光的样子，人家说什么她都跟着傻乐，个傻娃娃呦。

“不过也好，小玉老实，娶个老实媳妇儿挺好。”奶奶又感慨。

韩玉和她说：您孙子可一点不老实。

…………

我真的好喜欢他们家。最后在火车站和大家告别时，我抱着奶奶哭得上气不接下气，甚至想把韩玉的爷爷奶奶偷走，让他们成为我的爷爷奶奶。大家看我哭成这样很是为难，我说：舍不得你们大家，不想走。

几位妈妈说：那就以后常回来。

奶奶则一个劲儿地拍我后背，复述着：傻娃娃呦。

最后我抱着奶奶给我的一兜子枣子跟在韩玉屁股后面哭哭啼啼上了火车。我俩行李很多，他就让我抱着枣子就可以。在车上坐下后，他去帮我洗枣子，我吃一颗哭一下，他摸摸我的头叹口气：枣子不好吃吗，怎么还在哭？我噎了一个嗝出来：好吃，好吃才哭的。

回到加拿大，有相当长一段时间我都觉得这边的生活索然无味。我也理解了韩玉对老家的那种归属感。那里不是银川，而是一大团淳朴赤诚的爱，谁不向往呢。

多伦多这边有圣诞市集，冬天韩玉带我去逛。因为是傍晚遛着弯儿去的，我俩都没带手机没带钱包。

天渐渐黑下来，市集里一个个小摊上挂满彩灯，还有嘉年华里的摩天轮，旋转木马，扎气球。有卖枫糖的，在白雪里撒一条糖浆，微微凝固后再用木棍卷起来当棒棒糖吃。有卖手工的捕梦网，毛毡河狸，水晶球，流着肉汁的火鸡腿……其实都是景区骗人的小玩意儿，卖的比外面要贵好多。但因为这种节日氛围，我看什么都想玩儿，都想买，都想吃。

韩玉掏了掏兜，捏出一张二十刀：“那你可要计划好买什么啊，我只带了这点现金出来。”

我一点儿不失落，我最喜欢这种游戏了：就是在有限的预算里去买东西，这种乐趣比钱多到想买什么买什么可大多了。于是我忙忙叨叨，在市集里左转转，右转转，心里的购物单上添了划，划了添，最终算好将将二十刀的东西才下手去买。

买了吃的，买了捕梦网，还买了一顶愚蠢的毛线帽。

后来我们都要离开了，我看见旋转木马的灯在完全黑漆的夜色里格外梦幻，于是拉着韩玉的手在边上眼巴巴看。

韩玉手插兜问我：“你想坐啊。”他兴致缺缺，随口一问。

我一脸惋惜：“可是咱们带的钱都花光了。”

他说："那可不一定哦，你再掏掏，说不定就找到了。"

他指指自己的口袋，我眼睛一亮，伸手去探。我像个找松果的松鼠，在他身上一通扒拉，可是每个口袋都掏遍了，就是没能再翻出现金来。我专心扒拉时，他就低头看我，时不时被我毛线帽上的球球搔到下巴。

最后他按住我的毛线球，笑着说：找不到呀，那我们明天再来呗。

我点头，但又不甘心：可是说不定明天就没有那个劲头了。

他皱眉沉思："说的也是，那怎么办呢？"他的语气在肃杀的寒冷中显得轻飘飘的，每说一句就喷出一团白雾。

我拉他，一脸慨然赴死的样子："咱们还是走吧！我不坐了，我们回家。"

我没拉动他，他转身看了看旋转木马，又带着笑转回来看我。转过来时这男人眼里带上了几分逗趣的狡黠，缓缓从大衣的不知道哪个缝隙里又抽出一张二十，在我面前晃了晃：怎么办呢，这儿还有钱。猪猪还要回家吗？

就那一瞬，我想到了我姥爷。

小时候姥爷带我去地坛书市。我问姥爷，我能买多少书呀？姥爷说，五十，因为我就带了这么多钱。于是我小心翼翼地决定取舍，选了最喜欢的几本书，本来心满意足，可是临走临走了又看上一套三毛。我姥爷问：你真想要呀？我说嗯。姥爷就是带着韩玉此时的这种笑、这种神情，掏出一张一百的递给了小摊贩。我抱着姥爷大叫，围着他跳着转圈：姥爷！我爱死你了！姥爷得意地嘿嘿笑，享受当一个小孩子的大英雄。

这种事真的不能细想，细想的话会体会出无限温柔，这同时也让我无限怅惘。

我就想呀，他们逗我时带着什么心情呢，他们看我纠结又幸福地挑挑选选，他们知道我就喜欢这种计划花钱的小游戏，他们看我在集市里走走停停唠唠叨叨，他们憋了好久好久，就是为了最后在我万分失落时跳出来做一个闪闪亮亮的大英雄、救世主。

他们好幼稚啊。

去年夏天，我有快两个月没来月经。

那段时间忙到头掉，会议一茬儿接一茬儿。等我意识到有些不对劲儿时，看了下上次来月经的时间，心里猛地咯噔了一下。

我其实月经一直不太准，因为我心思重，屁大点儿事都能影响心情从而推移周期，可从没有迟到三十多天不来的情况。

老韩下了班我和他说了这件事。那几天我都在多伦多，也幸亏是我俩一起，不然我一个人在另一个城市要焦虑死。

我们推演了一下之前几个月的性生活。我说你不是记性好么，赶紧仔细想想，哪天什么时间，赶紧一一列出来。

韩玉皱眉：有点儿难为人了啊。谁记这个啊。再说了，不是一直都有戴套么，不会我的小精子这么有活力吧。

他这话说完，我就想到了两个月前的某一天，韩玉的“渣男”行径。

我们俩管不戴套叫作“当渣男”。韩玉一直坚持戴套，他说他职业就是做风控的，不戴套的这种风险无论是出于爱惜我还是职业病的原因，他都轻易不会去碰。

但有时候我会逗他，我说我安全期，可以邀请你进来当一会儿“渣男”。他给我科普安全期也是有可能怀孕的，所以几乎每次都抗住诱惑，每次当“渣男”时都一动不敢动，几秒钟后立马戴上雨伞。

“渣男”时间我俩就静静抱着，我含情脉脉问他戴和不戴有什么区别，他严肃地说最大的区别就是不戴的时候他紧张。我说：那你出去。他如获大赦。然后我说：我意思是你出这个家门。

两个月前，我照例邀请他进。他照例只当了三秒钟“渣男”就满头大汗立马戴上套。

我开始胡思乱想，担心他上次水龙头没拧紧导致我怀孕了。我和韩玉说，他也一愣，随即有些狐疑：就当了三秒钟“渣男”就能怀上吗？

我们像做贼似的手挽手去药店买验孕棒。成人用品那一货架，有人路过我俩还假装只是随便看看，等人走了以后才仔细挑。韩玉研究后说三只装最划算，我们买这个吧，家庭礼包。我说哎呀别管了赶紧的吧！

回家去厕所，我验第一次时，一道杠。舒了口气。但是，过了一会儿我愣是看到了浅浅出现的第二道杠。我心想，完了完了。于是我怀着忐忑的心情又用了第二只，结果还是同样的，一道鲜明的杠，外加一道浅浅的随后慢慢出现的二道杠。

第二道杠非常非常浅，甚至需要举着在白炽灯光下才能些微看见，可我的脑海里还是咔嚓嚓劈过一道雷。韩玉在一旁小心翼翼地看验孕棒，觉得稀奇又有趣，而我坐在马桶上有些崩溃。

我不是不想要小孩，问题是什么时候要小孩，以及怎么要小孩。我实在是不能接受这样毫无准备的意外怀孕。先不说我马上面临毕业找工作，就说从对小孩和我自身负责任的角度来看，这时候怀孕并不是个好消息。

我的确是个悲观的人，时至今日，我依然觉得生命本身并不十分可贵。把生命带到世上在我眼里也并不神圣。

人世间多苦啊，红尘翻滚，浮浮沉沉，每个人都在疲惫奔波，为生挣扎，为爱困顿。所以与其说生命可贵，不如说生命的可贵之处在于它的衍生品。

那些已经降临人世的生命，就拿我自己来说，的确要珍惜，但我珍惜的是我每往前走一步遇到的人和事，和家人、爱人、朋友纠缠出的枝枝蔓蔓，缘分因果。生命砸入人世洪流中溅起的水花和叮咚的声音值得我珍惜，并不是砸入生命这个动作本身意义重大。

所以在我看来，如果想要生小孩，我一定要对他负责。我的确没办法保证小孩子长大后一帆风顺，但至少从妈妈的角度我要在他生命之初交予他一副健康的身体。可是意外怀孕就无法保证这一点，最最基本的，我没有在怀孕前补充叶酸，叶酸对胎儿脑发育来说很重要，我可不想我的小孩子未来和我一样脑子那么笨……

我愁容满面，开始一点点回想在过去的半年里我的种种不健康行为，包括但不限于早起空腹喝咖啡，凌晨一点吃螺蛳粉，不吃水果蔬菜，一天喝不满八杯水……我甚至开始批评在一旁莫名兴致高昂的韩玉，说他周末晚上和兄弟们打游戏以后小孩子一出生就是近视眼！

他有些莫名其妙，直到我把我的顾虑和他一说。什么叶酸啦，宝宝智力发育啦……韩玉这个人就是这样，一旦我神情严肃地和他说的事情触及他的知识盲点，他便也紧张起来。

我俩晚上在被窝里还在叹气，开始互相揭发和检讨。韩玉望着天花板怔愣发呆，一只手支在脑后，一只手胡噜我的肩膀安慰我：事已至此，既然都怀了，那怎么都要生下来，流产的话对女人身体影响太大……可是爸爸妈妈好对不起你呦。

他流泪了，他说他想起上周偷偷在被窝里放屁，还骗我把我闷在被子里，我俩小学鸡一般拿枕头互打了好久，说不定就打到了肚子……还有上上周，我俩泡着泡着澡就开始那个……还有上上上周……现在想想每一件事都令人心惊胆战。

他声音闷闷的，说让贝果受委屈了。

我本来正同他一起歉疚呢，听到这话：你等等，贝果是谁?

他说 Bagel 呀，是我给咱们宝宝起的小名，我早饭最爱吃贝果面包抹奶油起司了。

我说可是你还不知道是男孩还是女孩呀。

他说贝果这名字就是很中性，男孩女孩都能用的。

于是我问他想要男孩还是女孩。

韩玉在黑夜里沉吟许久，最后说最好还是男孩吧。

我不乐意了，使劲踢他，你咋还重男轻女呢?

他说：不是的波波，我不是不喜欢女孩子所以不想生女孩，而是我觉得要是生了女孩子，那我精神压力可太大了。我是男的，我知道从小到大我多皮实，养得糙一点儿也无所谓，风里来雨里去，天天放养在外面。可是小女孩就不一样，女娃娃又娇又嫩的，脸蛋子我碰都不敢碰的，说两句万一哭上了，那我是一点儿辙都没有。更不要提在成长过程中磕了碰了，被男孩子伤了心了，在外面受委屈了……我光是想想我闺女被人欺负，这颗心就一抽一抽的。真不敢想。

我哼了一声。其实我觉得男孩子女孩子的教育都很重要，教育方式可能的确不同，但不是说女孩就娇贵，男孩就可以不操心。

然后我俩从一开始的忧愁，转而开始讨论以后怎么教育小孩子，怎么带小孩。

韩玉转身把灯开开，拿过手机开始搜。他说他之前在大街上看见一个爸爸胸前有个育儿袋，挂着小娃娃，走路一颠一颠的，小孩子可开心了。他觉得很可爱，他以后也要那样当奶爸。

他还搜了 jellycat 的毛绒玩具，说之前去同事家聚会，那个同事家有个小女儿，一屋子的兔兔小羊。

我说哦我知道这个牌子，是不是还有独角兽小马。

韩玉放下手机很冷淡地看我一眼，纠正道，独角兽是独角兽，小马是小马，独角兽可不是小马。

我说独角兽就是马啊！

他说独角兽不是小马！

我使劲儿拧他胳膊，他面目逐渐狰狞，但还嘴硬：独角兽不是小马！

我俩刚要扭作一团，他支着手臂及时停住，吁出一口气：差点忘了不能压你肚子，好险啊。说完他俯身亲了亲我的额头，又挪下去亲了亲我的肚皮，躺平回去。

闹了一通后，我们回归平静，都觉得有些许不真实。

其实我一直不觉得自己是大人，在我心里我一直把自己当小孩子看，所以对怀孕这事恐惧大于迷茫。我觉得十分未知。非要说我怕什么，我也说不出具体的，就是怕。可能是怕生孩子疼，也可能是怕把小孩子教育坏了，给社会添麻烦。

而韩玉想的则是要换个大一点儿的房子，兴许会搬离市中心去住独立屋，留在市中心的话那就要好好攒钱换个三居室，学区房。以后等小孩子五六岁了，我们回国，正好可以赶上他（她）上小学。

我们说接下来的几个月就要合理规划饮食，安排锻炼，严格限制看电脑的时间。然后最重要的，找家庭医生预约产检。明天早起就打电话！

这一晚上，我们一开始抗拒和忧愁，但后来渐渐接受了这件事。

我们聊到很晚很晚，韩玉打开一本《数学的天空》有声书开始胎教。我听第一句就开始犯困，迷迷糊糊睡着前，觉得迎接一个新生命很是奇妙。

告别和迎接是人生很重要的一课。曾经我一直没法很体面的告别，无论是在机场和爸妈告别，还是当初努力接受祖辈相继离世，我都不及格。我总是泪流满面，彷徨无措。生命里一切或大或小的告别对于我而言都是一种折磨。迎接也是同样的，我很被动，对于那些闯入我生命里的人和事，我笨拙得很，心头有千言万语，表现出来的只有冷漠和粗鲁。

可是慢慢的我体会到，无论是在火车站同银川的家人们告别，还是在机场和父母告别，抑或是看着祖辈离世，告别并不是一瞬间的动作。告别是漫长的过程。当你有好好的、珍而重之地和他们相知相交相处，那么这就是最好的告别。因为当我们真的要说再见时，我即使有不舍，但我不曾后悔。因为在一起时足够开心。

所以迎接和告别是一体的。当我学会了如何迎接，我也就学会了如何告别。

那一晚我梦见了姥爷。梦里小老头儿穿着棉袄，衣服上有好多兜，笑眯眯地和我说：你搜罗搜罗，说不定还有钱哦。我没去摸钱，而是抱住了他。

后来呀，后来第二天早起我来了月经……

后来韩玉把剩下那只验孕棒用了，他一个大男人测出来，也有浅浅的二道杠。

后来发现是质量问题。家庭实惠装便宜是便宜，但质量不太行。

番外二

在写这个番外之前，就前两天。我还和老韩说，你知道吗，我发现自从和你在一起之后，有一类梦我就没再做过了。

他问什么梦。

我说关于家的噩梦。

上学那会儿，几乎每天晚上我都会梦到下学回家有坏人跟着我。我跑啊跑，跑上楼，想关门结果门各种变形，要么就是楼梯怎么走都走不上去。你知道那种老式居民楼么，光线很昏暗，那时我爸妈家在五层，每天上楼时我都很害怕，害怕转角蹲着坏人。有时候赶上楼里人开门关门，我都吓得心怦怦跳。就赶紧蹬蹬蹬跑回家。生怕有人跟着。

我奶奶家以前的门锁不太好使，钥匙插进去要试好几下才能打开，锁上也是。我会梦见坏人的手从门里伸进来抓我。

我姥爷家以前住的大院儿后面是一片荒草地。居委会觉得得把荒地利用起来，就派我姥爷和他几个老伙伴一起种树种菜。这片荒草地也给我留下了很大的心理阴影。种树以后，有一年生虫，低楼层的外墙壁上全是毛毛虫，那时候每天晚上我都能梦到毛毛虫顺着窗户爬进来，爬进我被窝。我就啊啊大叫醒过来。

总之类似这样的梦还有很多。不管我住奶奶家、姥姥家，还是爸妈家，总能做关于那个地方的噩梦。不是门锁不上啦，就是楼道有怪物，要么就是毛毛虫成灾了。

老韩几乎不做梦，听我讲这些他竟还觉得有趣。

我说这真的一点儿都不有趣，小孩子总会因为这样那样的事感到害怕，然后统统投射到梦里去。

和他在一起后，我俩也辗转过几个地方，但我几乎不做那种梦了。也许是我长大了，也许是因为他。

我老早就发现了我为数不多的优点，其中之一是很容易知足。虽然貌似对生活有种种期待，性格里也有很要强的一面，但实际上对于我来说，能睡个安安稳稳的觉，就很知足了。

我自始至终都对于老韩能够出现在我的生命里这件事感到诚惶诚恐。总有一种我何德何能啊的感觉。

我总抱着他的手臂说，你真好呀！

他总笑眯眯地看着我说，这就算是好了呀？

我是很认真的，因为我真的有仔细思考过有关“好”这件事。

坦白说，我其实是一个感动阈值很高的人，我也一点儿不浪漫。电视剧里的浪漫桥段几乎从来没有感动过我。那些盛大的派对，天价的礼物，拥挤的人群中最炽烈的告白，繁星下的拥吻拥抱……我非但不会觉得这些浪漫，还会浑身尴尬。当然啦，我不是说这种行为不好，没有什么高下之分的，单纯仅是我个人接受不了。

我对浪漫，或者说“好”的理解是，如果有这样一个人，真诚、可靠，即使他不会什么花样，那也足够浪漫了。大概是因为我不爱出门，所以藏在生活里的细节才能打动我。那些不完美的、笨拙的、粗糙的，反而能让我记很久。也正是因为我这个偏好，才有了这本细细碎碎的书。

很多年前我还有在豆瓣上记日记的习惯。这几天为了找这篇番外的灵感，我就一篇篇地翻我之前的日记。

有一篇日记的名字叫《长寿臊子面》。

讲的是啊，在一起的第一年我过生日。假期回国的机票是我们在一起之前订的，所以两人不是同一天飞。改签的话很没必要，也没有最近的时间了。老韩飞机在我生日那天的下午。我的机票是一周后。

那时候我还脆弱的很。生日前一晚就在被窝里哭。明明放假回国是一件开心的事，可是一想到我要在他不在的情况下在这座城市度过一周的时间，我就觉得十分孤独。老韩也很无奈，他抱着我轻拍我的后背，拍着拍着我就睡着了。

等我早上醒来时，他正系着围裙在厨房里切胡萝卜丁。我眼睛肿着坐在厨房的椅子上发呆，真的很佩服他，下午的飞机，上午十点多还气定神闲地做饭。我真的是一点儿心情都没有。

我说你下午就去机场了，弄这些干嘛呀。

他弯腰认真切菜，说：中午我要给你做一碗长寿面。

我说我没有心情吃。

他向我打包票，绝对开胃的。

这样忙忙叨叨一上午，最后端到我面前的，是一碗酸酸辣辣的臊子面。里面配料好多，胡萝卜丁、肉末、鸡蛋皮、豆腐丁、木耳，还有黄瓜。

他一脸抱歉：不太正宗，按理说要有蒜苗，但家里没有，早上我又来不及去买。

面有点坨，水有点少，他看我拌得费劲，直接拉过去帮我拌好。

我吃了一口，眼泪吧嗒吧嗒掉下来，掉进面里，掉进嘴里。苦涩得很。

他问：这么难吃吗？

我边哭边说：你这个大笨蛋，谁过生日长寿面吃臊子面啊。

他笑得好得意：所以才是天下独一份啊。你就说好不好吃？

我使劲儿点头：好吃的。

然后呜呜哭，也不知道哭什么，就是觉得又心酸又舍不得。我在想，这个男孩子真的好好哦，我真的一刻都不想和他分离。我好喜欢好喜欢他。而他越好，看我的眼神越温柔，我哭得越厉害。最后呛了一口肉末进嗓子里。

他给我找纸，我咳嗽完，两人就抱在一起。他说：就只许再哭一小会儿哦，不然面更坨了。

我结结巴巴：我想哭多久就哭多久！

他说：好哪。

而我却只哭了几声，立马转回头去吃面。因为是他仔仔细细做的面，我把一大碗都吃完了。

吃完我愤恨地说，我这辈子再也不吃臊子面了。这是我第一次吃，也是我最后一次吃。

他十分惊讶。

我说因为我现在还是很难过，以后每次再吃臊子面时，我就会想到此时此刻的难过。

那篇日记再往后，就是记录我在他去坐飞机之后又哭了多久。

他给我留下一大盆臊子，厨房全是那个酸酸的味道。我后来连吃了五天才吃完，吃到最后，还拉了肚子。吃完以后，也快坐飞机回家了。

现在再看这些，就会觉得好逗啊我。我在哭些什么啊，害怕什么啊。

如果当时的我知道，之后我们还会经历很多很多分别，我们会在火车站一次次告别，一次次重逢，然后在每个在一起的夜晚里相拥亲吻，异地的时候各自努力。我们还会结婚，还会拥有自己的家，家门的锁很好拧，家里的楼道很明亮，家附近没有长着毛毛虫的树……不知道我还会不会哭得那样忘我。

可我也能理解那时的我。

那时我初遇韩玉便一见钟情。了解之后更加珍惜他的可贵。那样的年龄里遇到那样一个男孩子，我只想像个小孩子抱着最最心爱的玩具一样日日夜夜和他在一起。我不了解生活，不了解浪漫，但我能实实在在地感受到他奇怪的温柔。

如果我是编剧，我会怎么写呢。写男主给女主做了一大盆臊子面吗？说实话，他因为下午走的匆忙，他做饭的刀啊，案板啊，一厨房的锅碗瓢盆还是我边哭边洗的。心里骂了他一万遍大笨蛋，最后乖乖给剩下的臊子蒙上保鲜膜放进冰箱。

这真的是很拿不上台面去说的浪漫呀。但好像也正是这样的老韩，能够让我不再害怕。因为他足够真实，足够诚挚。

我最近总在想，人年轻的时候总会因为这样或那样的事情害怕。我怕门变形，怕门锁坏掉，怕毛毛虫，其实跟我怕老韩先我一周去坐飞机是一样的。

这种在别人看来好像很矫情的害怕，它们实实在在地让我心惊胆战很久。现在我长大了，从容了，可我并不想否认它们，也不想取笑它们，它们就是每个人生阶段上一部分的我。看着它们就像看着原原本本的我自己，这对于我来说意义重大。而意义就在于，它们构成了我来时的路，提醒着我要往哪里去。

而我也总会有新的害怕，然后会一一战胜它们。不是每一次害怕，都因为老韩我才能克服。但也的确是因为他，我才愿意去克服。这应该也是人生很重要的一课吧。

（本书完）